La queue du scorpion

DU MÊME AUTEUR

Aux Editions Albin Michel

Kilomètres immobiles

La Mérule

Christian Gernigon

La Queue du scorpion

Roman

Albin Michel

22, rue Huyghens, 75014 Paris

ISBN 2-226-02155-8
ISSN 0290-3326

« … et il leur fut donné un pouvoir comme le pouvoir qu'ont les scorpions de la terre. »

Apocalypse de saint Jean

Dimanche 11 septembre. 21 heures.
Brooklyn. Brett & Gardner New Laboratory.

Dressée comme le chaton précieux d'une bague impériale, la tour du nouveau laboratoire pharmaceutique faisait miroiter les feux de ses trente étages au-dessus de sa couronne de béton. Tout en haut, les initiales B & G apposaient le sceau de leur puissance à l'édifice et nimbaient de leur éclat bleuté les terrains vagues environnants. La zone morte qui s'étendait autour de l'ancien New York Naval Shipyard, depuis longtemps désaffecté, était plongée dans l'obscurité et ce désert hérissé de grues noires et rouillées, de structures métalliques décharnées et rongées, était une forêt spectrale qui cernait le laboratoire, un nouveau château.

Au trentième étage, dans la salle de réception circulaire qui dominait la construction, l'architecte exposait les mérites de son œuvre en s'aidant d'un matériel audiovisuel sophistiqué. En dépit de ses arguments très convaincants, il ne faisait de doute pour personne dans l'assistance que le véritable auteur de ce projet n'était autre que Norman Davis en personne, l'auguste empereur de la Brett & Gardner. C'était lui qui avait choisi l'emplacement, pariant sur ce désert d'un autre âge comme sur une nouvelle Brasilia, pressentant les avantages qu'il pourrait tirer de la proximité du Manhattan Bridge et du Brooklyn Bridge pour acheminer ses produits dans l'île la plus riche et la plus malade du monde. Lui aussi qui avait souhaité cette architecture médiévale, avec son donjon et son enceinte circulaire, inspirée de la Maison de la radio de Paris. Lui encore qui, refusant le gigantisme par méfiance envers le modernisme, avait limité la hauteur de sa tour principale. Norman Davis, le seigneur de l'industrie pharmaceutique, qui contemplait, indifférent au discours de l'architecte, les lumières de Manhattan, de l'autre côté de l'East River. Bientôt, ce serait à lui de monter sur la petite estrade, pour y donner son discours d'inauguration. Il serait bref, comme à son habitude, courtois, et surtout moral. Il parlerait, en bon calviniste, des valeurs du travail et du succès, de la puissance et de l'argent au service de la société, de la prédestination révélée par la réussite. Puis, il lèverait un toast à l'Amérique et à la santé des Américains, lui, le sorcier qui guérissait leurs maux, qui se nourrissait de leurs plaies.

Bien que l'usine fonctionnât déjà depuis trois mois, il avait attendu, pour célébrer cette inauguration, que la machine fût bien rodée. Les caméras de la chaîne C.B.C. avaient pu ainsi, toute la semaine, filmer les séquences qui serviraient de promotion à son nouveau laboratoire. New Laboratory, avait insisté Norman Davis. New, comme s'il voulait donner un nouvel essor à ses anciens produits. New. Comme pour mieux lier son destin à celui de New York. Nouveau. Comme le Nouveau Monde, où tout vieillissait si vite.

Les techniciens de la télévision attendaient, eux aussi, le moment du discours, puis, avec un peu de chance, de l'interview. Esther Grimes s'était même déplacée. Il est vrai qu'elle avait reçu une invitation personnelle du grand Davis, qui connaissait son monde. Esther, en effet, présentait à la C.B.C. une émission d'informations et de reportages, à fort indice d'écoute. Elle disposait d'une demi-heure d'antenne quotidienne, à 21 heures, plus un magazine d'une heure et demie chaque mois. L'intelligence et le sérieux de ses reportages lui avaient valu une célébrité méritée bien qu'amèrement enviée par certains de ses collègues masculins. A trente ans, Esther damait le pion à plus d'un vieux routier du journalisme, et sa réputation d'intransigeance faisait d'elle une femme redoutée. Elle s'était créé une spécialité dans les enquêtes approfondies sur les grands empires : pouvoir, politique, syndicats, lobbies en tous genres, finance, recherche scientifique, armée, enseignement, grande industrie, médecine et même le sacro-saint bastion de la publicité. La direction de la C.B.C. avait bien tiqué au début, épouvantée par l'ampleur des scandales qu'Esther levait et dont s'emparait généralement la justice. L'objectivité et la passion de la vérité prenaient chez Esther Grimes un côté « Vengeur masqué » qui agaçait les journalistes timorés et apeurait les producteurs. Elle avait même failli perdre son emploi après son reportage sur la mairie de New York, pour avoir soutenu sans faillir Alex Cruden, le policier qui avait impliqué d'éminentes personnalités dans une affaire frauduleuse. Mais le public était de son côté et on avait frisé l'émeute lorsque le bruit avait couru de son possible limogeage. L'indice d'écoute et la popularité payante de ses émissions avaient convaincu à la fois les producteurs et les publicitaires. On s'arrachait à prix d'or les minutes qui encadraient ses émissions, même si elle démolissait les promoteurs de ces publicités pendant son reportage. Dans le monde du journalisme Esther était donc la seule personne qu'on se devait d'inviter. Elle pouvait toujours refuser. L'oublier était en revanche inconcevable, pis, mortel.

En outre, son charme naturel et son aisance modeste ajoutaient à sa force. Blonde, élancée, un sourire amical éternellement aux lèvres, elle posait ses questions avec tant d'attention et de curiosité enfantine qu'il était impossible de ne pas lui répondre. On ne comptait plus les puissants qui s'étaient laissé prendre à sa séduction et qui découvraient avec effarement, le jour de l'émission, l'étendue de leurs aveux et les dimensions du désastre. Elle était vêtue, pour l'inauguration du Brett & Gardner New Laboratory, d'un fourreau en lamé argenté qui la distinguait des autres femmes, même dans la pénombre. Un décolleté prometteur mais décent découvrait la cambrure parfaite de son dos. Peu de bijoux, un voile de maquillage. Ses cheveux étaient tirés en un chignon vague, soigneusement négligé, qui laissait sa nuque libre et déliée. Esther semblait née pour les mondanités, ce qui la rendait d'autant plus dangereuse pour ceux qui croyaient pouvoir s'en faire une alliée.

L'heureux compagnon qui partageait sa table était Alex Cruden, dont la présence à une réception de ce genre aurait fait jaser s'il n'avait été le cavalier de la belle et redoutable Esther. Alex Cruden était peu familier de ces coteries. Il portait le titre alambiqué de directeur du C.P.I.D. — Criminal Pathology Investigation Department — de Manhattan. Fonction qui, pour être convoitée, n'en était pas moins, aux yeux de Cruden, une voie de garage dont il essayait de tirer le maximum mais qui limitait son champ d'action. Ses collègues, eux, l'appelaient encore *Superman,* avec un mélange de moquerie affectueuse et de sincère admiration. Mais Cruden se demandait souvent si ce surnom n'appartenait pas au passé, au temps où il n'était que simple inspecteur et prêt à faire tomber toutes les têtes. Son zèle lui avait nui. On lui avait trouvé un poste prestigieux qui le tenait à l'écart des affaires délicates. Ce qu'on lui reprochait était en somme assez classique. Il avait manqué de diplomatie dans quelques affaires louches où trempaient des huiles de la municipalité et de l'État. Cruden n'avait épargné personne, on l'avait congédié. Il s'occupait désormais exclusivement des crimes de nature pathologique : maniaques, forcenés, fanatiques, cinglés. Le plus souvent, de la criminalité répétitive, sordide, sans risque politique. Il y faisait merveille, bien sûr, mais le travail était très en dessous de ses compétences.

Tout en écoutant Esther lui détailler la composition de l'assistance, Cruden se souvenait. Esther et lui s'étaient rencontrés au moment de cette fameuse affaire de racket sur les permis de construire. Cruden avait fait inculper une bonne douzaine de notables et ses supérieurs ne lui avaient pas pardonné. Esther cherchait un scoop sur l'affaire. Cruden avait plongé et le lui avait offert, son scoop. Il avait tout déballé devant les caméras de la C.B.C. On craignait déjà Esther Grimes. L'éviction de Cruden fut donc discrète et prit la forme d'une promotion qui le neutralisait.

Esther et Alex s'étaient revus, complices désormais d'un défi aux puissants. Ils n'avaient jamais reparlé de l'affaire. Les principes de base allaient de soi. Ils s'étaient simplement assurés que l'entente était aussi parfaite sur le plan sexuel. Après quelques tâtonnements, ils avaient conclu que l'accord était convenable.

Cruden penchait de temps à autre sa tempe bouclée et grisonnante vers Esther qui lui commentait à voix basse les pedigrees et les éclats de service des personnalités présentes. Du beau monde, au demeurant. Selon le mot d'Esther, c'était tout Manhattan qui s'était réuni à Brooklyn.

Les invités étaient répartis dans la salle autour de petites tables rondes à nappes rouges où des bougies tremblotantes jetaient une lueur équivoque. L'idée était de Betty Davis, qui trouvait ce décor plus intime. De mauvaises langues ne manquèrent pas de souligner qu'on se croyait davantage dans un cabaret parisien que dans le digne édifice de la Brett & Gardner. La pauvre Betty, décidément, ne se remettait pas de son voyage en Europe.

Celle-ci, nerveuse comme une débutante à son premier bal, se déplaçait sans raison de table en table, allait fureter à l'office, surveillait les extras comme s'il s'agissait de sa party, et non d'une inauguration officielle. Norman, glacial, la laissait se ridiculiser. On attribuait sa froideur impitoyable à sa religion autant qu'à son impuissance. Betty, le fait était notoire, collectionnait les gigolos avec la rage du désespoir et la passion que donnent cinquante années gâchées.

Betty Davis évita soigneusement la table de Jack Lindsay. Esther en conclut qu'il était le nouvel élu.

« Elle ne manque pas de toupet ! murmura Esther. Lindsay est le principal concurrent de Davis. »

Jack Lindsay, 35 ans, était l'antithèse de Davis. Il avait mis à profit son héritage pour prendre, dix ans plus tôt, la majorité des parts de la L.C.C. — Lloyd Chemical Corporation — dont les produits concurrençaient directement les médicaments Brett & Gardner. Il régnait en jeune loup sur la deuxième compagnie pharmaceutique de l'État. Jack Lindsay affectait une tenue négligée, pull-over et baskets, buvait du jus de tomate et jouait au squash tous les matins. Son seul vice connu était son goût immodéré des jolies femmes et Esther, vers qui d'ailleurs il lorgnait depuis le début de la soirée, ne manqua pas de s'étonner d'une éventuelle liaison de Jack avec Betty Davis.

Il est vrai, reconnut Esther, que, malgré sa relative jeunesse et ses efforts pour se maintenir en forme, Jack Lindsay faisait beaucoup plus vieux que son âge. Une calvitie naissante élevait son front où s'alignaient des rides profondes et des rumeurs couraient sur son état de santé. Son régime anti-alcoolique, disait-on, était moins celui d'un sportif que d'un homme malade. Le cœur! plaisantaient ses ennemis — nombreux — en s'étonnant qu'un homme pût souffrir d'un organe qu'il ne possédait point.

Lindsay avait, pour cette soirée, fait une entorse à son image de marque en daignant revêtir un smoking. Derrière lui, à une table voisine, un homme qui lui ressemblait comme un sosie se tenait dans l'ombre, et ses yeux balayaient la salle en un va-et-vient incessant. « Charles Wolfe », murmura Esther à l'intention de Cruden. Le gorille de Lindsay. Sans doute l'avait-il choisi à son image pour qu'un éventuel agresseur ait une chance sur deux de se tromper de cible. Mais ce n'était un secret pour personne que les compétences de Charlie dépassaient de loin celles d'un simple garde du corps. Il était l'éminence grise de Lindsay, son conseiller stratégique et, disait-on, son espion attitré. « Usage courant dans ce milieu », commenta Esther. Elle s'étonna d'ailleurs de ne point apercevoir, au côté de Norman Davis, son propre « conseiller », Henry Lyte. C'était la copie conforme, pour le physique aussi bien que pour les fonctions, de son homologue Charlie Wolfe. On prétendait même qu'il avait travaillé pour Lindsay avant d'entrer au service de Davis. Les transfuges étaient monnaie courante parmi les courtisans de l'empire pharmaceutique. Peut-être auraient-ils l'occasion de l'apercevoir au cours de la soirée, plaisanta Esther, dans le pli de quelque tenture, un micro à la main droite et une longue-vue sur l'œil gauche.

Betty Davis s'arrêta longuement à la table de Ben Johnson, sénateur de l'État de New York, sollicitude qui ne s'imposait nullement, remarqua Esther en allumant une Lucky Strike, « une cigarette d'homme », disait-elle en riant. Ben Johnson était un homme falot, replet, dont l'élection avait été financée et gagnée par Norman Davis lui-même. Il lui servait d'homme de paille dans le lobby pharmaceutique. Sous une apparence joviale et inoffensive, Ben Johnson cachait des dons de bretteur juridique et d'orateur remarquables. Qu'il manquât totalement de personnalité lui était en l'occurrence un atout.

Esther Grimes énuméra ensuite l'inévitable cohorte de notables, vrais ou faux, de clients, d'éminences scientifiques, parmi lesquelles le professeur Oliver Lodge, directeur du département de toxicologie au Manhattan State Hospital, et le docteur Max Müller, le psychiatre le plus en vogue à Manhattan cette année. Il y avait aussi les actionnaires, les parasites; les belles de nuit, et les cadres de la Brett & Gardner.

Ceux-ci étaient restés à l'écart, au fond de la salle, debout le long de la baie vitrée, silencieux et respectueux du protocole, dans l'attente du discours du maître. On eût dit, songea Alex Cruden, quelque corps d'élite de la police prêt à intervenir et à dégainer à la moindre alerte pour sauver la vie du prince. Mais, dès que Davis eut prononcé ses trois mots — foi, devoir, et succès —, les serveurs débouchèrent le champagne californien, sous les projecteurs de la télévision, et les cadres bien élevés se mêlèrent à la cohue qui se pressait au buffet. Nul ne remarqua, dans la confusion joyeuse et affamée, qu'un des invités s'éclipsait discrètement sans toucher aux petits fours.

L'homme qui dédaignait ces solennelles agapes et qui refermait avec précaution la porte capitonnée sur les premiers accents d'une musique purcellienne massacrée par un quatuor à cordes de Boston — Betty avait dû renoncer à son groupe folklorique du Far West —, cet homme longea d'un pas vif le couloir désert. Une moquette épaisse — la seule de l'immeuble — étouffait le bruit de ses pas, mais il lança un regard inquiet du côté de l'office, d'où lui parvenaient les voix excitées des serveurs. Il se glissa dans l'ascenseur et appuya sans hésiter sur la touche du deuxième sous-sol.

Du vieux port en ruine de Brooklyn, on aurait pu voir scintiller le ruban vertical de l'ascenseur, fantaisie gratuite et coûteuse de l'architecte qu'avait désapprouvée Norman Davis. L'homme bloqua la cabine et alluma une lampe-stylo dont l'éclairage suffisait à peine pour déchiffrer une adresse, mais semblait amplement lui convenir. Il traversa avec assurance la salle immense que d'interminables rangées d'étagères transformaient en labyrinthe. Cette pièce était l'entrepôt des médicaments en partance. Après avoir subi une batterie de contrôles, ils étaient stockés dans ce sous-sol, puis ventilés dans les centres de distribution par des camions de la firme. Le délai de roulement était d'un mois environ. Au long des rayonnages, des étiquettes sibyllines indiquaient le nom du produit, son classement dans la nomenclature pharmaceutique, son numéro de stock et sa référence de conditionnement.

L'homme n'eut pas un regard pour les listes de noms étranges qui émergeaient de l'obscurité sous le mince faisceau de sa torche. Asterpax. Sedatyl. Espergen. Phanuron. Cebutol. Noopressor. Carilvon. Clodabendol. Piraglucinol. Maxilhexine. Prolazam.

Il ignora les rangées de gauche, réservées aux produits toxiques, contourna les médicaments délivrés sur ordonnance, et se dirigea directement vers les produits de grande consommation, en vente libre, qui représentaient la moitié du chiffre d'affaires de la Brett & Gardner. Au troisième couloir, il ralentit, vérifia une des étiquettes d'identification et balaya les étagères de son pinceau lumineux. Il s'arrêta, saisit une boîte, la reposa et trouva enfin le compartiment des Aspenol. Il s'agissait d'un produit similaire à l'aspirine par ses propriétés mais dépourvu d'acétyl-salicylate, et par conséquent sans effets secondaires, en particulier gastriques. La formule avait valu à la Brett & Gardner un succès financier prodigieux et l'avait placée en tête du marché des analgésiques. L'Aspenol était conditionné sous gélules digestibles et vendu en flacon de dix. L'homme entrouvrit, en bout de rayon, un des cartons destinés à la livraison du lendemain. Il contenait cinquante flacons d'Aspenol, fermés par une simple capsule de plastique dur. Soigneusement, il choisit dix flacons, les aligna sur l'étagère, et prit dans sa poche dix gélules identiques à l'Aspenol. Un à un, il déboucha les flacons et, dans chacun d'eux, substitua une des gélules. Puis, il reboucha les fioles brunes et enfouit les véritables Aspenol dans sa poche. Il s'apprêtait à remettre le carton en place quand un cliquetis le fit sursauter. Il éteignit aussitôt sa lampe et une atroce douleur lui traversa la poitrine. Il s'accrocha à tâtons aux rayons de fer et s'écorcha le doigt. Le cliquetis cessa. Quelqu'un, là-haut, appelait en vain l'ascenseur bloqué.

L'homme vérifia encore une fois que les flacons étaient bien rangés mais n'osa rallumer. Un peu de sang coula sur un flacon. Il s'efforça de ne pas courir vers l'ascenseur. Le souffle lui manquait et son cœur semblait exploser dans sa poitrine. Tachycardie, lui avait dit le toubib. Rien de grave pour le moment, mais c'était à surveiller. Rien de grave, se répéta l'homme en titubant de douleur. Il appuya par précaution sur la touche du vingt-neuvième étage et se regarda dans le miroir de la cabine. Son visage était livide et de grosses gouttes de sueur plaquaient ses cheveux sur son front. D'une main tremblante, il prit un comprimé de Nitrofane dans la pochette de son veston et le croqua, les yeux fermés. Tout au fond de lui, en son plexus, le médicament diffusa ses bienfaits. Le rythme endiablé de son cœur s'apaisa, la douleur s'estompa. Quand l'ascenseur s'ouvrit sur le couloir silencieux du vingt-neuvième étage, il était presque rétabli, et il se dirigea sans hâte vers l'escalier pour rejoindre les invités.

Dans la salle de réception, une cohue convenable s'ordonnait en cercles mouvants autour du buffet et de l'estrade d'honneur. Les projecteurs violents de l'équipe de télévision étaient braqués sur le petit groupe de courtisans et de journalistes qui se pressaient autour de Norman Davis. Esther Grimes, avec aisance, se frayait un chemin dans cette foule pour interviewer Davis.

Alex Cruden, à présent seul, eut la désagréable impression d'être déplacé en cet endroit. Il ne se sentait décidément pas taillé pour les mondanités. Ne connaissant personne, il se leva et sortit prendre l'air dans le couloir.

Il fut bousculé sans égard par un petit groupe d'employés hilares et légèrement ivres, qui revenaient de l'office, apparemment. Cruden fit quelques pas. D'autres rires fusaient de la cuisine. Il continua jusqu'au bout du couloir feutré et contempla, par l'immense baie vitrée, le paysage sinistre du Naval Shipyard. Les lumières verticales de la tour traçaient comme une route brillante vers ce cimetière de bateaux.

Un bruit de voix dans l'escalier attira son attention et il fit demi-tour. Deux hommes montaient d'un pas rapide et transpiraient abondamment. Manque d'exercice, songea Cruden, en reconnaissant avec surprise Jack Lindsay et son gorille, Charlie Wolfe. Lindsay ne semblait pas aussi sportif qu'il le prétendait, après tout.

En apercevant Cruden, Charlie eut un réflexe de défense et s'interposa entre lui et son patron. Lindsay l'écarta aussitôt et jugea nécessaire d'échanger quelques mots avec Cruden. Celui-ci réfléchit rapidement, par déformation professionnelle. Tout homme dont l'attitude ne lui paraissait pas naturelle était un suspect en puissance. Au sens large, bien entendu. Cruden était assez intelligent pour ne pas voir le crime partout. Il se plaisait cependant à maintenir son esprit en éveil et à appliquer ses raisonnements de flic à des situations psychologiques quotidiennes, de même qu'un joueur d'échecs traduit les gestes les plus banals en mouvements stratégiques. Quelque chose le chiffonnait dans cette scène rapide. Quoiqu'un peu nerveuse, la réaction de Wolfe était normale. Craignait-il qu'on les eût observés ? Celle de Lindsay, en revanche, sonnait faux. Quel besoin avait-il de bavarder avec un parfait inconnu ? Hypothèse un, raisonna Cruden, il veut masquer sa gêne et faire oublier la réaction de Wolfe. Hypothèse deux, il a reconnu Cruden comme étant le cavalier de la redoutable Esther Grimes, et ménage ses arrières. Cruden en conclut qu'Esther devait prodigieusement inquiéter ces grands princes de la pharmacie, avec son projet de reportage.

Lindsay laissa passer Cruden d'un geste élégant et s'exclama, lyrique tout à coup :

« Très coquet, ce donjon ! Un rien équivoque, tout de même. Quelque chose comme un phallus dans son écrin vaginal, vous ne trouvez pas ? »

Lindsay eut un petit rire forcé. Wolfe resta de marbre et dévisagea Cruden qui sourit poliment.

« Miss Grimes vous a laissé pour la gloire du petit écran, je vois. Vous êtes un homme heureux, monsieur...

— Cruden. Alex Cruden. »

Voilà, se dit Alex. Il voulait savoir qui pouvait le menacer.

« Dans le T.V. business également, je suppose...

— Non. Flic. Directeur du C.P.I.D. Mais rassurez-vous, j'ai laissé mon étoile de shérif et mes colts au vestiaire, ajouta Cruden à l'intention de Wolfe qui fronça les sourcils.

— Eh bien ! dit Lindsay, voilà qui doit rassurer notre cher Davis !

— Je ne suis pas en mission commandée.

— Je vois. Vous êtes ici pour vous divertir, n'est-ce pas ? Ça doit vous changer un peu de tous ces détraqués, non ?

— Pas tellement, à vrai dire », répondit Cruden en souriant.

Lindsay éclata de rire et fit signe à Charlie de le précéder dans la salle.

« Alors, bonne soirée, monsieur Cruden. »

A peine avait-il rejoint les invités que d'autres pas retentirent dans l'escalier. Cruden, afin d'éviter d'autres indiscrétions, se dissimula dans l'angle de l'ascenseur. Betty Davis, écarlate, parlait à voix basse avec un homme de taille moyenne, un peu chauve, l'air inquiet.

« Je vous assure, Mailer, c'est un service personnel que vous m'avez rendu. Ne vous inquiétez pas, mon mari n'en saura rien... »

Cruden les laissa pénétrer à leur tour dans la grande salle et décida qu'il avait fait assez de bêtises pour aujourd'hui. Ces rencontres inattendues lui avaient donné soif et il regagna le buffet.

Dans la salle, la chaleur et le bruit s'étaient peu à peu amplifiés sous l'effet de l'alcool. Cruden dut presque se battre pour attraper une coupe de mauvais champagne tiédi. Il vit, non loin de lui, Jack Lindsay qui riait plus fort que nécessaire des plaisanteries insipides d'une jolie quadragénaire. A quelques pas de là, Cruden surprit le regard électrique de Betty Davis. Décidément, Esther savait tout avant tout le monde. A cet instant, Jack Lindsay aperçut Cruden, se retourna pour lui faire un signe faussement amical et brisa son verre de jus d'orange sur le rebord de la table. Lindsay fit la grimace et lécha son doigt tailladé. Une nuée de courtisans hypocrites l'entoura, proposant baumes et pansements. Lindsay minauda, ravi malgré tout, de cette foule de mendiants méprisables à ses pieds.

Betty Davis se détourna, écœurée. Jalouse à en crever, se dit Cruden. Il n'eut pas le temps d'approfondir cette étrange relation. Quelqu'un le bouscula en interrogeant qui voulait l'entendre :

« Stubbs ! Vous n'avez pas vu Stubbs ? M. Davis veut absolument le voir... »

Cruden se retourna. C'était Mailer. Mike Mailer, le directeur du personnel, qu'il avait entrevu quelques minutes plus tôt en compagnie de Betty Davis. Affolé, Mailer cherchait, comme Diogène, son homme introuvable. Un des employés lui désigna l'autre bout du buffet.

« Il est là-bas, votre Stubbs. Pas la peine de vous énerver comme ça !

— Merci ! Merci beaucoup ! » dit Mailer en arrachant des mains de l'employé serviable son verre de whisky avant de croquer un comprimé de Nitrofane.

« Le cœur..., s'excusa Mailer. Toutes ces émotions, vous comprenez... »

Et Mailer fonça comme une torpille à travers la foule pour y intercepter son homme. On l'entendit s'écrier avec véhémence :

« Stubbs ! Mon vieux, je vous cherchais ! »

Mike Mailer propulsa aussitôt ledit Stubbs vers la table du grand patron. Philip Stubbs, un des responsables du contrôle du conditionnement au New Laboratory, fut visiblement surpris de l'honneur soudain qu'on lui faisait. Il léchait ses doigts encore gluants de sauce tomate et s'efforçait d'avaler rapidement son morceau de pizza quand Mailer le poussa énergiquement vers Davis. Stubbs était un homme d'apparence timide et médiocre. Les caméras se mirent à ronronner, fixant ces moments inoubliables aux frais du prince, et Philip Stubbs, tout à coup conscient des projecteurs, passa en hâte la main sur son crâne dégarni. Il faisait, sous les lumières violentes, une chaleur d'étuve.

Un silence se fit dans la salle et Cruden entendit à proximité la voix de Betty Davis qui murmurait, perfide, à l'intention de ses voisins :

« Mon mari est resté très boy-scout. Vous allez voir qu'il va encore faire sa B.A. en direct.

— Ah ! mon cher Stubbs, prenez donc une coupe de

champagne avec nous ! » l'accueillit Davis, et les haut-parleurs amplifièrent sa voix de prêcheur. « Mon cher, je serai bref. Vous savez que, bien que discret, je reste attentif à votre travail à tous. Voici. Mailer m'a vanté votre compétence et votre sérieux. C'est pourquoi, dès demain, vous occuperez le poste de superviseur au contrôle du conditionnement. Ne me remerciez pas, vous l'avez mérité. Ne me décevez pas. »

Il y eut une pluie décente d'applaudissements. Davis salua, comme après un récital. Incrédule, Philip Stubbs avait gardé sa coupe à la main et suçait encore son index d'un air idiot tandis que la caméra filmait les congratulations du Seigneur Davis. Celui-ci se retourna aussitôt pour répondre aux questions d'Esther Grimes. Cette promotion personnellement octroyée allait redorer son image d'empereur généreux. Cruden hocha la tête. Quel cinéma ! se dit-il et une nausée noua son estomac. Le champagne, pensa-t-il.

En reposant son verre tiède, il remarqua, à la limite de l'éclairage des projecteurs de la C.B.C., une silhouette terne, immobile. L'homme tenait entre ses doigts un chapeau mou. Il était un peu chauve et un sourire ambigu errait sur ses lèvres. Son regard, bien que dans l'ombre, ne quittait pas les moindres mouvements de Davis. Ce doit être ce fameux Lyte dont m'a parlé Esther, songea Cruden. Henry Lyte, le « conseiller » de Davis. Cruden hoqueta. Comment Esther pouvait-elle vivre parmi ces batraciens suants ? Tous les espions se ressemblaient comme des crapauds.

Dimanche 11 septembre. Minuit.
Manhattan. 20e rue.

L'appartement d'Esther Grimes était situé dans un vieil immeuble de la 20e rue, non loin de Stuyvesant Square. Plus loin, à l'est, derrière la nuée d'hôpitaux vétustes et respectables qui ceignaient le quartier, une cité nouvelle de gratte-ciel arrogants hébergeait plus de vingt-cinq mille personnes. Esther, elle, avait voulu conserver, contre vents et marée, le petit studio qu'elle avait loué lorsqu'elle avait divorcé. Perché au sixième étage, comme un nid d'hirondelles, son studio se lézardait de partout et ne gardait son charme qu'à cause de la décoration subtile d'Esther. Elle en avait fait sa coquille, son berceau. Des couleurs pastel, mauve et rose, des coussins de soie, des chaises paillées, des meubles de bois ciré. Anciens. C'est-à-dire d'au moins cinquante ans. Esther plaisantait souvent les critères ridicules de l'antiquité américaine.

Cruden savait que sa porte ne s'ouvrait que rarement aux autres. Cet appartement, comme les vieilles photos jaunies, était pour elle une sorte de refuge. La patine rassurante du passé. Un univers factice et fragile de petite fille. C'était tout cela à la fois, bien sûr, et cependant, Alex avait depuis longtemps deviné que rien, dans les apparences d'Esther, ne pouvait résumer ce qu'elle était. Esther avait le don inné de surprendre. Depuis deux ans qu'il la connaissait, il ignorait encore quelle serait sa réaction s'il lui demandait de l'épouser. Il n'y songeait d'ailleurs pas vraiment. Leur liaison était fondée sur un pacte tacite. Pas de projets. Pas de serments. Quand il y réfléchissait, il devait bien reconnaître que leur union — provisoire, ainsi l'avaient-ils voulue — tenait autant à leurs blessures qu'à leurs affinités. Ils partageaient évidemment les mêmes opinions, les mêmes espoirs et les mêmes révoltes — l'affaire du racket l'avait prouvé —, mais ils étaient aussi, même s'ils ne se l'avouaient point, meurtris par leur passé. Ils se méfiaient tous deux de l'avenir, de la vie en couple, des illusions du bonheur. Par bribes, comme on cite une référence implicite, ils avaient appris les plaies de l'autre. Esther avait fait un mariage que tout promettait radieux. Une enfance heureuse et aisée — son père était professeur de droit à l'université de New York —, un mari, brillant avocat, oui, tout aurait dû bien se passer. Mais nul, se répétait Alex Cruden, qui savait de quoi il parlait, ne pouvait percer à l'avance la complexe alchimie d'un être, a fortiori d'un couple. Tant de paramètres échappaient à la conscience et aux bonnes volontés. Un mariage réussi, se disait-il, était presque un miracle. Du moins y fallait-il une forme de foi. Elle lui avait fait défaut, sans doute, comme à Esther. L'avocat brillant s'était révélé coureur de jupons, ce qui était banal en soi, mesquin aussi, ce que ne tolérait pas Esther. La liberté à sens unique, qu'elle fût sexuelle ou politique, était une dictature qui ne disait pas son nom. Esther avait demandé elle-même le divorce après deux ans de mariage. A vingt-sept ans, journaliste déjà célèbre, sans enfant grâce au ciel et au stérilet, Esther recommençait sa vie. C'était faux, bien sûr. Alex savait mieux que personne qu'on ne recommence jamais rien. On continue. Plus ou moins bien. On traîne derrière soi les valises lourdes du passé. On fait semblant. On cherche une consigne pour y déposer ses bagages. Lui, sa consigne, c'était son travail. Du moins essayait-il de s'en convaincre.

Alex n'avait pas divorcé. Il se demandait même s'il avait

jamais songé à se marier. Sa fiancée était morte bêtement dans un accident de voiture sur le Verrazano Bridge. Un poivrot ? Un cinglé ? Un suicidé ? Qu'importait ! Ils se connaissaient à peine, bien sûr. Comment l'auraient-ils pu puisqu'ils n'avaient pas encore traversé l'épreuve du feu des premières années de couple. C'était encore la période floue et irrationnelle de la passion. En ce temps-là, se disait Alex comme dans les contes de fées — once upon a time ! — chacun projetait sur l'autre ses rêves de toujours. Si elle n'était pas morte, s'ils s'étaient mariés, s'ils avaient eu des enfants, peut-être seraient-ils déjà séparés. Qui sait ? Et le poids du passé eût été peut-être moins lourd parce que irrévocable, accompli. Il avait joué ensuite, honorablement, son rôle de mâle solitaire et conquérant, mais Cruden, depuis ce temps-là, avait toujours vécu sur des rêves d'avenir qui appartenaient au passé. Ce qui expliquait sans doute leur entente, à Esther et à lui. Ils étaient davantage des compagnons que des amants.

Ce soir-là, pourtant, après la réception de la Brett & Gardner, Alex avait voulu qu'Esther passe la nuit chez lui. Elle avait refusé, gentiment. Il ne s'en était pas étonné, et l'avait raccompagnée chez elle. Au bas de son immeuble, elle s'était laissé attendrir et lui avait dit de monter. Ils avaient fait l'amour rapidement, presque sans bruit et les gémissements d'Esther ressemblaient à des sanglots. Cruden était resté allongé, observant la silhouette floue d'Esther tandis qu'elle prenait sa douche. Floue, oui, comme l'aventure qu'ils vivaient tous deux.

Alex se leva brusquement et, sans très bien savoir pourquoi, poussa doucement la porte de la salle de bains. Esther, gorge renversée, laissait couler l'eau brûlante sur sa poitrine. Cruden contempla les arabesques liquides qui ruisselaient entre ses seins pour se lover à sa taille mince, éclater en perles brillantes sur son pubis et s'engouffrer enfin en cataracte entre ses cuisses tendues. Le désir de ce corps lustré, sculpté par l'eau jaillissante, l'envahit de nouveau et, curieusement,

Cruden en éprouva une sorte de honte. Non. Ce n'était pas cela qui l'avait poussé. Pas cela qu'il voulait. C'était... autre chose. Il murmura : « Esther... », mais le vacarme de la douche couvrit sa voix. Qu'allait-il dire au juste ? Il l'ignorait lui-même. Esther s'ébroua et sa crinière mouillée lui fouetta le visage. Il recula en criant. Esther le vit et ses yeux d'un vert profond ne souriaient pas. Alex eut tout à coup l'impression d'être importun. Il s'esquiva en bougonnant.

Esther sortit de la salle de bains alors qu'il partait. Un peignoir de coton blanc, très court, dévoilait ses longues jambes. Ses cheveux humides étaient peignés droit en arrière. Elle ressemblait plus que jamais à quelque antique prêtresse. Cruden, une fois de plus, fut frappé de son inquiétante beauté.

« A demain, dit-il.

— A demain. »

Elle posa un baiser fragile sur sa joue. Il lui serra doucement le bras.

« Repose-toi, tu as l'air crevé, dit-il.

— Bien, papa ! » plaisanta-t-elle. Il fit mine de la gifler en riant.

« Alex..., commença-t-elle, l'air grave, incertain.

— Oui ? dit-il, la main déjà posée sur la poignée de la porte.

— Non, rien... Je t'appelle demain, O.K. ?

— O.K. »

Dans l'ascenseur, Cruden soupira. Ils étaient de grands gosses, dans le fond. Ils n'osaient même pas s'avouer qu'ils avaient mal. Qu'ils s'aimaient peut-être... Pourquoi ne lui disait-elle pas ce qui la tourmentait ? Il reconnut que lui non plus n'osait rien lui dire.

Dans la rue, les premières camionnettes de livraison de la presse passaient déjà. Était-il donc si tard ?

Lundi 12 septembre. 7 heures.
Brooklyn. Entrepôt du Brett & Gardner New Laboratory.

Henry Fielding, livreur de la Brett & Gardner, avait plus d'une demi-heure de retard ce matin-là. Jack, son assistant, riait sous cape en le voyant faire la grimace tandis que Simon, le dispatcher, le traitait de tous les noms en jurant sur la tête de sa mère qu'il le ferait virer s'il lui refaisait ce coup-là.

« Moins fort, siouplaît, moins fort », suppliait Fielding qui avait une gueule de bois carabinée. Bien entendu, Simon, en guise de représailles, hurlait au plus près aux oreilles du chauffeur.

Ils chargèrent en toute hâte les cartons de médicaments dans la camionnette Ford, malmenant les emballages et se souciant fort peu d'arrimer la cargaison. L'essentiel était de faire vite. Il était peut-être déjà trop tard pour éviter les embouteillages de 7 h 30 sur le Manhattan Bridge. Braine, le chef du centre de distribution, lui arracherait les yeux pour s'en faire des œufs brouillés s'il arrivait après 8 heures.

Fielding ne se le fit pas répéter deux fois. Il sauta dans le Ford et roula comme un kamikaze jusqu'au pont où les premiers ralentissements transformaient la rivière de voitures en gelée sirupeuse. Fielding, dont les tempes bourdonnaient, se jeta dans un gymkhana digne de *French Connection.* Il emprunta même la voie réservée, évita deux motocyclistes, écrasa un chien et dut finalement freiner brutalement à la sortie du pont. Un gyrophare tournoyait au-dessus des carrosseries signalant un accrochage. Fielding braqua sèchement à gauche et heurta l'aile d'une Buick. Il y eut un crissement de freins et le fracas de tôles embouties. Jack donna du front dans le pare-brise et cessa de rire. Une Chevrolet venait de percuter l'arrière de la camionnette Ford.

« Putain ! C'est pas vrai ! » gémit Fielding en se prenant la tête à deux mains.

Il descendit du camion et se boucha les oreilles pour atténuer le séisme qui ébranlait son crâne. Outre les beuglements hystériques du conducteur de la Chevrolet, un concert de klaxons s'élevait dans l'air déjà empuanti du Manhattan Bridge. Cinq cents voitures crachaient simultanément leurs gaz et leurs hurlements stridents.

« Moins fort, siouplaît, moins fort », répéta machinalement Fielding.

Il bâcla le constat, signa tout ce que voulait l'automobiliste et prit soudainement conscience des dégâts infligés à sa propre camionnette. Les portières arrière étaient enfoncées, laissant apparaître l'amoncellement chaotique des cartons éventrés. Les produits avaient roulé sur le plancher et certaines bouteilles de sirop s'étaient brisées.

« Jack, remue tes fesses, bordel, viens m'aider. »

Pour éviter la fureur assassine de Braine, au dépôt central de distribution, Henry et Jack mirent de côté les caisses les moins abîmées et, en s'aidant du listing, regroupèrent les médicaments épars pour la livraison directe. Le carton d'Aspénol était ouvert. Fielding le réserva aux drugstores.

La livraison se faisait en deux points. Le centre de distribution, qui livrait à la demande, comme un grossiste, et les points de vente, directement, lorsqu'ils étaient en rupture de stock.

« Prions pour que Braine n'y voie que du feu ! » soupira Fielding en reprenant le volant.

Au lieu du traditionnel délai d'un mois, l'Aspenol serait distribué le jour même, à cause d'une gueule de bois et d'un accrochage sur Manhattan Bridge.

Lundi 12 septembre. 9 h 30.
Manhattan. 56e rue. Drugstore Monica.

Marilyn Friedan, responsable du rayon pharmaceutique, en était encore à se demander si elle n'avait pas eu affaire à deux cinglés. Sa collègue du rayon hygiène pouffa de rire en la voyant se débattre avec ce carton déchiré et ces bordereaux froissés. Marilyn fit mine de lui jeter un flacon de sirop et l'autre se protégea derrière un paquet de couches-culottes. Elles éclatèrent de rire.

« Non mais, tu as vu ces deux oiseaux ! »

Jack et Henry, dans la pagaille qui régnait déjà au centre de Manhattan, avaient l'air de fous évadés. L'un arborait une superbe bosse violacée au front, tandis que l'autre ne cessait de branler du chef en répétant qu'il allait se jeter dans l'Hudson après ce qui venait de lui arriver. L'imbécile avait débarqué sa marchandise comme un forcené et trépigné d'impatience tandis que Marilyn vérifiait la commande :

« Dix boîtes d'Espergen, cinq bouteilles de Rhinavol, vingt boîtes de Spastomyl, dix flacons de Gastropax, vingt d'Aspenol...

— Tiens, donnez-m'en un », avait dit Henry en demandant si elle ne pouvait pas baisser le son de la musique d'ambiance.

Marilyn lui avait tout naturellement vendu un des flacons

d'Aspenol qu'il venait de lui livrer. Avait-on jamais vu ça ? Elle en riait encore. Les livreurs étaient partis comme ils étaient arrivés, en ouragan.

En rangeant ses produits sur les étagères de verre, Marilyn remarqua qu'un des flacons d'Aspenol était taché de sang.

« Ben mes cochons ! » s'exclama-t-elle en mettant le flacon de côté sur le comptoir pour le renvoyer à l'usine.

« Il y a de l'abus quand même, cria-t-elle. Si ça continue ils vont nous livrer de l'arsenic à la place du lait en poudre en s'excusant de la confusion. Merde alors. »

Lundi 12 septembre. 10 h 30.
Manhattan. 23ᵉ rue. Hartford Building.

Dans la salle d'attente du docteur John Hunter, Esther Grimes feuilletait nerveusement le dernier numéro du *Time Magazine.* Elle consulta sa montre-pendentif et conclut qu'elle n'aurait pas le temps de faire grand-chose ce matin.

Sa décision n'avait pas été préméditée. Elle avait eu les plus grandes difficultés à se lever, ce qui ne lui ressemblait pas. Esther avait toujours su récupérer très vite et quelques heures de sommeil lui suffisaient. Elle s'était traînée jusqu'à la cuisine et la simple odeur du café avait réveillé en elle les nausées qui la tourmentaient depuis quelques jours. Elle avait vomi une bile amère et son estomac noué la faisait encore souffrir. Malaise classique, s'était dit Esther. Si elle y ajoutait une semaine de retard dans ses règles, les probabilités pour qu'elle soit enceinte étaient assez sérieuses. Elle avait donc résolu de passer voir son médecin généraliste, le docteur John Hunter. Elle devait en avoir le cœur net, et ne pouvait attendre un rendez-vous chez sa gynécologue. Le cabinet de Hunter se trouvait sur son chemin lorsqu'elle se rendait à la C.B.C., dans l'immense complexe du Rockefeller Center, véritable ville à l'intérieur de la ville. Elle avait pensé en sortir rapidement. Mais Hunter, apparemment, était très demandé. Sa réputation de beau garçon, songea Esther.

C'était d'ailleurs Margaret Anderson, une collègue, spécialiste en la matière, qui le lui avait conseillé. Esther, qui venait de divorcer à cette époque, éprouvait de fréquentes douleurs dans les mollets et redoutait la calamité des varices. Hunter était non seulement très séduisant, Margaret n'avait pas tort, mais également compétent. Après quelques examens complémentaires, il avait rassuré Esther. Douleurs d'origine psychosomatique. Il lui avait conseillé d'aller voir son psychanalyste et Esther n'avait pu s'empêcher de rire. Hunter avait hoché la tête. Il n'appréciait guère, lui non plus, les disciples de Sigmund. Esther s'était quand même excusée.

« Pour aller voir un psy, docteur, il faut y croire. Et je n'y crois pas. »

Et voilà qu'elle attendait à nouveau parmi les riches et ravissantes jeunes femmes qui venaient tuer le temps et leur ennui en s'inventant quelques dysménorrhées ou grosseurs mammaires. Esther s'en voulait à présent d'avoir négligé ses rendez-vous gynécologiques. Quelque chose avait dû clocher avec son stérilet. Bien sûr, elle connaissait le pourcentage de risques et n'ignorait pas la nécessité d'un contrôle périodique. Elle se demanda, l'espace d'une seconde, si ce n'était pas là une sorte d'acte manqué. Les psy auraient-ils donc le dernier mot, en fin de compte ? En y réfléchissant, elle dut s'avouer que l'idée d'avoir un enfant d'Alex ne lui était pas désagréable. Ne lui *serait* pas désagréable, rectifia-t-elle aussitôt, s'ils n'avaient pas conclu cet accord d'union provisoire. Elle ne pouvait s'en prendre qu'à elle-même, après tout. C'était elle qui avait insisté, dès le début, pour fixer les limites de leur liaison. La peur, songea-t-elle, la peur de l'erreur. Elle se mordit les lèvres. Fallait-il donc qu'elle l'aime pour user de ruses inconscientes !

Son regard s'arrêta brusquement sur la page scientifique du *Time*. Elle parcourut en professionnelle l'article médical et sentit monter en elle une bouffée de colère mêlée d'orgueil.

Ainsi donc, à peine avait-elle amorcé son enquête sur les trusts pharmaceutiques que ses éminents confrères de la presse écrite s'en faisaient l'écho, lui emboîtant le pas dans un travail bâclé. Cool ! se dit-elle. Cela prouve que ta cote monte, cocotte ! L'article retraçait, dans les grandes lignes, ce qu'elle s'efforçait d'approfondir depuis un mois. La collusion implicite des grandes firmes et le jeu subtil des alliances ou des trahisons. Le journaliste citait même, sans donner de références, l'hypothèse selon laquelle chaque firme usait d'espionnage et de manœuvres boursières dans le but de déstabiliser le concurrent. Une manière comme une autre de saper l'adversaire tout en maintenant la complicité illégale sur les prix. Le tout assaisonné de prudents conditionnels. Le journaliste ne citait pas ses sources. Esther se sentait à la fois flattée et vexée. Sa première tentation fut de sermonner vertement le confrère indélicat. Il lui grillait une partie de son reportage. Certaines choses ne se faisaient pas dans le monde puissant de la presse. Mais, en y réfléchissant, Esther soupçonna que c'était là ce qu'on attendait d'elle. Qu'elle se fâche et abandonne l'enquête. Comme d'habitude, elle décida que la meilleure attitude était de foncer et de laisser faire. Inutile de se plaindre. Les récriminations étaient toujours, plus ou moins, une preuve de faiblesse et Esther devait prouver qu'elle était la meilleure. Il fallait donc accélérer le mouvement. Elle jeta le magazine sur le guéridon et consulta son agenda. Aujourd'hui, déjeuner avec Margaret Anderson. Elles avaient le temps d'organiser une petite sortie de travail pour ce soir. Il fallait faire vite, avant que d'autres pressions ne l'empêchent d'achever son travail.

Le docteur Hunter la reçut enfin. C'était un homme jeune, la trentaine, et filiforme. La silhouette d'Anthony Perkins et le même sourire de grand gamin. Le contraire de Cruden, se dit Esther. Alex était taillé comme un athlète, souriait rarement et parlait peu. Paradoxalement, son silence la rassurait.

Hunter examina le col de son utérus, ôta son stérilet et

rédigea une ordonnance. Hunter réservait son diagnostic. Seule une analyse de laboratoire pouvait confirmer la grossesse. Il reconduisit Esther à la porte et lui demanda de le tenir au courant. Esther eut un sourire. C'était peut-être cela qui lui valait son succès auprès de sa clientèle. On avait toujours l'impression que le docteur Hunter se sentait personnellement concerné par votre santé.

« Vous... excusez mon... indiscrétion... vous désiriez un enfant ? »

Esther fronça les sourcils, d'un air d'incompréhension.

« Je veux dire, insista Hunter, comptez-vous garder l'enfant si vous êtes enceinte ? »

Esther n'avait pas même envisagé la solution de l'avortement, elle s'en rendait compte tout à coup.

« Eh bien... je ne sais pas encore.

— Je vois, dit Hunter. En tout cas, dès que vous aurez les résultats du laboratoire, décidez-vous rapidement. Si vous voulez avorter, il vaut mieux ne pas traîner. »

Esther frissonna. Et si Alex refusait l'enfant ? Elle s'étonna de son angoisse. N'avait-elle pas, après tout, toujours pris seule ses décisions ? Seule ? Esther croisa en sortant une jolie patiente apparemment en très bonne santé.

Elle téléphona à la rédaction de la C.B.C. et annula ses rendez-vous pour la journée. Margaret Anderson, qui prenait l'appel, s'inquiéta de sa santé.

« Ce n'est rien, cocotte ! plaisanta Esther. Je t'expliquerai tout à l'heure ! Midi trente. A l'Asti ! Ça te va ? »

Elle avait le temps de flâner une heure ou deux. Le temps de penser un peu à elle.

Lundi 12 septembre. 11 heures.
Manhattan. 23ᵉ rue. Hartford Building.

Le docteur John Hunter rédigeait une ordonnance à l'eau de rose pour la très saine et très jolie patiente qui se rhabillait avec une ostensible lenteur devant lui, négligeant le paravent qui était à sa disposition. Hunter, bien que jeune et assez beau garçon, ne se faisait guère d'illusions. C'était encore un coup fourré d'Henry James, son associé, qui adorait ces canulars de carabin. La réputation de tombeur en cabinet qu'il lui avait faite dans les endroits à la mode était peut-être lucrative, mais Hunter n'appréciait pas ce genre de publicité, même s'il s'agissait de plaisanteries. Il tenait à la paix conjugale autant qu'au sérieux de sa carrière.

John Hunter contempla distraitement les jambes nues de sa cliente. Elle avait dû acheter ces bas de soie spécialement pour lui. Mauvais investissement, songea-t-il. Chose rare peut-être, il était amoureux de sa femme.

Il eut un pincement au cœur en se rappelant l'hésitation de sa dernière patiente, Esther Grimes. Neuf chances sur dix pour qu'elle décide de se faire avorter. La vie avait parfois l'air d'une farce de mauvais goût, se dit Hunter. Il ne portait pas de jugement moral, certes non. Il avait depuis longtemps admis que l'avortement était un simple prolongement de la contraception. Non, il n'avait rien contre, sinon qu'il avait rendu sa femme stérile.

Amoureux de sa femme ! Un beau sujet de thèse psychiatrique, se dit-il. Son associé, Henry, ne cessait de le mettre en boîte sur l'aspect pathologique de sa fidélité. Il l'aimait bien, James, mais il savait que ses blagues reflétaient une réalité assez extravagante. John et Ann Hunter faisaient figure de dinosaures conjugaux, survivants d'une espèce disparue sur une planète de totale fantaisie sexuelle.

John avait fait la connaissance d'Ann au collège de médecine. Ann étudiait la pharmacologie. Ce fut, pour tous les deux, leur première aventure. Ils avaient décidé de se marier, autant pour les parents que parce qu'ils souhaitaient avoir des enfants. Ann avait interrompu ses études dès qu'elle avait appris qu'elle était enceinte. Ils en avaient peut-être trop eu envie, de cet enfant. Ann y avait sacrifié ses études, sa carrière, sans un regret. Et puis était venu le coup de tonnerre du Mystelomyd. Ann était si angoissée par sa grossesse qu'elle avait pris les premiers temps ce calmant léger et apparemment inoffensif. Lorsque le scandale avait éclaté, Ann en était déjà à son troisième mois de grossesse. Le Mystelomyd, apprirent-ils avec épouvante, était un médicament tératogène, entraînant des malformations graves du fœtus. Pas la moindre chance d'avoir un enfant normal. Ann se fit avorter et l'intervention tardive se déroula mal. Tout espoir d'avoir un autre enfant n'était pas exclu mais, depuis dix ans, ils espéraient en vain.

Ann n'avait pas eu le courage de reprendre ses études. John était devenu un médecin réputé. Leur harmonie de couple était parfaite. Ils avaient, en somme, tout pour être heureux, sauf ce qu'ils désiraient par-dessus tout. Hunter aurait préféré, à la limite, avoir la certitude qu'Ann était définitivement stérile. Ils se seraient résignés, auraient adopté un enfant. Tandis que cet espoir mince et toujours entretenu leur rendait la vie impossible. Ann souffrait de migraines chroniques et passait des après-midi entiers au lit. John s'abrutissait de travail. Leur amour, comme toute passion en vase clos, tournait en rond et se teintait d'amertume. Ils ne se lassaient pas de l'autre, bien au contraire, mais ce n'était plus la joie qui les liait. C'était un lien plus fort encore, celui du désespoir partagé. Ils n'en parlaient jamais. Il y avait bien longtemps que les mots ne leur étaient plus nécessaires pour mesurer leurs sentiments. Ils avaient une façon bien particulière de se dire le contraire de ce qu'ils pensaient, une sorte de code verbal que leurs amis prenaient pour de la complicité égoïste — ce qui en un sens était vrai.

Mais John savait que leurs plaisanteries et leurs jeux de mots dissimulaient une certaine forme de cynisme ; la prothèse du chagrin, songea-t-il. Le téléphone bourdonna et John Hunter décrocha en soupirant :

« Oui ?

— Votre femme, docteur, susurra la secrétaire.

— John ?

— Non, Henry.

— Idiot. Que fais-tu ?

— J'admire en ce moment précis les jolies jambes d'une cliente qui me fait du charme et je me demandais justement si j'allais succomber.

— Idiot. »

La patiente rougit violemment et tira sèchement sur le bord de sa jupe.

« Tu rentres déjeuner ? »

Hunter consulta sa montre. James devait le relayer aux consultations dans dix minutes.

« C'est faisable, dit-il, mais pas avant midi et demi et pour cinq minutes trente secondes trois dixièmes. J'ai un emploi du temps très chargé avec toutes ces admiratrices qui me réclament, tu sais bien.

— Monstre !

— Mais enfin, je consens à te consacrer quelques minutes. De quoi souffrez-vous, chère madame ?

— De la même chose que tes admiratrices, mon amour. Au fait, j'ai un mal de tête atroce.

— Prends un Aspenol.

— Justement il n'y en a plus, tu peux en rapporter ? Ne traîne pas trop, la pizza surgelée risque de refroidir.

— Tu la mettras sur le front, ça soulage.

— Idiot. »

Avant de sortir, Hunter jugea utile de laisser un message à la secrétaire :

« Mademoiselle, soyez gentille, quand le docteur James arrivera, dites-lui qu'il donne ses rendez-vous à Central Park la prochaine fois, il comprendra. »

Le docteur Hunter était un praticien efficace. Il avait en outre poussé le souci de rapidité jusqu'à choisir pour ses déplacements une voiture française, *the car,* dont la taille ridicule lui permettait d'éviter certains encombrements.

A midi, il était sur le chemin de son appartement. Il remonta Park Avenue et, à l'angle de la 56e rue, se souvint qu'il avait oublié de prendre de l'Aspenol pour sa femme avant de quitter le cabinet, en apercevant l'enseigne rouge et verte du drugstore Monica.

Il se gara en double file et courut jusqu'au magasin. Marilyn Friedan n'eut pas le temps de le dissuader que Hunter avait déjà payé et empoché le flacon d'Aspenol qui traînait sur le comptoir.

« Mais il est taché ! cria Marilyn.

— Et alors, ça ne va pas l'empoisonner ! » lança Hunter en courant vers sa voiture qui bloquait déjà la circulation.

Lundi 12 septembre. 11 h 30.
Brooklyn. Golding's drugstore. Angle d'India Street.

Le Golding's drugstore était sa dernière livraison de la matinée et Henry Fielding remercia le ciel en avalant son quatrième Aspenol de la journée. Son mal de crâne s'estompait tant qu'il conduisait, mais revenait plus fort, plus torturant dès qu'il parlait ou s'agitait.

« C'est de sommeil que t'as besoin, Henry, lui disait Jack en bâillant.

— Va te faire foutre, p'tit con. »

Encore heureux que Braine ait été absent. Il lui aurait fait la peau, c'est sûr.

« Où c' qu'on va c't après-midi ? grogna Jack.

— A Miami, connard. On a encore tout le Queens à se farcir. »

Le patron du Golding's drugstore émit quelques décibels particulièrement douloureux pour Fielding en constatant qu'il manquait des produits dans sa commande.

« C'est pas de ma faute, gémit hypocritement Fielding. Moi, j'y peux rien. Faut dire ça au dispatcher. »

Finalement, Fielding lui promit de livrer le reste l'après-midi même. Il lui donna tout ce qui lui restait dans la camionnette.

Il n'y avait plus qu'un flacon d'Aspenol sur les cinquante. Dans celui de Fielding, il restait six gélules.

Lundi 12 septembre. 11 h 30.
Brooklyn. India Street.

State Street faisait partie d'un des quartiers les plus vétustes de Brooklyn, non loin de Prospect Park. Cette zone était l'objet d'un vaste plan de rénovation et d'amélioration de l'habitat. Mais, là comme ailleurs, à peine commencés, les travaux avaient cessé faute de crédits. A croire que l'argent était comme l'eau douteuse des ruisseaux, apparaissant au coin de la rue pour être engloutie à la première bouche d'égout.

On avait démoli quelques immeubles mais on n'avait rien reconstruit. Les maisons qui subsistaient exposaient leurs flancs déchirés où pendaient encore des lambeaux de papier peint, vestiges des appartements disparus. Suzan Blamire habitait au cinquième étage d'une de ces vieilles bâtisses.

Son mari lui avait fait cadeau de six enfants et semblait fort bien s'accommoder, depuis deux ans, de sa situation de chômeur. Il rentrait une fois par semaine, lorsque ses poches et son estomac étaient vides et que ses fréquentations lui posaient des problèmes.

Ce jour-là, Suzan Blamire se débattait avec les problèmes habituels. L'art de cuisiner pour sept quand on n'en a que pour deux, la lessive et la merde, bref, la routine. Deux des garçons, âgés de six et huit ans, traînaient quelque part dans les rues ou les terrains vagues, au lieu d'aller à l'école. L'aîné cherchait du boulot et les deux filles, quatorze et douze ans, faisaient hurler la radio dans la chambre.

« *Get the motion...* », reprenaient-elles en chœur en essayant de suivre le rythme infernal du talkover.

La petite dernière, une fillette de trois mois, pleurait sans discontinuer depuis vingt-quatre heures. Suzan Blamire s'essuya les mains à un torchon et toucha le front du bébé. Il avait de la fièvre, c'était sûr. Comme si on pouvait se permettre d'être malade dans State Street. Suzan mit le biberon au bain-marie et gueula pour couvrir la musique de la radio.

« Helen ! July ! Baissez-moi cette saloperie de radio ou je vous démolis. »

A contrecœur, les filles s'exécutèrent.

« Helen, viens ici. »

L'aînée traîna les pieds au son de la musique en se dandinant.

« Va me chercher quelque chose pour la fièvre au coin de la rue. Dis bien au vieux Golding que c'est pour un bébé. »

Helen chatouilla distraitement le bébé qui pleura de plus belle.

« Sale caractère, comme sa mère ! » conclut Helen.

Le père Golding lui donna le flacon d'Aspenol qu'il venait de recevoir. Il expliqua à Helen que sa mère pouvait ouvrir les gélules et mélanger le produit au lait du biberon. Malgré tout, elle ferait mieux de faire venir un médecin si le bébé pleurait encore demain.

« C'est que ma mère est un peu fauchée en ce moment, comprenez, alors, justement, elle demande comme ça si vous pouviez lui faire crédit. »

Golding se frappa le front du plat de la main.

« C'est toujours pareil avec vous autres. Et quand j'aurai fait faillite, où c'est que vous irez faire crédit, hein, à Broadway ? Bon, ça va pour ce coup-ci, mais c'est bien à cause du bébé. »

Helen déguerpit sans un merci et, l'oreille collée à son transistor, elle se dirigea vers Johnson Avenue, où l'on faisait d'excellents ice-creams. La monnaie que lui avait donnée sa mère tintait contre le flacon d'Aspenol, dans sa poche. Le bébé attendrait bien jusqu'à midi, l'heure du biberon, pour prendre son Aspenol.

Lundi 12 septembre. 11 h 30.
Manhattan. Book Row.

Esther avait laissé sa voiture dans le parking souterrain de son immeuble et décidé de se promener un peu en attendant l'heure du déjeuner. Elle avait pris un taxi jusqu'au laboratoire, dans la 14e rue et, après avoir déposé son analyse, elle avait flâné dans le Book Row, ce quartier de librairies en tous genres où se côtoyaient les livres rares et les bouquins d'occasion. Puis, Esther s'était laissé porter par la foule de badauds qui descendait la IVe Avenue.

Elle faisait du lèche-vitrines. Esther Grimes faisait du lèche-vitrines. Cela ne lui était pas arrivé depuis les jours anciens où elle accompagnait sa mère dans la Ve Avenue. Sa chère maman tombait en extase devant les vitrines de luxe des magasins prestigieux et hors de prix : *Saks — Altman's — Lord and Taylor — Bonwit Teller — Bergdorf-Goodman.*

Elles sortaient épuisées de ces interminables promenades durant lesquelles elles n'achetaient que rarement mais se gavaient d'images, et finissaient généralement leur équipée dans un drugstore pour y déguster un ice-cream gigantesque en commentant les dernières modes. Jours heureux. Jours d'insouciance et d'innocente futilité. Ces souvenirs stimulèrent l'appétit d'Esther qui entra dans le premier drugstore.

Elle commanda une énorme glace à la fraise qui l'écœura dès la deuxième cuillerée. Les nausées réapparurent et elle se précipita aux toilettes. Décidément, les jours heureux étaient bien loin. Elle acheta, avant de sortir du drugstore, une boîte de Gastropax pour ses nausées, et des Aspenol pour la migraine latente qui ne la lâchait pas depuis une semaine. Elle ne put résister à la tentation et prit également un test de grossesse.

Elle paya et la caisse antédiluvienne eut un tintement guilleret lorsque le patron rendit la monnaie. Esther se souvint tout à coup qu'elle devait rappeler Alex. Ses doigts tremblèrent lorsqu'elle composa le numéro du New York Police Headquarters. Cruden s'excusa. Il ne pouvait vraiment pas se libérer pour le déjeuner. Un cinglé qu'ils n'avaient pas fini de cuisiner. Un type qui avait égorgé proprement toute sa famille, grand-père, femme et gosses, y compris le dernier-né, et se prétendait la réincarnation d'Abraham. Ils attendaient les psychiatres pour l'expertise et Cruden devait absolument rester s'il ne voulait pas que Macaulay, son gorille d'adjoint, transforme le prévenu en chair à saucisse. Esther comprenait. Non, ça n'avait pas d'importance. Non, bien sûr, elle survivrait. D'ailleurs, Margaret lui tiendrait compagnie... Elle hésita.

« Alex...

— Oui ?

— Je... Non, rien. »

Elle raccrocha sèchement pour que Cruden n'entende pas ses sanglots. Qu'est-ce qui lui prenait ? Mais qu'est-ce qui lui prenait donc ?

Elle traversa la IVe Avenue et se dirigea vers la 12e rue où Margaret Anderson l'attendait sans doute déjà devant un Martini. A l'angle de la rue, son regard fut attiré par la vitrine d'un magasin de layette et elle sentit son cœur se serrer en voyant les minuscules chaussons de laine bleus et roses. Avant même d'avoir compris la valeur de son geste, Esther avait jeté le Gastropax et l'Aspenol dans l'égout.

Si elle devait garder l'enfant, autant en prendre soin dès maintenant. Ce qu'elle avait appris au cours de son enquête sur les compagnies pharmaceutiques l'incitait à se méfier des médicaments réputés inoffensifs pour la mère et le fœtus. On ignorait neuf fois sur dix les effets tératogènes d'un produit.

Elle entra dans le restaurant avec le sentiment d'être soulagée. Une fois de plus, elle avait décidé seule, mais cette fois, elle n'en était pas vraiment fière.

Lundi 12 septembre. 12 h 15.
Manhattan. 35e rue. Schurz Building.

John et Ann Hunter habitaient au vingt-cinquième étage d'un immeuble qui en comportait soixante. Le rez-de-chaussée tout entier était une vaste galerie marchande aux vitrines luxueuses. Les cinq premiers étages étaient réservés aux professions libérales. Les logements — coûteux — se superposaient du sixième au trente-cinquième étage, agencement désormais démodé. Le reste de l'immeuble était en partie loué par des compagnies diverses pour leurs bureaux. Les six derniers étages étaient inoccupés, pourcentage raisonnable si on le comparait au taux de désertion des gratte-ciel qui frappait l'ensemble de Manhattan. Les seuls immeubles qui échappaient à cette hémorragie étaient ceux qui s'étaient transformés en véritables villes verticales, offrant aux occupants tous les éléments de la vie citadine, en couches stratifiées : commerces, lieu de travail, soins, loisirs, logements dans les étages supérieurs, à la vue imprenable, de sorte qu'il n'était pas rare de voir des familles demeurer une semaine entière à l'intérieur de la tour sans descendre dans la rue, sans respirer l'air délicieusement pollué de la ville extérieure. Le jour où il leur fallait sortir de leur bulle d'air conditionné, ils téléphonaient au concierge du rez-de-chaussée pour savoir le temps qu'il faisait, en bas.

Mais le docteur Hunter était encore de l'ancienne école, et les germes pernicieux du monde horizontal ne lui faisaient pas peur. Il traversa sans y prêter attention la pluie sonore qui arrosait la galerie marchande de sa musique sirupeuse et eut l'agréable surprise de trouver un des trois ascenseurs au rez-de-chaussée. Il s'embarqua pour le voyage vertical qui devait l'amener chez lui.

Ann avait posé deux assiettes vert pâle sur des sets en paille tressée, puis jugé plus sage d'attendre son mari pour chauffer les plats surgelés qui constituaient l'essentiel de leur alimentation. Allongée sur le divan, elle eut du mal à ouvrir les yeux lorsque John l'embrassa sur le front.

« Je dois couver une bonne grippe, non ?

— Diagnostic valable, dit Hunter. Mais pronostic pessimiste.

— Sans cœur. Tu as quelque chose pour adoucir mon agonie ? »

Hunter lui tendit le flacon d'Aspenol et ôta sa veste.

« Ne bouge pas ; je m'occupe de la pizza. »

Hunter prit deux plats surgelés dans le congélateur et les plaça dans le four à micro-ondes. Il consulta sa montre. Il s'accordait une demi-heure, pas une minute de plus.

« Jane a téléphoné ce matin. Elle nous invite pour le week-end à Long Island. Il y aura les Vaughan, dit Ann en se levant pour le rejoindre à la cuisine.

— Oh ! ces cons. Je ne comprends pas Frank, il n'arrête pas de dire qu'ils sont chiants comme la mort et ils sont toujours fourrés chez eux.

— Peut-être qu'il baise sa femme.

— Bon appétit.

— T'exagères, elle n'est pas si mal que ça, dit Ann en se versant un verre d'eau au robinet.

— C'est vrai, j'ai vu pire. C'était dans *Freaks,* je crois.

— Tu es vraiment ignoble », dit Ann en riant.

Elle avala le cachet d'Aspenol et but une gorgée d'eau.

« Au fait, tu crois qu'ils vont nous demander de... », dit-elle en s'approchant du four pour vérifier la cuisson.

Elle n'acheva pas sa phrase. Elle porta la main à son cou, ses yeux se retournèrent et elle s'écroula devant le réfrigérateur. Le verre se brisa en mille éclats blancs.

« Ann... Ann..., grogna Hunter d'une voix rauque. Ann... Ann, arrête tes bêtises. »

Il se pencha sur elle. Elle ne respirait plus. Son visage était bleuté. Une odeur aigre-douce d'amande s'exhalait de sa bouche entrouverte.

La sonnerie guillerette du four à micro-ondes tinta joyeusement pour annoncer la fin de la cuisson.

Lundi 12 septembre. 12 h 30.
Brooklyn. India Street.

Suzan Blamire jeta un regard morne par la fenêtre poussiéreuse. Les deux garçons étaient rentrés affamés et se disputaient la dernière saucisse grasse qui baignait dans la purée de choux. July chipotait, songeant moins à sa ligne qu'à faire enrager ses frères. Suzan berçait dans ses bras le bébé qui hurlait toujours, la voix cassée par les pleurs.

En bas, dans la rue, elle aperçut Helen qui revenait lentement, en compagnie de deux jeunes Portoricains. Helen minaudait tandis que les deux garçons, treize à quinze ans, guère plus, se tortillaient au son de la musique nasillarde que distillait toujours le transistor d'Helen.

Suzan releva sèchement la fenêtre et appela sa fille :

« Tu vas te magner, oui, salope ! Tu vas voir ce qui t'attend ! »

Helen leva la tête, haussa les épaules, bavarda encore quelques minutes avec les deux hooligans et remonta sans se hâter l'escalier de l'immeuble. Elle fut accueillie à la porte par deux magistrales paires de claques qui la projetèrent contre le chambranle où elle se blessa le front. Un peu de sang suinta de son écorchure :

« Je ne te pardonnerai jamais », siffla Helen en montrant les dents.

Suzan la regardait fixement, haletante, comme si elle ne reconnaissait plus sa fille, comme si elle ne se reconnaissait plus elle-même.

« Rentre », dit-elle d'une voix rauque.

Les cris du bébé, dans la pièce, redoublèrent.

« Donne-moi le médicament. »

Helen lui tendit le flacon d'Aspenol. Suzan se dirigea vers le petit lit de bois blanc où le bébé se contorsionnait, les bras levés et la nuque raide. Elle le prit dans ses bras.

« C'est tout, là, c'est tout », dit-elle, et des larmes lui montèrent aux yeux, qu'elle refoula.

Pas le temps de pleurnicher. Lorsqu'elle se retourna, Helen avait disparu. Elle eut le temps de la voir courir vers Prospect Park. Suzan songea qu'elle tenait bien de son père, cette petite garce, et prit la température du biberon sur son poignet.

« Tiens-le-moi une minute », dit-elle en tendant le nourrisson à July.

Suzan ouvrit le flacon d'Aspenol et cassa une gélule au-dessus du biberon. Elle agita le lait et reprit le bébé. L'enfant but à contrecœur et n'acheva pas son biberon. Suzan essaya de le faire roter en tapotant son dos, mais rien ne vint. Elle le recoucha dans son berceau. Dieu merci, songea-t-elle, il s'est endormi.

Elle se mit à débarrasser la table et se versa un verre de vin, son remontant, comme elle disait. Les gosses se chamaillaient à nouveau dans la chambre pour une obscure histoire de chewing-gum.

« Taisez-vous », dit Suzan machinalement, d'une voix lasse et impuissante.

A peine s'était-elle assise que le bébé hurla de plus belle.

« Seigneur ! soupira Suzan qui sentait les larmes revenir.

— Maman ! Maman ! Il a vomi. Il a vomi tout son lait. »

Suzan prit le bébé et le changea. Une odeur âcre de lait tourné emplissait la pièce.

« July, apporte-moi des draps propres pour le berceau.

— Il y en a plus, m'man. »

Suzan jeta un coup d'œil sur le balcon. La lessive n'était pas encore sèche qu'il lui aurait déjà fallu recommencer.

« Alors donne-moi une serviette », cria Suzan, hystérique.

Elle recoucha l'enfant et finit son verre de vin. Une violente migraine lui barrait le front à présent. Manque de sommeil, se dit-elle, et elle prit une gélule d'Aspenol avec un autre verre de vin. Elle n'avait plus faim. La fatigue, ça nourrit, lui disait souvent sa mère. Elle avait bien raison.

Il fallait quand même le lui donner, ce médicament, si elle voulait faire tomber un peu de fièvre. Suzan prépara un autre biberon, à l'eau sucrée uniquement, où elle mélangea une autre gélule d'Aspenol. Le bébé, cette fois, ne le vomit pas et dormit une heure. Quand il se réveilla, la fièvre était réapparue et il criait rageusement.

Il restait sept gélules dans le flacon d'Aspenol et l'une d'elles était légèrement entrouverte.

Lundi 12 septembre. 13 heures.
Manhattan State Hospital.

Lorsque le professeur Oliver Lodge, chef du département de toxicologie au Manhattan State Hospital, entra dans son bureau, Clive Wake, son assistant, avait déjà trié les dossiers problématiques.

« Comment va, Clive ? Pas de problème spécial aujourd'hui, j'espère, j'ai la tête comme une grosse caisse.

— Gueule de bois ?

— Même pas. Mais ce patriote de Davis n'a rien trouvé de mieux que de nous servir son champagne californien le plus meurtrier. On devrait inscrire ce vin-là au tableau des toxiques dangereux, catégorie des poisons *à effet différé.* »

Clive Wake pouffa de rire et laissa le siège à Lodge.

« Je vous ai mis de côté le dossier Hamilton, on n'a toujours pas trouvé la moindre trace d'albumine. Assez bizarre. Il y a aussi cette intoxication alimentaire au Centre de gériatrie. Il faudrait faire des analyses complémentaires sur les produits de base. Pour le reste, c'est ce que vous pensiez. Ah ! j'oubliais, il y a aussi un certain docteur Hunter, John Hunter, qui voudrait vous voir. Il dit qu'il a été votre élève. Sale histoire. Il nous a amené sa femme il y a dix minutes. Morte. Le décès remonte à trois quarts d'heure. Embolie respiratoire à première vue. Mais il y a peut-être une cause d'origine virale. Elle avait de la fièvre depuis vingt-quatre heures et se plaignait de violentes migraines. Les centres nerveux ont pu aussi être atteints par un agent toxique. »

Le professeur Lodge se souvenait parfaitement de Hunter, comme de chacun de ses étudiants. Il revoyait le grand jeune homme élégant qui, sous des airs de séducteur nonchalant et de charmant dilettante, cachait un sérieux professionnel et un acharnement au travail assez rares.

« Où est-il ?

— Avec le corps. Au frigo. »

Oliver Lodge enfila sa blouse et descendit à la morgue. Hunter était seul à côté du corps de sa femme qu'on avait laissé sur une table roulante avant de le glisser dans un des macabres tiroirs qui s'alignaient dans la salle du fond. Une lumière blanche et dure se reflétait sur le carrelage de céramique. Hunter tenait serrées les mains de sa femme, comme s'il voulait les réchauffer, lui insuffler un peu de sa propre vie. Il ne pleurait pas. Il n'avait pas encore tout à fait compris qu'elle était morte.

« Salut, John. Désolé. Vraiment désolé », dit Lodge.

Hunter leva vers le professeur des yeux de chien mourant.

« Je ne comprends pas, monsieur, je ne comprends pas. »

Lodge posa sa main sur l'épaule de Hunter et, fermement, l'obligea à s'écarter du corps.

Lodge releva les paupières du cadavre, palpa le cou et se pencha pour sentir l'odeur qui montait de l'estomac, de la bouche. Violente, caractéristique, l'odeur du cyanure de potassium lui frappa les narines. Il se redressa sans rien dire et continua d'examiner le corps. Puis il tira le drap vert sur le visage de la morte et s'appuya à la table, s'interposant entre Hunter et le cadavre.

« Que s'est-il passé, John ? Il faut me le dire. »

Lodge avait un regard acéré où se lisaient à la fois le scepticisme et la sympathie.

« Rien. Je... je ne sais pas, monsieur, je ne sais pas.
— Je vais être obligé de faire une autopsie. Il faut que vous m'aidiez.
— Mais je... Oh ! non !
— Qu'a-t-elle mangé pendant les dernières heures ?
— Je ne sais pas. Rien, je crois. Nous allions justement passer à table. Les pizzas étaient au four. Elle n'y a pas touché. D'ailleurs, la sonnerie a retenti quand elle est tombée. Vous savez, la cloche du four... », précisa Hunter, comme si ce détail futile pouvait remettre à zéro la minuterie du temps, comme si la sonnerie pouvait réveiller le cadavre.
« Et avant ?
— Comment voulez-vous que je sache ? Elle a passé la matinée couchée, je crois. Elle m'a téléphoné qu'elle avait mal au crâne et je lui ai rapporté de l'Aspenol.
— Elle en a pris ?
— Hein ? Oui, bien sûr. Enfin, je crois. Oui, elle a même pris un verre d'eau au robinet.
— Vous avez le flacon ?
— Euh ! non. Il est resté dans l'appartement. Pourquoi ?
— Bien, écoutez, John. Je ne crois rien du tout. Mais il me semble qu'après ce choc, et en attendant les résultats de l'autopsie, vous devriez vous reposer. Je vais vous faire donner une chambre et vous donner un calmant. Vous pourrez repartir dès ce soir, si vous le souhaitez.
— Mais je vous assure, monsieur...
— Ah ! autre chose, il faut absolument que vous retrouviez ce flacon d'Aspenol. O.K. ? »
Hunter était brisé, vidé.
« O.K. », capitula-t-il.

Cinq minutes plus tard, le professeur Oliver Lodge obtenait en priorité le Q.G. de la police où il s'entretenait brièvement avec Alex Cruden. Celui-ci jugea que l'affaire n'était pas de son ressort s'il s'agissait d'un crime passionnel mais accepta d'envoyer un de ses inspecteurs au Manhattan State Hospital. Lodge insista pour qu'on procède à une perquisition à l'appartement de Hunter où se trouvait un flacon d'Aspenol suspect. Cruden haussa les épaules. Depuis quand assassinait-on à l'aspirine ?

Lundi 12 septembre. 13 heures.
Manhattan. 12e rue. Restaurant Asti.

L'Asti était un restaurant italien réputé pour la qualité de ses spaghettis, la saveur de ses escalopes bolognaises et la cherté prohibitive de ses menus. Aldo, le patron, malgré son accent italien et son anglais approximatif, était un Américain de souche aussi ancienne — ou presque — que celle de Jefferson. Il officiait religieusement derrière ses fourneaux et ménageait sa clientèle de marque, en particulier lorsqu'elle appartenait à la presse. C'était une des raisons pour laquelle Esther venait souvent profiter des prix étudiés à son intention.

Comme Esther l'avait prévu, Margaret Anderson était déjà installée à l'une des tables du fond, sous un tableau imposant représentant la voie Appienne à Rome. Une impressionnante collection de bouteilles de Chianti et d'Asti Spumante aux formes compliquées couvrait une étagère qui faisait le tour de la salle. En sourdine, des haut-parleurs habilement dissimulés par des masques antiques, dont on s'expliquait mal la présence en ces lieux puisqu'ils étaient grecs, diffusaient du bel canto.

Deux hommes d'âge très mûr, genre homme d'affaires louches, à une table voisine, échangeaient avec Margaret des propos qui ne devaient guère être innocents, à en juger par ses fous rires stridents. Esther jeta son sac sur la banquette et embrassa son amie.

« Tu ne t'ennuies pas trop, je vois !

— Des enfoirés ! Ils voulaient m'engager pour un numéro de strip-tease..., murmura Margaret.

— Et ça te gêne ? s'étonna Esther.

— T'es folle ! C'était pour Holiday on Ice, ou un truc comme ça. Je tiens pas à me geler les fesses, moi ! »

Elles éclatèrent de rire.

Margaret Anderson était script-girl à la C.B.C. et collaborait depuis le début aux émissions d'Esther. Mais ses dons dépassaient largement le domaine technique. C'était elle qui préparait le terrain pour les interviews, débusquait les coups intéressants, flairait les gens prêts à parler. C'était dans sa nature. Margaret était douée pour les contacts humains. Tous les contacts, elle ne s'en cachait pas. C'était une vraie rousse, incendiée, incendiaire, au corps généreux et un peu rétro, très dans le style Hollywood des années 50. Elle faisait des ravages et adorait ça. Quand Esther avait amorcé son enquête sur les grandes firmes pharmaceutiques, c'était Margaret elle-même qui avait proposé de jouer le rôle d'appât. Elle s'était proprement laissé draguer par plusieurs cadres des grandes maisons, après avoir soigneusement étudié leurs dossiers et leurs habitudes mondaines. Le dernier en date était Mike Mailer, directeur du personnel pour le Brett & Gardner New Laboratory, qui était un adepte des boîtes de nuit disco. Margaret le travaillait en douceur depuis deux semaines et le pauvre était au bord de l'apoplexie à force d'attendre la nuit tant promise.

Esther attaqua bille en tête.

« Margaret ! Il faut que ce soit pour ce soir !

— Ben ma vieille, tu pourrais prévenir. Faut pas que j'oublie mon diaphragme !

— Cesse de faire l'idiote ! C'est sérieux. Il y a des confrères qui ont eu vent de mon reportage. Je ne veux pas être grillée.

Il me faut des informations solides. Tu crois que Mailer est à point ? »

Margaret fronça les sourcils et vida son Martini, tandis qu'un serveur apportait des lasagnes fumantes.

« Je pense qu'il est encore un peu vert, mais consommable.

— Et la fiche de l'autre jour, tu as vérifié ?

— Bien sûr. C'était bien ce que je pensais. Il avait dans sa poche une fiche informatique provenant du laboratoire de recherche de la Brett & Gardner. À mon avis, ce gars-là est en train de revendre des secrets de fabrication aux concurrents de Davis.

— Je veux savoir qui.

— Eh ! Oh ! Tu me prends pour Sherlock Holmes ?

— Non, Mata-Hari !

— Écoute. Ce type-là est un dégonflé. Ce sont les plus difficiles. Rien à en tirer, même sur l'oreiller. Ils crèvent de peur, tu comprends ? »

Esther chipota dans son assiette. Elle n'avait pas faim. Margaret, en revanche, mangeait d'un féroce appétit.

« Tu n'as pas peur des kilos ?

— Penses-tu ! C'est ce qui fait mon charme ! »

Esther réfléchissait. Si Mailer était un trouillard, il y avait bien un moyen de lui tirer les vers du nez. Pas très élégant, soit, mais les fins ne justifiaient-elles pas les moyens ?

« Écoute, dit Esther. Tu vas nous organiser une petite sortie en boîte pour ce soir.

— Tu te dévergondes, ma petite ! C'est mauvais pour ta réputation.

— Ne t'inquiète pas ! Je vais inviter Alex.

— Mailer va se tirer vite fait s'il sait qu'il y a un flic.

— On n'est pas obligé de lui dire... tout de suite.

— Je vois. Tu veux le faire chanter.

— Quel vilain mot ! Disons que je veux un témoin.

— Tu crois qu'Alex va marcher ?

— Non. Mais ce n'est pas la peine qu'il sache, lui non plus. Il suffit qu'il soit là.

— Ouïe ! Tu joues avec le feu, Esther ! Moi, à la place d'Alex, je n'apprécierais pas.

— Ce n'est pas ton problème.

— Exact.

— Si tu savais... »

Margaret alluma une cigarette et remarqua l'assiette intacte d'Esther.

« Ça ne va pas ? Santé ? Amours ? Ne dis pas que c'est ton job ! »

Esther soupira.

« Ma vieille, je crois que tu vas être bientôt marraine.

— Ne dis pas de conneries ! »

Esther eut un petit sourire malheureux.

« Merde ! Et tu ne peux pas...

— Non. J'en ai assez de fuir en avant.

— Et il sait ?

— Non. Je ne suis pas sûre qu'il l'accepterait.

— Mais alors, ça s'arrose ! » s'exclama Margaret en commandant une bouteille d'Asti.

Lundi 12 septembre. 17 heures.
Queensboro Bridge, sur l'East River.

Le Queensboro Bridge, dans le prolongement de la 60e rue, permettait de passer de l'île de Manhattan au Queens, et prenait appui, en son milieu, sur Roosevelt Island.

Jack Herbert, romancier, conduisait sa Chrysler noire d'une main négligente. C'est à peine s'il manifesta quelque signe d'impatience en constatant que la circulation bouchonnait déjà à la sortie du pont. Il mit son levier de vitesses au point mort et porta son regard vers le nord, vers Hell Gate, où les eaux grises de l'East River contournaient paresseusement Triborough Bridge.

Herbert bâilla et tapota son volant. Une brume bleutée montait de l'eau, se mêlant aux gaz d'échappement pour donner à l'atmosphère de New York ce tremblement irréel et cotonneux qui en faisait une sorte de vaisseau fantôme. Sur le siège du passager, à côté d'Herbert, un manuscrit aux pages cornées, volumineux, semblait faire bon voisinage avec une bouteille de bourbon.

Jack Herbert déboucha la bouteille et but une rasade au goulot. Il leva la bouteille à hauteur d'yeux pour évaluer son contenu. Il siffla. Il avait bu les deux tiers depuis ce matin. Le suicide à l'alcool! songea-t-il. Mais non, ce n'était pas reconnu comme suicide par l'Académie de médecine. Dommage ! C'était encore ce qu'on faisait de mieux dans le genre. Herbert se demanda la tête que ferait son éditeur s'il apprenait qu'il s'était donné la mort parce que son manuscrit avait été refusé. Il lui ferait une belle épitaphe, probable, et se fendrait d'une couronne de fleurs, le salaud.

Herbert caressa du bout des doigts son manuscrit. Refusé.

« Trop ambitieux, mon cher. N'est pas Tolstoï qui veut. Vous n'avez pas, comment dire, la maturité nécessaire pour un tel livre. Par ailleurs, après le flop majestueux de votre dernier bouquin, nous ne pouvons pas nous permettre un autre échec, ni vous non plus, comprenez-vous ? Pensez-y, resserrez votre action, soyez plus modeste... »

« De la merde, oui ! De la merde ! » s'exclama tout haut Herbert.

Le cercle de douleur qui lui étreignait le front depuis ce matin se resserra. L'alcool, bien sûr, se dit-il. Mais tant pis, un échec de ce calibre, ça se fêtait. Il avait préféré acheter un flacon d'Aspenol sur Columbus Avenue plutôt que de renoncer à se soûler dignement. Deux ans de travail, ça méritait bien ça. Deux ans de travail, le plus grand bouquin qu'il ait jamais pondu, et rien, de la merde !

Herbert prit la quatrième gélule d'Aspenol de la journée, déboucha la bouteille de bourbon et but une gorgée pour faire passer la capsule.

« A ta santé, Jack ! » dit-il en se regardant dans le rétroviseur.

La bouteille lui échappa des mains tandis que ses mâchoires se contractaient violemment. Il se vit mourir.

Son buste eut un spasme brutal et il s'affaissa sur le volant, faisant hurler l'avertisseur. D'autres klaxons se joignirent à ce concert lugubre. Lentement, les voitures avançaient de nouveau sur Queensboro Bridge. Derrière la Chrysler de Jack Herbert, les automobilistes s'impatientaient. Quelques-uns, furieux, vinrent cogner à la portière de Herbert.

« Est-ce qu'on a idée d'être bourré à ce point-là ! » dit l'un d'eux en ouvrant la porte.

Une forte odeur de whisky emplissait la voiture. On secoua Herbert.

« Eh ! vieux, va cuver plus loin, tu veux, on n'a pas que ça à faire, nous ! »

Le corps de Jack, malmené, glissa à demi sur la chaussée. Ses yeux étaient grands ouverts et un peu de bave suintait de ses lèvres.

« Merde, il est mort, ce con... On n'est pas sortis avant une heure au moins... »

Lundi 12 septembre. 17 h 30.
Manhattan State Hospital.

Zachary Macaulay était dans un état de fureur proche de l'amok lorsqu'il put enfin ranger sa voiture sur le parking visiteurs du Manhattan State Hospital. Non seulement Alex Cruden l'avait empêché d'écrabouiller cette vermine mystique qui se prenait pour Abraham après avoir charcuté cinq personnes dont un bébé, mais, en plus, il l'avait expédié à l'autre bout de Manhattan pour y prendre livraison d'un type dont ils n'avaient rien à foutre. Ça va te calmer, qu'il disait, *Superman !* Tu parles ! Une heure de bouchons ! Zac — pour les intimes — faillit arracher la poignée de la portière en extirpant ses cent cinquante kilos de sa Chrysler. Il inspira profondément et déplia son immense carcasse d'Irlandais dans l'air brumeux. Dans le fond, reconnut Zac, Alex n'avait pas eu tort. Il aurait pu lui arracher la rate, à cet enfoiré ! Presque deux mètres d'os et trois cents livres de muscles, c'était dangereux quand on éternuait en local fermé. A part ça, Zac était plutôt calme.

Il se dirigea vers la réception de l'hôpital où une ravissante brunette se limait les ongles en regardant l'écran de son terminal comme s'il s'agissait d'un dessin animé.

« Où puis-je trouver le professeur Lodge, mon chou ?

— Vous avez rendez-vous ? interrogea l'hôtesse sans lever les yeux.

— Non, mais on peut arranger ça. Demain soir chez vous, ça vous va ? »

La jeune fille redressa la tête d'un air outré et trouva sous son nez un insigne de la police new-yorkaise tendu avec délicatesse par vingt kilos de bras.

« Deuxième étage. Porte 2075. Demandez à la secrétaire du docteur.

— Merci, mon chou. »

Le professeur Lodge ne fit guère attendre Zac. Il l'accompagna lui-même jusqu'à la chambre où il avait isolé John Hunter en attendant la police. Lodge lui résuma l'affaire et justifia son appel à la police.

« Ann Hunter est décédée des suites d'une absorption de cyanure de potassium. L'autopsie et les analyses devraient confirmer dès ce soir, mais il n'y a aucun doute à mon avis. Selon Hunter, elle n'aurait rien ingéré depuis ce matin, si ce n'est un verre d'eau et une gélule d'Aspenol. J'ai demandé à votre directeur de faire procéder à une perquisition. Il me semble utile de faire analyser le flacon d'Aspenol.

— Vous pensez que c'est son mari qui a fait le coup ? »

Oliver Lodge se redressa, très raide tout à coup.

« Ça, inspecteur, c'est votre travail. Pour ma part, je me suis borné à informer la police d'une mort suspecte. Je connaissais personnellement Hunter, brillant étudiant et excellent praticien, et tout le monde savait qu'il adorait sa femme. Mais, là encore, ça ne prouve rien. C'est tout ce que je puis vous dire.

— Et le corps ?

— A la morgue. On procède à l'autopsie dès que vous nous donnez le feu vert.

— Bien, dit Zac. Je vais vous envoyer un médecin légiste pour le rapport. »

Le docteur Lodge l'introduisit dans une chambre du service des quarantaines. Zac ne put s'empêcher de sourire.

« Vous croyez que c'est contagieux, le crime ?
— Pourquoi pas ? » répondit très sérieusement Lodge.

Hunter ouvrit difficilement les yeux lorsque Zac le réveilla. Lodge n'y était pas allé de mainmorte. Il avait dû le bourrer de tranquillisants. Zac dut soutenir Hunter jusqu'à sa voiture.

« Ben, mon vieux ! Vous avez de la chance ! Qu'est-ce qu'ils vous auraient mis si vous aviez vraiment été malade ! »

A en juger par son état, Hunter ne serait pas en mesure de soutenir un interrogatoire avant ce soir, peut-être demain. Zac jugea plus sage de le ramener au quartier général. Ils avaient quelques cellules plus confortables que ces chambres d'hôpital.

« Allez ! En route ! glapit Zac en claquant sa portière. Profitez-en d'ici demain ! Faites de beaux rêves ! »

La tête de Hunter roula contre la vitre arrière de la Chrysler et la fraîcheur du verre lui fit du bien. Il regarda défiler les glissières métalliques du Triborough Bridge et devina les miroitements glauques de l'East River, en contrebas. Une brume lourde flottait au ras des eaux et Hunter se demanda si ce n'était pas lui qui rêvait ce brouillard. Il avait du mal à rassembler ses idées. Des images seulement, des images floues, brumeuses, passaient sur l'écran gris de sa torpeur. Tout au fond de son ventre, il y avait ce point douloureux, terriblement acéré, que les drogues pour l'instant enveloppaient d'un fourreau d'inconscience. Hunter savait bien que la plaie béante était là, mais il ne souffrait pas encore. Il était anesthésié. Les images, encore irréelles, se superposèrent. Ann écroulée sur le carrelage de la cuisine et puis la sonnerie du four. Ses cheveux éparpillés comme un soleil. Le sable. Un sable brûlant et ses cheveux comme une étoile de mer. Le ressac de la mer. C'était, oui, en Floride. Dans une autre vie. Ann courait sur la plage et un chien aussi. C'est curieux, il avait complètement oublié ce chien, un cocker, qui gambadait autour d'Ann. D'autres rires, plus loin, dans un parc et les colonnes austères du collège, derrière, dans le brouillard et des cahiers qui volaient, planaient comme autant d'oiseaux blancs tandis que John serrait Ann dans ses bras, et qu'ils tournaient sur l'herbe du parc, sur l'herbe, tournaient. Sa tête qui tournait et des larmes refoulées dans les yeux d'Ann, dans les siens. Une main sur un drap blanc, sa main dans la main d'Ann et ses yeux brouillés de larmes, brouillés de brouillard. Ann sur son lit d'hôpital, après l'avortement, c'était la même, Ann sur ce brancard, Ann les yeux brouillés, brouillés à tout jamais... Hunter s'endormit à nouveau avant que la voiture de Zac Macaulay n'atteigne le New York Police Headquarters.

Lundi 12 septembre. 19 h 30.
Brooklyn. Atlantic Avenue.

« Pour l'amour du ciel, ne crie pas ! gémit Henry Fielding en rentrant chez lui, proche de l'évanouissement.

— Ça t'apprendra à faire la noce avec tes camarades. Je ne savais pas que c'était ça, le syndicalisme, quand tu m'as épousée.

— Écoute, pas ce soir, chérie, pas ce soir. »

Fielding s'écroula dans un fauteuil et alluma le poste de télévision. Sa tête bourdonnait encore des milliers de décibels endurés tout au long de cette journée de supplice. Et cette ordure de Simon qui n'avait pas arrêté de gueuler à ses oreilles. Fielding regarda sans comprendre un type avec des lunettes noires parler de la lumière intérieure. Il appuya sur une autre touche de son boîtier de commande à distance et se laissa prendre par les images colorées d'un match de base-ball. Il baissa totalement le son. Sa femme lui apporta une boîte de bière qu'il prit sans même la regarder. Les Tigers de Philadelphie menaient la marque et c'était John Skelton qui battait pour les Avengers de Richmond.

Fielding but une gorgée de bière et chercha machinalement le flacon d'Aspenol dans la poche de son blouson. Il avala une gélule et but goulûment à même la boîte.

Sur l'écran de télévision, Skelton venait de manquer la balle et une foule en délire se dressa sur les gradins. Les hurlements soudains du téléviseur attirèrent de nouveau Mme Fielding dans le living-room.

« Je croyais que tu ne supportais pas le bruit, persifla-t-elle. Et il dort, ce cochon ! », dit-elle en éteignant le poste.

Henry Fielding était renversé dans son fauteuil, la bouche ouverte, sa boîte de bière répandue sur son pantalon.

Lundi 12 septembre. 20 heures.
Manhattan. 20ᵉ rue.

Lorsque Esther Grimes s'éveilla, la nuit tombait déjà et les lueurs de Stuyvesant Town allumaient les stores de raies pâles. Esther bondit hors de son lit, tout à coup affolée. Décidément, la bouteille d'Asti offerte par Margaret avait porté ses fruits. Esther, un peu grise, s'était octroyé une journée de congé et avait décidé de faire une sieste. Elle avait du sommeil de retard mais ne se doutait pas qu'il y en eût tant. Elle jeta un coup d'œil à son réveil-radio et se précipita vers le téléphone. Alex devait être rentré chez lui à cette heure. La sonnerie se prolongea interminablement à l'autre bout du fil. Esther était sur le point de raccrocher pour appeler le bureau d'Alex quand celui-ci répondit d'une voix fatiguée :

« Oui. Cruden.

— C'est moi, murmura Esther, de sa voix la plus enjôleuse.

— Ah ! Ça va ?

— C'est plutôt à toi qu'il faut demander ça, on dirait.

— Exact. Je suis crevé.

— Alors, mon chou, je t'offre une soirée de détente. D'abord un petit dîner aux chandelles dans un restaurant tranquille et pas guindé et puis une petite surprise.

— C'est gentil, Esther, mais tu vois, j'aurais préféré...

— Faire un gros dodo ! Je sais. Alex, attention, tu vieillis...

— Tu crois ? »

Esther ne put s'empêcher de sourire. Il avait l'air vraiment inquiet, ce grand gosse.

« C'est à toi de prouver le contraire ce soir », minauda-t-elle.

— Ça ne pourrait pas attendre demain, par hasard. Je serai plus à la hauteur de tes espérances, tu sais...

— Écoute, Alex. Je ne plaisante plus. Honnêtement, c'est ce soir que tu dois faire un effort. J'ai... un service à te demander.

— Ah ! Dans ce cas, ça change tout. Quel genre de service ?

— On en parlera en dînant, ce sera moins crispé, O.K. ?

— Alors là, tu m'inquiètes. Ce n'est pas illégal, au moins ?

— Pas vraiment. Immoral, disons, selon tes critères de justicier aux mains propres.

— Je ne te permets pas de croire que...

— A tout de suite, mon chou. Tu me prends dans une demi-heure, ça te va ? Ça te laissera le temps de raser le cactus qui te sert de barbe et de rêver à la nuit radieuse qui t'attend... »

Alex bougonna avant de raccrocher.

Esther ouvrit son placard et sélectionna sa tenue de bataille. Ce soir, il fallait au moins le grand jeu. Troubler Alex jusqu'à lui faire oublier la présence de Mailer et enivrer Mailer de sensualité féminine. Elle opta pour sa robe de satin rouge. Un bien grand titre pour une si petite chose, constata-t-elle en passant le bout d'étoffe qui ne voilait que le strict nécessaire de sa poitrine et finissait où commençaient les cuisses. Très disco, ce soir, se dit-elle. Profites-en, ma petite, bientôt tu ne pourras plus mettre que des bures pour cacher ton ventre rond.

Cela lui rappela qu'elle avait laissé le test de grossesse sur le coin du guéridon en observant scrupuleusement le mode d'emploi. Elle s'approcha du test et regarda — sans toucher, comme il était spécifié — dans le petit miroir du couvercle. Une tache jaunâtre et trouble, aux contours indécis, apparut dans le miroir. Esther lut la légende sur la notice. Douteux, disait le texte. Test perturbé ou accidentellement agité.

« Il est complètement idiot, ce test ! s'exclama-t-elle. J'ai dormi tout l'après-midi et n'ai même pas effleuré ce machin... » A cet instant, un flot de voitures, libéré par un feu rouge, passa en grondant sous ses fenêtres. Esther vit distinctement le guéridon vibrer et les verres de cristal s'entrechoquer dans le vaisselier. Esther soupira. Il serait temps bientôt de quitter cette bâtisse avant qu'elle ne lui tombe sur la tête. Elle était d'ailleurs une des dernières locataires à s'entêter. Les autorités ne tarderaient plus à le déclarer insalubre et dangereux et à décréter son évacuation. On couperait l'eau, le gaz et l'électricité, et on déciderait très officiellement de sa démolition. Puis, on rangerait le dossier dans un tiroir et l'immeuble resterait là, faute de crédits pour le raser. Il tomberait de lui-même, par petits morceaux et des zonards peu à peu l'occuperaient, en compagnie des rats, jusqu'au jour où l'incendie volontaire viendrait à bout de ses ruines. Esther se maquilla un peu plus que de coutume, comme si le fard pouvait colorer ses pensées moroses.

Lundi 12 septembre. 23 heures.
South Bronx. Black Friars Zone.

Le quartier que les cops blancs du South Bronx avaient, avec un humour approximatif, surnommé le Black Friars Zone ressemblait davantage à une ville dévastée par un bombardement qu'à une cité naguère vivante et peuplée. Sur une cinquantaine de blocs d'immeubles, une bonne dizaine avait brûlé dans des incendies volontaires ; le reste, déclaré quartier insalubre, avait été privé d'eau, d'électricité, et de services de voirie. Les bâtiments vétustes attendaient le coup de grâce de la pelle mécanique et du bulldozer. Mais l'exécution semblait remise à chaque fois, par négligence ou manque de crédits. Les espaces verts s'étaient peu à peu transformés en vastes dépotoirs, où les épaves de voitures volées voisinaient avec des monceaux d'ordures ménagères, une sorte de musée des objets introuvables, truffé de matelas, de téléviseurs, et de butins méconnaissables parmi les déchets calcinés. Au pied de chaque immeuble, une fumée âcre s'élevait de ces tas d'immondices où se consumait quelque vieux pneu ou des emballages en plastique, emplissant le quartier de la puanteur du caoutchouc brûlé.

Bien qu'insalubres, en théorie comme en fait, ces immeubles étaient le refuge rêvé des sans-abri et des zonards de la grande ville. Portoricains, Noirs, chômeurs, drogués, dealers, paumé s'y étaient tout naturellement retrouvés. Le seul poste de police se trouvait enclavé dans le South Bronx comme un fortin au bon vieux temps de la conquête de l'Ouest, d'où son surnom de Fort-Apache.

Un de ces immeubles était squattérisé par une colonie de junkies qui ne sortait que pour aller s'approvisionner. Ce soir-là, Lionel Curtis, jeune Noir de 22 ans qui avait oublié depuis longtemps son patronyme mais que tout le monde surnommait Lion, vint offrir sa marchandise à la congrégation des Black Friars.

Lionel était allé faire le plein à Harlem dans l'après-midi — il ramenait de la blanche, de l'acide et un peu de shit — et il avait eu quelques émotions fortes quand les flics avaient bouclé le quartier. Ça leur prenait de temps en temps, quand le trafic devenait vraiment trop voyant, puis ils leur foutaient la paix pour trois mois. Les stup, eux, étaient moins cons, ils ne s'en prenaient pas aux petits dealers. Cet après-midi, donc, Curtis s'en était tiré d'un cheveu en se réfugiant dans un drugstore. Il avait même poussé le scrupule jusqu'à y acheter un flacon d'Aspenol. Les cops n'avaient pas traîné, conscients que leur avantage ne résidait que dans la brièveté de leurs interventions. Curtis s'en était allé comme il était venu.

Avant de s'engager dans le hall obscur de l'immeuble, Lionel tâta sa poche pour vérifier que son couteau s'y trouvait toujours. Il venait pour affaires ce soir et il avait assez de marchandise sur lui pour les envoyer tous au paradis ou se retrouver en enfer. Lionel se méfiait des junkies. Le fix, ça n'était pas son truc. Il n'avait rien contre un trip de temps en temps et la fumette éclaircissait ses idées, mais il avait de l'ambition, Curtis, et une rage pure et dure au fond du ventre qu'il aiguisait comme la lame de son cran d'arrêt, pour le jour où il serait à son tour du côté des plus forts. Il ne tenait pas à émousser son arme avec de la merde. C'est comme ça qu'ils l'appelaient, eux-mêmes, cette poudre blanche qui les empoisonnait, de la merde. De la merde, oui, ils avaient raison.

Dans l'escalier, une puanteur de poubelles le prit à la gorge. Les mecs étaient tellement défoncés qu'ils ne prenaient même plus la peine d'aller jeter leurs ordures dehors. Ils balançaient leur merde dans la cage d'escalier. Dans l'obscurité, Curtis glissa sur les déchets en décomposition et jura en se retenant à la rampe poisseuse. La dernière fois, ils étaient au deuxième étage, mais, quand il arriva sur le palier, tout était silencieux. Curtis tendit l'oreille. Il y eut comme un froissement de papier et quelque chose de froid lui serra brutalement la gorge. Curtis étouffa. Il sortit son couteau, éjecta la lame et piqua en arrière, à l'aveuglette. L'étreinte d'acier se relâcha. Son couteau fendit le vide. Lionel se retourna et gueula, aussi fort qu'il put :

« C'est moi, Lion. Le premier qui me touche encore, je le perce... Si vous ne voulez pas de ma marchandise, annoncez la couleur. »

Un des Black Friars alluma une torche et la lumière vive éblouit Curtis.

« T'as ce qui faut ?

— Ça dépend », répondit Curtis, toujours sur ses gardes.

— Ça va, Birdie, calme-toi. »

Lionel devina, dans l'ombre, le tremblement convulsif du type qui l'avait agressé et qui tripotait nerveusement un mètre-ruban en acier. Salement en manque, jugea Curtis. J'aurais pas dû venir si tard. Les junkies étaient toujours nerveux le soir. C'était à cause de la rafle, aussi. Curtis ne pouvait pas se permettre de se balader avec de la marchandise dans les poches pendant vingt-quatre heures. Ça n'était pas les flics qui lui faisaient peur, c'était les paumés, ceux qui vous braquaient en pleine rue à midi, reniflant la camelote comme des chiens une femelle en chasse.

« Allez, on monte. On a dû déménager, y avait plus de place pour les ordures. »

Dans l'appartement, deux bougies remplaçaient avantageusement l'éclairage électrique, mais, malgré la promiscuité qui régnait dans la pièce, le froid de septembre se faisait déjà sentir. La moitié de ces mecs ne passeront pas l'hiver, songea Curtis. S'ils ne sont pas morts d'overdose avant, c'est la pneumonie ou la tuberculose qui les emportera. Deux filles, une Blanche et une Noire, et cinq types, tous noirs, étaient allongés sur des matelas pourris récupérés sur les décharges du Bronx. Le quartier des Blancs était plus loin, à la périphérie, moins peuplé, mais guère plus reluisant.

Tous les visages se tournèrent simultanément vers Curtis. On approcha les bougies et Lionel ouvrit, délicatement, pour montrer la précision de ses gestes et la finesse de sa lame, le paquet qu'il portait sous sa chemise. Il offrit un sachet de poudre et referma le paquet, la main serrée sur le couteau. Le junkie qui semblait souffrir le plus du manque tendit le bras. On lui prépara son fix pour juger de la qualité.

Quand il fut allongé, calmé pour quelques heures, une des filles alla chercher l'argent. Curtis compta lentement. Il fallait leur montrer qu'il n'avait pas peur. C'était sa garantie pour l'avenir.

Puis, Lionel se leva pour partir mais la fille blanche lui offrit un joint : en principe, Lion ne mêlait pas le travail au plaisir, mais un bref coup d'œil autour de lui le rassura. Ils avaient tous d'autres préoccupations, affairés autour de leurs cuillères tordues et de leur dose de merde. Curtis se rassit et tira quelques bouffées qu'il inhala avec un plaisir qui avait un goût de réussite. C'était fort, de l'huile sans doute, de bonne qualité. Il fuma le joint seul. Un transistor nasillard diffusait une musique quelconque, identique à cette fumée impalpable qui noyait les formes et n'était qu'un support aux rêveries.

Curtis fuma beaucoup. Beaucoup trop sans doute, car il eut à peine conscience de faire l'amour avec la fille. Il se mit à rire bruyamment lorsqu'elle lui parla d'un projet fantasque. Elle s'était mis dans la tête de monter un jour en haut d'un château d'eau et d'y dissoudre assez de L.S.D. pour faire planer la moitié de la ville. La vision cocasse de millions de personnes en plein trip parut très drôle à Curtis. Il eut soif et la fille lui donna à boire du scotch assaisonné. Le mélange était fort, trop fort pour Lionel qui n'avait pas leur accoutumance. La tête lui tourna. Ses tempes se mirent à battre et il déboucha son flacon d'Aspenol.

« C'est quoi, des amphé ? » demanda goulûment la fille.

— Ouais, c'est bon, goûte ! » dit en riant Lionel.

La fille avala une gélule avec son whisky et fit la grimace.

« Pas très fort, non.

— Tu trouves ? » cria Curtis, hilare.

La migraine le reprit et il goba à son tour une gélule d'Aspenol.

« Ah ! Super ! » plaisanta encore Lionel.

Son rire se brisa net et ses yeux parurent sauter de leurs orbites. Il s'écroula sur la paillasse moisie.

La fille poussa un hurlement. Deux junkies s'approchèrent.

« Qu'est-ce qu'il a, une overdose ?

— T'es fou, il s'est même pas shooté.

— Merde. Faut pas rester ici. »

La communauté, à petits pas incertains, vida les lieux, emportant leur marchandise et les matelas qu'ils étaient capables de transporter.

Vers cinq heures du matin, un des clochards qui étaient aux Black Friars ce que les vautours sont aux charognes vint rôder dans l'immeuble et découvrit le corps de Lionel Curtis. Il le fouilla consciencieusement, trouva quelques billets de banque pliés au fond de ses chaussettes, récupéra son blouson de cuir et ses chaussures et le bénit au nom du Père, du Fils et du Saint-Esprit, parce que le vol n'empêche pas la religion. Le clochard, à qui les cadavres nuisaient, parce qu'ils dépeuplaient des immeubles fort bien fréquentés, téléphona une demi-heure plus tard à Fort-Apache.

Les policiers ne vinrent chercher le corps que vers 9 heures du matin, toute sortie de nuit étant quasiment suicidaire. Curtis tenait encore dans la main son flacon d'Aspenol et l'examen du médecin légiste conclut à la mort par absorption de cyanure de potassium.

Lundi 12 septembre. Minuit.
Manhattan. 54e rue. Mustang Club.

Le Mustang était une boîte un peu snob, et surtout beaucoup trop chère au goût d'Alex Cruden. Mais, depuis qu'il la connaissait, il ne pouvait résister à Esther Grimes qui l'entraînait dans des endroits où il n'aurait jamais mis les pieds, même en mission commandée, au bon temps où il était un super-flic. Hier, l'inauguration du Brett & Gardner New Laboratory à Brooklyn, où il avait supporté le défilé des célébrités en carton-pâte du Manhattan saturé de dollars, aujourd'hui le sauna made in U.S.A. à l'usage des minets et des vieux connards qui s'achetaient une jeunesse pour 200 dollars.

Mais Esther avait sa façon à elle — irrésistible — de présenter les choses. Business, darling ! Elle devait avant tout songer à sa carrière. Son enquête sur les grands trusts pharmaceutiques passait forcément par ce genre de lieux et le reportage de la veille lui offrait un superbe tremplin pour son scoop.

La boîte n'avait rien de remarquable et la pauvreté du décor — tables rustiques basses et boudins de banquettes — était masquée par la pénombre parsemée de bougies vacillantes. Une sono wagnérienne bombardait les tympans et Alex pouvait nettement sentir les vibrations de son diaphragme lorsque les basses faisaient trembler les murs. Au fond de la salle enfumée, une piste de danse minuscule était éclairée par des spots multicolores et changeants. Sur trois socles cylindriques, des danseuses professionnelles se tortillaient de manière très convaincante. Alex se demanda si Esther était vraiment sérieuse lorsqu'elle avait dit qu'elle venait ici pour son travail. Le vacarme de la musique était tel qu'on n'aurait pas entendu l'explosion d'une charge de plastic.

Pourtant, le bruit ne paraissait pas la gêner outre mesure car elle écoutait son voisin en sirotant un Blue Orange. Bien que le Mustang Club dût sa réputation à ses cocktails — variés, poétiques, mystérieux et horriblement chers — Alex s'en tenait au bourbon.

Un autre couple les avait rejoints et Esther avait fait d'évasives présentations : Margaret — Mike — Alex. Elle avait été tout aussi vague au restaurant sur la nature des bons offices qu'elle attendait d'Alex.

« Écoute, tu ne te mouilles pas. Tout ce que je te demande, c'est de regarder fixement le bonhomme et de feindre de l'écouter... »

Sage conseil, pensa-t-il, compte tenu du vacarme.

« Tu n'auras rien à dire, rien à faire. Juste être là, avec ce regard perçant et inquisiteur qui fait frémir les femmes. Nous ferons le reste...

— D'accord, je ne suis peut-être pas une lumière, mais je n'aime pas tellement les rôles de plantes vertes, même si c'est la plus séduisante femme du monde qui m'en supplie. Alors, ou bien tu étales ton jeu, princesse, ou bien tu joues sans moi.

— Comme tu voudras. Mais c'était pour ménager ta bonne conscience...

— Esther, laisse ma conscience où elle est et donne-moi des détails. »

Esther avait cédé, ou feint de céder. Qui pouvait savoir, avec elle, la part du calcul et celle de la faiblesse ? Elle le déroutait constamment, parce que son intelligence fonctionnait d'une manière différente. Lui était lourd, didactique, rationnel, un bulldozer. Esther, quant à elle, procédait par touches dispersées, impressionnistes, et rassemblait ensuite les morceaux du puzzle qu'elle avait fabriqué. Elle lui avait donc expliqué que l'homme qu'elle voulait coincer était un des cadres de la Brett & Gardner. Elle le soupçonnait d'en savoir long sur certaines pratiques illicites dans le transfert d'informations, et les manœuvres boursières concernant les grandes firmes pharmaceutiques. Il avait là une source de premier choix quant aux agissements occultes des empires financiers qui se livraient bataille dans l'ombre. Alex avait hoché la tête. Tout cela semblait louable, mais son rôle n'était guère évident. Esther avait sincèrement hésité, il en était certain. Elle lui avait avoué qu'elle avait besoin de son poids de flic pour faire chanter le type.

« A quoi cela t'avancera-t-il, finalement ? Crois-tu que tu vas changer ces pratiques en les dénonçant ? Est-ce que cela va servir cette société de connards qui s'en contrefoutent, dans le fond ?

— Et toi ? Pourquoi t'obstines-tu à jouer les Superman ? »

Touché, avait reconnu Cruden. Esther obéissait aux mêmes obscurs mobiles que lui, cette révolte si forte, si permanente qu'il se sentait parfois l'âme d'un tueur. Tous deux, sans se l'avouer, vivaient la même utopie : faire l'homme meilleur qu'il n'était. C'était grandiloquent et stupide. Pire : chimérique. En somme, ils vivaient d'illusions. L'essentiel était qu'ils y croient et s'ils pouvaient les faire partager à quelques-uns seulement, quelques-uns de ces connards... Il avait accepté. Pour elle. Pour lui.

Lorsque le type s'était affalé dans le boudin mou qui servait de banquette, Cruden l'avait reconnu tout de suite. Mailer. Mike Mailer. Le directeur du personnel de la Brett & Gardner. Ce type suant, au crâne luisant et au cœur malade, qu'il avait surpris en compagnie de Betty Davis à l'inauguration. Celui-là même qui avait accompagné le nouveau superviseur sous les projecteurs érigés à la gloire de Norman Davis. Tandis qu'Esther échangeait des banalités avec le couple, Cruden essaya de se remémorer les paroles de Betty Davis, dans l'escalier, ce soir-là.

« Vous m'avez rendu un grand service, Mailer, croyez-moi. Ne vous tourmentez pas, mon mari n'en saura rien... »

Quelque chose d'approchant. C'était l'esprit, en tout cas. Cruden raisonna, en bulldozer du jeu d'échecs. Si Betty était liée à Lindsay, comme l'avait deviné Esther, et que Mailer lui rendait service, ce pouvait bien être à Lindsay lui-même que ce service profitait. Esther avait vu juste. Cruden admira sa finesse d'analyse. Elle aurait fait un flic hors pair, se dit-il en commandant un autre verre de bourbon qui valait le prix d'une bouteille. Esther mettrait ça sur sa note de frais. La C.B.C. le lui devait bien.

Cruden avait déjà rencontré Margaret Anderson deux ou trois fois et s'était étonné du contraste qui existait entre les deux amies. Margaret était une rousse aux formes provocantes, un peu vulgaire, mais très saine, dans le fond. Elle avait une manière très directe d'exprimer ses désirs et semblait totalement dépourvue d'inhibitions. Cruden l'aimait bien parce qu'il détestait l'hypocrisie. Margaret jouait son rôle à merveille, précisément parce qu'elle ne jouait pas. Elle était vraiment ce qu'elle paraissait. Elle s'était mollement vautrée sur la banquette, sa jupe de cuir étroite haut levée sur ses cuisses, et caressait la poitrine de Mailer sous sa chemise de soie rose. Cruden ne put s'empêcher de sourire. Une véritable scène de cinéma pour série B. Margaret se flattait ouvertement d'être exigeante sur la qualité de ses amants et Cruden se dit qu'elle risquait, en l'occurrence, d'être déçue. Mike Mailer semblait un peu léger et tenait mal l'alcool. Il marmonnait, les yeux mi-clos et la bouche empâtée après son troisième Sour Lemon. Cruden tendit l'oreille lorsque Esther, posant sa main sur le genou de Mailer, lui demanda :

« A nous, vous pouvez bien le dire ! Est-il exact que Mme Davis couche avec Lindsay ? »

Mailer, un peu ivre, eut un rire sifflant.

« Ah ! si vous saviez, ma brave dame ! Des salopes, toutes des salopes ! Sauf vot' respect ! se reprit-il.

— Moi aussi, je suis une salope ! affirma avec fierté Margaret.

— Toi, ce n'est pas la même chose, darling ! bredouilla Mailer.

— Alors pourquoi tu me compares à la grosse Betty ?

— Je ne te... Ça n'a rien à voir !

— Ce que je n'arrive pas à comprendre, continua Esther, perfide, c'est comment un type aussi séduisant que Lindsay s'embarrasse d'une calamité comme Betty Davis.

— Ça n'a rien à voir, je vous dis... »

Une serveuse en boléro transparent apporta de nouvelles consommations.

« Lindsay sait ce qu'il fait, moi je vous le dis.

— L'argent ? Mais il est déjà passablement riche, non ? Il n'a pas besoin de faire le gigolo. D'ailleurs, Betty n'a rien. C'est son mari qui possède la Brett...

— Erreur, chère madame ! Grossière erreur ! On voit que vous n'êtes pas dans les secrets de la haute finance...

— Vous m'étonnez !

— Tu l'étonnes, mon chou ! Explique-toi. Ma copine est un peu bête, tu sais.

— Écoutez, je vais pas vous donner un cours de droit fiscal mais... Les impôts, vous savez ce que c'est, s' pas ? Ben alors, vous savez tout.

— Sois plus clair, chéri !

— Oh ! c'est clair ! Norman Davis, pour alléger les charges fiscales — colossales, comme vous pouvez l'imaginer — a fait endosser une partie de sa fortune par sa femme.

— Je vois, dit Esther. Et Lindsay essaie de racheter les parts de Betty pour prendre la majorité à la Brett. »

Soudain affolé par ses révélations, Mailer se redressa.

« Oh ! eh ! attention ! Moi, je vous ai rien dit, hein ? Je suis inconnu au bataillon, O.K. ? Je ne sais rien, rien du tout. C'est ce qu'on raconte, c'est tout...

— Mais, mon chou, on raconte aussi que tu travailles pour Lindsay, dans le dos de Davis... comment tu expliques ça ? »

Mailer but nerveusement une gorgée de son cocktail et rajusta le nœud de sa cravate.

« Qui raconte ça ? Je voudrais bien le savoir...

— Nous, mon chou.

— Mais comment...

— T'énerve pas. C'est juste pour causer. Après, on ira faire un gros dodo avec... »

Margaret se pencha à son oreille pour terminer sa phrase et Mailer rougit comme un adolescent.

« C'est idiot, ce que vous dites. Pourquoi j'irais...

— Écoutez ! intervint Esther. Mon ami qui est là... » Elle désigna Cruden. « ... est directeur du Département d'État de répression des fraudes. Pour l'instant, il est un ami, vous comprenez ? Il ne vous entend pas parce qu'il y a trop de bruit, c'est normal... Mais si, demain, Margaret lui parlait de la fiche informatique qu'elle a trouvée dans votre poche, je ne sais pas s'il conserverait cette attitude... amicale. »

Mailer eut un rire gêné et desserra de nouveau son nœud de cravate.

« Je ne... je ne vois pas ce que vous voulez dire. Et puis, qui me prouve que ce monsieur est...

— De la police ? »

Esther glissa la main dans la poche de Cruden et montra discrètement son insigne à Mailer. Cruden feignait d'être fasciné par les danseuses.

« C'est... c'est du chantage. Je pourrais vous dénoncer...

— A la police ? Je vous en prie. Faites donc... »

Mailer baissa la tête. Des gouttes de sueur perlaient à son front.

« Que voulez-vous que je vous dise ? Mme Davis m'a demandé elle-même ce petit service.

— De quoi s'agissait-il ?
— Rien d'important. Un brevet de fabrication...
— Non encore utilisé ?
— Non.
— Mais ça s'appelle de l'espionnage industriel, non ?
— Je... Écoutez, Lindsay m'a promis... Enfin... M. Lindsay va certainement devenir le... Je veux dire que la Brett & Gardner et la L.C.C. finiront forcément par fusionner, alors maintenant ou un peu plus tard, quelle est la différence ?
— Importante, Mailer. Très importante. Mais si vous ne la voyez pas, ce n'est pas à moi de vous l'expliquer...
— Écoutez, M. Lindsay m'a... »
Mailer s'interrompit brusquement et pâlit. Leurs regards se tournèrent vers l'entrée drapée de velours mauve où Jack Lindsay venait d'apparaître, escorté de son gorille, Charlie Wolfe. Il était le seul client, apparemment, à qui on autorisât l'entrée du Club sans cravate. A son bras, une jeune fille qui devait avoir seize ans se donnait beaucoup de mal pour en paraître vingt.
Lindsay les aperçut et s'arrêta devant leur table.
« Bonsoir, miss Grimes ! Bonsoir, monsieur Cruden ! Comment va, Mailer ? Alors, on s'amuse bien ?
— Ça... ça va, monsieur Lindsay ! bafouilla Mailer.
— Il faudra passer me voir, un de ces soirs, miss Grimes. Je suis très fâché que vous n'ayez pas encore pensé à m'interviewer pour votre reportage. Ça me donne l'impression d'être une valeur négligeable.
— Détrompez-vous, monsieur Lindsay, j'y songeais. Nous étions d'ailleurs en train de parler de vous. »
Le visage de Mailer devint dangereusement blanc.
« En mal, j'espère, répondit Lindsay avec un mince sourire. C'est comme ça qu'on se fait les meilleures réputations.
— Vous vous donnez beaucoup de mal pour ça, on dirait ! » dit Esther en jetant un coup d'œil à la gamine qui accompagnait Lindsay.
Il se mit à rire à gorge déployée.

« Heureux homme ! répéta-t-il à Cruden. Vous ne devez pas vous ennuyer avec miss Grimes ! Bonne soirée à tous ! »

Lindsay s'éloigna vers une des niches sombres du fond. Mailer prit en hâte un comprimé de Nitrofane.

« Ne vous frappez pas comme ça, Mailer ! dit Esther. Lindsay n'a pas peur des égratignures. Il sait qu'il va gagner de toute façon. C'est un homme que le succès ennuie déjà. »

Ils se levèrent. Margaret aida Mailer à monter les marches. Nuit prometteuse, songea-t-elle en soupirant. Ils se quittèrent vers une heure du matin et Esther promit de prendre Margaret chez elle le lendemain matin. Il y avait dans la bouche d'Alex Cruden un mélange d'amertume et d'acidité. A croire que même le whisky était frelaté dans ce monde-là.

Mardi 13 septembre. 1 h 30.
Manhattan. Madison Avenue.

Dieu merci, l'appartement de Margaret Anderson n'était qu'au cinquième étage d'un immeuble du début du siècle. Mike Mailer avait un peu dessoûlé dans la voiture mais il devenait entreprenant et Margaret ne tenait pas à ce qu'on les voie ensemble. Sa réputation était en jeu. Ah ! ce qu'elle ne faisait pas pour une amie !

Mike était tellement excité qu'il voulut faire l'amour dans l'ascenseur. Fort heureusement, le trajet était court, car il ôtait déjà son pantalon. Un clown ! songea Margaret, je vais devoir me farcir un clown minable toute la nuit.

En l'occurrence, la nuit fut brève car Mailer, outre qu'il encaissait mal l'alcool, était éjaculateur précoce. Il s'endormit assez vite pour ne pas entendre les soupirs de martyre de Margaret. Elle passa quelques heures agitées, se réveillant pour secouer Mike à chaque fois que ses ronflements sonores ébranlaient l'immeuble.

Son réveil-radio chanta gaiement vers 6 heures du matin et elle dut jeter un verre d'eau sur le visage de Mailer pour le tirer de son coma profond. Il s'éveilla avec une migraine atroce, ce qui consola Margaret qui partageait le même mal, pour des raisons différentes. Elle lui prépara un verre d'eau et une gélule d'Aspenol qu'elle avait acheté l'après-midi même.

Mailer refusa le comprimé et partit sur-le-champ, soucieux avant tout d'éviter les embouteillages matinaux. Margaret soupira d'aise et se recoucha. La migraine tenaillait encore son front et il ne lui restait que deux heures de sommeil. Elle avala l'Aspenol que Mailer n'avait pas pris et se renversa sur l'oreiller. Une horrible sensation d'étouffement broya sa poitrine. Elle était morte avant même d'avoir compris ce qui lui arrivait.

A 8 heures du matin, comme prévu, Esther Grimes passa prendre Margaret pour aller préparer l'émission du soir à la C.B.C. Elle sonna plusieurs fois, sans réponse. Elle utilisa la clef que son amie lui avait laissée pour les cas d'urgence et trouva le cadavre de Margaret Anderson sur le lit. A son côté, le flacon d'Aspenol ouvert s'était répandu sur les draps.

Mardi 13 septembre. 10 heures.
Manhattan. New York Police Headquarters.

Après qu'Esther Grimes l'eut quitté vers 7 h 45, Alex Cruden était sorti faire sa demi-heure de jogging dans Chrystie Street. Puis, il avait pris une douche, laissant sonner le téléphone, et était allé prendre son petit déjeuner dans un drugstore de Houston Street. Il avait ensuite flâné dans la Bowery jusqu'à 10 heures, nullement pressé de rejoindre le quartier général de la police où des dossiers sans surprise l'attendaient. Il aimait la Bowery, cette rue mal famée, où traînait une caricature des laissés-pour-compte de la société américaine. Il avait le sentiment paradoxal de traverser une tranche de vraie vie, même si elle était misérable, sordide, pitoyable. Ces clochards, ces alcooliques, ces paumés, lui semblaient plus sains que le grand corps propre et puissant de la belle Amérique. Leur dimension était la sienne, humaine, et les problèmes qui la ravageaient, cette rue pourrie, avaient tous des solutions à sa portée. Ce n'était en somme qu'un village mal tenu, mal géré, une maison où il manquait un bon coup de balai et un peu d'espoir. Le véritable fumier que sécrétait la grande ville n'était pas apparent. Il se cachait sous les dorures et l'acier chromé, derrière les façades brillantes des super-gratte-ciel où l'argent, comme une moisissure, proliférait. La Bowery, en comparaison, était fraîche et pure. Mais Alex était toujours un peu lyrique, il le savait. Il n'aurait jamais osé tenir ce genre de discours à Esther, elle aurait éclaté de rire. Il l'entendait déjà : la fraîcheur des ivrognes roulant dans leurs propres vomissures ! la pureté des clodos bouffés par les poux ! la santé des putains rongées par la vérole ! Bravo, Alex, tu commences à avoir de l'imagination ! C'est bon pour un flic ! Esther lui reprochait à juste titre d'avoir une vision un peu simpliste des choses, comment disait-elle, manichéiste ! Même son appartement trahissait son idéalisme incurable. Alex l'avait décoré lui-même, tout en noir et blanc. D'abord surprise, Esther avait fini par trouver du charme à ces murs bicolores, à cet ameublement austère et très... viril, disait-elle. Il est vrai qu'elle n'y vivait pas en permanence. Esther et Alex avaient conclu un accord. Ils se voyaient deux ou trois fois par semaine et ne vivraient jamais ensemble. C'était peut-être un bon moyen pour ne pas se quitter.

Alex Cruden gagna le quartier général de la police à pied. Il faisait encore chaud en cette mi-septembre et les climatiseurs soufflaient un air frais dans les couloirs de l'immeuble. La haute silhouette de Cruden se redressa davantage lorsqu'il monta l'escalier. Ses collègues le saluèrent distraitement. Alex Cruden était grand, brun, et ses cheveux frisés grisonnaient sur les tempes. Une parfaite image du séducteur de 40 ans, le plaisantait souvent Esther. Il mettait un point d'honneur à ne s'habiller que de costumes élégants choisis exclusivement chez Brooks Brothers, ce qui lui coûtait une petite fortune. Esther se moquait souvent de cette manie en lui faisant remarquer que seuls les hommes qui avaient eu une enfance pauvre s'habillaient encore chez Brooks. Elle avait raison, en un sens. Alex n'avait jamais pu tout à fait se débarrasser de son complexe de gosse malheureux. En fait, ce n'était pas par compassion qu'il s'attendrissait sur des rues comme la Bowery, mais bien parce qu'elles lui rappelaient son enfance minable dans les banlieues de Chicago. Mais cela, seule Esther pouvait le deviner. Esther... Tout en poussant du pied la porte battante du palier, Alex se demandait ce qui la chagrinait ces derniers temps. La veille au soir, en quittant la boîte de nuit, elle lui avait demandé de la déposer directement chez elle et l'avait gentiment dissuadé de monter. Fatiguée, disait-elle. Cela ne lui ressemblait pas. Esther avait une capacité de travail étonnante. Alex était d'autant plus inquiet de l'attitude d'Esther qu'il commençait vraiment à s'attacher. Il avait beau se répéter qu'on ne l'y prendrait pas, il était trop lucide pour ne pas se rendre compte qu'elle lui devenait indispensable. Juste au moment où elle, peut-être, commençait à en avoir assez. Classique, en somme, se dit-il. Vases communicants. Plus on aime, moins on est aimé. D'un banal !

N'empêche, il supportait mal l'idée d'une rupture. Il décida de lui téléphoner dans la journée puis se reprit. Idiot, songea-t-il. La pire des conneries à faire. Attendre donc. La balle était dans le camp d'Esther. La liberté aussi.

Dans le couloir, l'inspecteur Zachary Macaulay, son bras droit, lui brandit un dossier sous le nez.

« Dis donc, Superman, qu'est-ce qu'on fait pour le toubib, on ne peut quand même pas le garder jusqu'à Noël. »

Cruden jeta un coup d'œil distrait sur les fiches que lui tendait Zac.

« Qu'est-ce qu'il dit ?

— Toujours la même chose. Sa femme a avalé un Aspenol et couic ! L'autopsie et l'analyse du labo concordent. Cyanure de potassium.

— Cuisine-le encore, on n'a pas assez d'indices. »

Alex entra dans son bureau. Sur la table de travail, les rapports de la nuit l'attendaient déjà. Il alluma un cigarillo et parcourut les fiches des différents commissariats. Tout ce qui était affaire un peu louche lui était adressé. Il donnait suite ou ventilait les dossiers qui ne l'intéressaient pas directement aux autres services. La nuit apportait sa moisson habituelle de crimes sordides, de viols et d'agressions. Cruden fit rapidement un premier tri. Il reprit les rapports restants afin de voir s'ils recoupaient des affaires en cours.

Un détail l'étonna. On remarquait, dans la même nuit, trois morts par empoisonnement au cyanure de potassium. Si l'on y ajoutait le cas d'Ann Hunter, dont venait de lui parler Macaulay, cela faisait beaucoup pour la même journée. Cruden examina la localisation des décès. Ann Hunter : Manhattan. First Avenue. Jack Herbert : Queensboro Bridge. Henry Fielding : Brooklyn. Atlantic Avenue. Lionel Curtis : Black Friars District. South Bronx. L'éloignement des morts excluait un crime direct et pourtant, Cruden, avec cette intuition de l'anomalie qui l'avait toujours guidé dans les enquêtes difficiles, flairait une coïncidence inquiétante. La sonnerie du téléphone le tira de ses rêveries. Il décrocha :

« Oui, c'est moi. »

Il était rare qu'Esther l'appelât au bureau. Alex sentit à sa voix tendue, maîtrisée au prix d'un effort perceptible au téléphone, qu'Esther avait des nouvelles graves.

« J'ai essayé de te joindre à l'appartement mais tu étais déjà parti...

— Qu'y a-t-il, Esther ? »

Elle hésitait à parler, de peur que ses propres paroles ne la fassent pleurer.

« Margaret... Margaret Anderson est morte. Elle était sur le lit, elle ne bougeait plus. Je... Oh ! Alex...

— Où es-tu ?

— Au commissariat de la 42e rue. Ils ont voulu me garder...

— Passe-moi l'inspecteur.

— Inspecteur Amis à l'appareil.

— Comment ça s'est passé pour Miss Anderson ?

— Cyanure de potassium. »

Cruden sursauta. Cinq cas, c'était beaucoup trop.

« Des indices ?

— Pas grand-chose. Un flacon d'Aspenol sur les draps. Il est déjà au labo. Qu'est-ce que je fais pour miss Grimes ?

— Laissez-la partir, évidemment. Miss Anderson était une amie commune. »

Cruden raccrocha.

Aspenol... Le mot trotta quelques secondes dans sa tête avant qu'il ne se souvienne de la déclaration du docteur Hunter.

« Nom de Dieu ! »

Ce qui avait toujours distingué Alex Cruden était son aptitude à prendre des mesures et des décisions importantes avant même que tous les éléments d'une enquête ne se soient imbriqués. Il avait ainsi toujours une longueur d'avance sur les événements, une balle de break, comme il disait. Cette efficacité l'avait perdu dans sa dernière enquête, car la machine judiciaire était lancée avant que ses supérieurs aient pu réagir.

Cruden se leva d'un bond, ouvrit brutalement la porte du bureau voisin où Macaulay interrogeait sans conviction un John Hunter hirsute, hébété par le chagrin et les drogues.

« Zac ! » gueula Cruden.

Macaulay accourut et referma la porte derrière lui. Alex avait décroché le téléphone et, sur la ligne intérieure, appelait sa secrétaire.

« Zac, ordonna Cruden sans même le regarder, tu laisses tomber Hunter pour le moment. On s'en occupera avec les autres tout à l'heure. Il y a plus urgent. Tu me convoques ici même tous les hommes pour... »

Il consulta sa montre.

« ... pour 15 heures précises. Tous, tu m'entends et même davantage s'il le faut.

— Mais ils sont déjà au diable, comment veux-tu que je...

— Tu te démerdes ! gueula Cruden. Ah ! c'est vous, Jane ! Vous pressez pas surtout, je suis payé à attendre. Écoutez-moi bien, vous m'appelez Norman Davis dans les plus brefs délais... Comment ?... Évidemment le Davis de la Brett & Gardner, pas celui de la coupe, tête de piaf ! »

Il raccrocha. Macaulay attendait encore des précisions. Cruden se passa la main dans les cheveux.

« Dis-moi, Zac, quelle est la population du Grand New York ?

— Plus de 15 millions, je crois. Pourquoi ?

— Et, sur ces 15 millions, combien de personnes à ton avis sont susceptibles de prendre une gélule d'Aspenol aujourd'hui ?

— Tout le monde, je crois, du moment qu'on a la migraine ou mal aux dents...

— Alors 15 millions de personnes sont inscrites au tirage au sort.

— Quel tirage ?

— Le plus grand sweepstake de tous les temps, mon vieux ! Les bons numéros gagnent une gélule de cyanure à la place d'un Aspenol. »

Macaulay cessa de mâcher son chewing-gum, pour mieux inscrire et décoder cette information dans son cerveau.

« Ah ! ajouta Cruden, dès que tu auras fini de battre le rappel de nos boy-scouts, tu me feras amener également Mike Mailer, directeur du personnel au Brett & Gardner New Laboratory, Jack Lindsay, président-directeur général de la L.C.C. et son conseiller Charles Wolfe. Tu me gardes John Hunter au frais.

— Il te faut pas aussi le président des États-Unis tant que tu y es ?

— Ça n'est pas indispensable pour l'instant, mais peut-être que le gouverneur et le maire nous seront également utiles ! »

Zac en cracha son chewing-gum de dégoût.

« On peut savoir pourquoi, Superman, si mon faible cerveau n'est pas trop médiocre pour tes géniales pensées !

— John Hunter, parce qu'il a filé de l'Aspenol à sa femme et qu'elle en est morte. Mike Mailer, parce qu'il était avec Margaret Anderson — et moi-même — hier soir et qu'elle a rendu l'âme grâce à l'intervention conjuguée de l'Aspenol et du cyanure de potassium. Jack Lindsay, parce qu'il est le concurrent direct de Norman Davis et que c'est la Brett & Gardner qui fabrique l'Aspenol. Charles Wolfe enfin, parce que M. Lindsay ne s'abaisserait jamais à faire lui-même un travail aussi répugnant. Capito ?

— Ben voilà ! Fallait le dire ! Tu vois que tu sais t'expliquer quand tu veux ! ironisa Macaulay.

— Zac, poursuivit patiemment Cruden, il te reste cinq secondes et trois dixièmes avant que je te mute à Fort-Apache. »

Macaulay se rua aussitôt dans son bureau et Cruden l'entendit rameuter tous ses hommes à l'étage, d'une voix de sergent-chef-major, ce qui valait bien la voix de Yahvé sur le mont Horeb.

Le téléphone bourdonna et Cruden décrocha vivement. La voix rancunière de sa secrétaire lui fit savoir que M. Davis, de la Brett & Gardner, était présentement en conférence au siège de la compagnie, au Gardner Building, et qu'on ne pouvait le déranger sous aucun prétexte.

« C'est ce qu'on va voir ! » grommela Cruden.

Mardi 13 septembre. 11 heures.
Manhattan. Fulton Street. Gardner Building.

Le Gardner Building était un modeste immeuble de style victorien, à l'image des générations de puritains qui s'étaient succédé à la direction d'une des plus prospères compagnies de produits chimiques et pharmaceutiques des U.S.A. Jadis, c'est-à-dire au début du siècle, le Gardner Building était le deuxième par la taille, après le Woolworth Building et ses 242 mètres de hauteur. Aujourd'hui, il n'était qu'un bloc grisâtre à l'ombre des géants qui lui cachaient désormais la vue sur l'Hudson River, dont le fantastique World Trade Center.

Cruden traversa d'un pas décidé le hall immense, orné de colonnes néo-classiques et de comptoirs de réception en stuc, s'informa brièvement de l'étage de la direction et sans autre formalité, prit l'ascenseur pour le vingtième étage, malgré les piaillements de l'hôtesse qui devait déjà ameuter tout le bâtiment.

Au dernier étage, comme partout ailleurs, présumait Alex Cruden, un plancher brillant comme une patinoire et fleurant bon l'encaustique de la Nouvelle-Angleterre, des lambris de chêne et des meubles tristes donnaient au couloir des allures de temple protestant. Deux secrétaires à chignon et jupe plissée tentèrent de l'arrêter dans la salle d'attente. Cruden leur décocha un sourire de violeur et leur fourra sa carte de flic sous le nez comme une photo porno. Elles réagirent comme si c'en était une.

Trente secondes plus tard, Cruden était introduit dans le bureau du grand patron, Norman Davis en personne. Une telle pénombre régnait dans cette pièce que Cruden crut tout d'abord avoir été berné et isolé dans une autre antichambre. Mais une voix familière, près de la fenêtre tendue de lourds rideaux sombres, le rassura. C'était bien l'antre de Davis, héritier par sa mère de l'empire Brett & Gardner.

« Monsieur Cruden, comment allez-vous ? J'espère que vous ne vous êtes pas trop ennuyé l'autre soir. »

Cruden fut quelque peu étonné de la mémoire du vieux despote. Le secret de sa force sans doute, songea-t-il, ne jamais oublier un nom, un visage, un fait. Il aurait fait un excellent flic en somme.

« Je vous remercie beaucoup de votre invitation, monsieur Davis... »

Norman Davis éluda le compliment d'un geste et soupira en offrant à Cruden un cigare, un vrai, remarqua Cruden, qui ne pouvait s'offrir qu'un tabac bon marché.

« Pas de politesses avec moi, mon cher. Je sais mieux que quiconque à quel point ces soirées sont assommantes. Quant à votre invitation, vous savez aussi bien que moi que j'aurais ignoré votre existence jusqu'à ce jour si mon service promotionnel n'avait jugé indispensable d'inviter miss Grimes à l'inauguration. Je n'arrive pas à me faire à la publicité, monsieur Cruden, ça peut vous paraître étrange, mais c'est ainsi. Je suis de cette époque où l'on croyait davantage aux vertus du travail qu'à celles du marketing.

— Je sais, répondit assez sèchement Cruden que la franchise de Davis avait piqué au vif. J'ai entendu votre discours. »

Davis jaugea Cruden du regard et éclata de rire.

« Vous me plaisez, jeune homme ! Nous sommes de la même planète.

— J'en doute, poursuivit Cruden, mon père était docker et ma mère faisait des ménages.

— Mon père, rétorqua Davis, était un coureur de dot et ma mère une femme admirable mais sotte. On n'a pas toujours les parents qu'on veut. Cela dit, que me vaut le plaisir de votre visite ?

— Monsieur Davis, je suis venu simplement vous demander de retirer tous vos Aspenol du marché, aujourd'hui même. »

Norman Davis haussa les sourcils et écrasa son cigare. Touché, pensa Cruden.

« Je vous demande pardon, monsieur Cruden. Voudriez-vous répéter ça ?

— Je soupçonne, continua calmement Cruden, un maniaque d'avoir trafiqué un certain nombre de vos flacons d'Aspenol et d'y avoir introduit des gélules de cyanure de potassium. A moins, bien évidemment, qu'il ne s'agisse d'une faute technique d'un de vos laboratoires. Dans les deux cas, une enquête approfondie s'impose. Mais, pour parer au plus pressé et afin d'éviter d'autres morts, vous devez retirer tous vos produits du marché. »

Davis se leva lentement et se tourna vers la fenêtre où il n'y avait rien à voir que la rue embouteillée et l'ombre des gratte-ciel, en face.

« Vous soupçonnez, monsieur Cruden, vous pensez, et c'est sur ces conjectures que vous voudriez me faire enlever du circuit un tiers de mon marché de vente libre. Je vous trouve, pardonnez-moi, un peu léger, monsieur Cruden.

— J'ai pris la précaution de demander le résultat des analyses concernant deux des boîtes d'Aspenol incriminées. On y a retrouvé des traces de cyanure qui ne laissent aucun doute sur la provenance du poison. Vous pouvez demander confirmation au professeur Lodge en personne. Je crois qu'il était présent à votre inauguration, n'est-ce pas ? »

Davis se rassit et posa ses mains à plat sur le bureau.
« Je comprends votre souci légitime de protéger la population, monsieur Cruden. Je le comprends d'autant mieux que je le partage depuis quarante ans. Il va de soi que s'il se révélait que mes produits sont dangereux, je n'hésiterais pas une seconde à les interdire moi-même. Toutefois, dans les circonstances présentes, vous comprendrez que je réfléchisse et que j'attende des preuves plus convaincantes. Il s'agit de milliards de dollars, monsieur Cruden.

— Il s'agit de millions de personnes, monsieur Davis.

— N'exagérons rien. Combien de victimes suspectes ? »

Cruden se sentit bouillir.

« Cinq. Cinq, monsieur Davis, mais il n'y en aurait qu'une seule que je vous tiendrais le même langage, monsieur Davis.

— Vous le savez, je suis croyant, monsieur Cruden. En tant que chrétien, la vie humaine m'importe plus que toute autre chose mais je suis aussi calviniste et, s'il doit y avoir quelques brebis perdues pour des milliers de sauvées, alors je crois que cela vaut la peine.

— Je ne connais pas grand-chose à la religion, monsieur Davis, mais j'en sais assez pour vous dire que la parabole de la brebis égarée dit tout le contraire.

— Et la main de Dieu, monsieur Cruden, vous n'y croyez pas non plus ? S'il s'agit d'un fléau, je suis la première victime, vous le savez. Je suis désolé, je ne peux rien pour vous. Mais tenez-moi au courant. »

Cruden se leva et marcha vivement vers la porte. Avant de sortir, il se tourna une dernière fois vers Davis.

« Vous avez raison, monsieur Davis, je crois qu'il s'agit bien d'un fléau, mais il n'est peut-être pas là où l'on croit. Ah ! inutile de vous dire qu'avec ou sans votre accord, je vais faire tout ce qui est en mon pouvoir pour enlever les Aspenol du marché. N'oubliez pas de prier pour qu'il n'y ait pas d'autres morts, monsieur Davis, vous seriez complice à présent. »

Mardi 13 septembre. 11 h 30.
Gardner Building. Bureau de Norman Davis.

Après que Cruden eut refermé la porte, Norman Davis resta un long moment prostré sur son fauteuil. Il se sentait vieux tout à coup et ses soixante ans lui pesaient comme l'âge de Mathusalem. Comme chaque fois qu'il se voyait menacé, Davis ouvrit un tiroir de son bureau et en tira une bible. Il l'ouvrit au hasard, jeta un coup d'œil méfiant, la referma, l'ouvrit à nouveau et lut, satisfait, un chapitre du Livre des psaumes.

Mon Dieu ! délivre-moi de mes ennemis,
Protège-moi contre mes adversaires !
Délivre-moi des malfaiteurs,
Et sauve-moi des hommes de sang !
Car voici, ils sont aux aguets pour m'ôter la vie ;
Des hommes violents complotent contre moi,
Sans que je sois coupable, sans que j'aie péché, ô Éternel !
Malgré mon innocence, ils courent, ils se préparent :
Réveille-toi, viens à ma rencontre, et regarde !

Il se recueillit sur ces versets de circonstance, le front baissé et les mains jointes. Puis, jugeant sans doute qu'il avait reçu l'aval du Tout-Puissant pour se défendre en son nom, il rangea sa bible et décrocha le téléphone, usage rare, car une armée de secrétaires était à son service habituellement et il lui suffisait de formuler ses souhaits à l'interphone. Il enclencha la touche extérieure et composa lui-même le numéro personnel du sénateur Ben Johnson. Le numéro étant confidentiel, le sénateur en personne décrocha, à l'autre bout du fil. Cet échange de codes entre gens du même monde permettait de passer par-dessus les secrétariats et d'éviter toute indiscrétion.

« Allô, Ben ?

— Lui-même.

— Norman. Écoute-moi bien, c'est très important. J'ai toutes les raisons de croire qu'on veut ma peau. Cette fois, ça me paraît sérieux. Voici mes instructions. Tu vas téléphoner au procureur, au maire, au commish, au président s'il le faut, bref à qui tu veux, mais tu t'arranges pour bloquer les manœuvres d'un nommé Alex Cruden, responsable du C.P.I.D. Il est sur le point de saboter tout mon marché d'analgésiques. Reçu ?

— O.K., Norman, je contacte le procureur dès demain matin et...

— Mais non, bougre d'imbécile ! Tout de suite ! hurla Davis. Tout de suite, tu m'entends ! C'est une question de minutes ! Saquez ce type avant qu'il n'agisse ! »

Davis raccrocha et consulta brièvement son agenda. Il composa un autre numéro. Une fois de plus, il avait besoin des services de Henry Lyte, détective que Davis avait débauché de chez Lindsay, pour espionnage industriel d'abord, puis pour filer sa femme. C'est Lyte qui lui avait confirmé ce qu'il pressentait depuis quelque temps. Betty couchait avec Lindsay et cet adultère ne l'aurait que modérément incommodé si ne s'y ajoutait la menace d'un coup monté par la L.C.C. pour s'approprier la majorité des actions de la Brett & Gardner. Lyte, bien que totalement dénué de scrupules et par conséquent toujours susceptible de jouer un double jeu, s'était cependant révélé précieux dans cette affaire. Il tenait Davis au courant des moindres rendez-vous de son épouse et avait su soudoyer quelques membres du staff de Lindsay. Cette fois, il n'était pas exclu que Lindsay en personne soit derrière cette histoire de cyanure. Il en était capable, songea Davis. Moyen efficace de couler la Brett, à défaut de pouvoir mettre la main dessus.

« Allô, est-ce que M. Lyte est là ?

— De la part de qui ?

— Du président des États-Unis, idiote !

— Désolée, monsieur Davis, M. Lyte est absent.

— Alors trouvez-le dans les plus brefs délais, rhabillez-le, faites-le dessoûler et expédiez-le-moi dans la demi-heure qui suit sous peine de congé illimité. Vu ? »

Norman Davis alluma un autre cigare. Si un de ses employés était coupable, il le saurait avant la police.

Mardi 13 septembre. 15 heures.
Manhattan. New York Police Headquarters.

A 15 heures précises, Zachary Macaulay avait réussi l'impossible : ramener la quasi-totalité de ses hommes dans le bureau de Cruden. Tandis que ses inspecteurs faisaient gueuler leur radio de bord et se rameutaient comme des chiens avant l'hallali, Macaulay avait déjà procédé à quelques vérifications concernant les victimes. Il avait découvert que Henry Fielding était transporteur pour la Brett & Gardner et qu'il avait livré le matin même cinquante flacons d'Aspenol. Macaulay avait interrogé son assistant, Jack, le jeune livreur, qui tremblait de peur rétrospective en se souvenant que Fielding avait consommé un des flacons d'Aspenol livré le matin même. Macaulay exhiba fièrement le listing où figuraient les huit drugstores servis la veille.

Cruden consulta la liste et fronça les sourcils.

« Jo, Bob, Harry, Stan, Tom, Clive, vous vous chargez immédiatement de ces boutiques-là et vous me raflez tout ce qu'ils ont comme Aspenol. N'oubliez pas de comptabiliser les flacons livrés hier. »

Les hommes partirent sur-le-champ.

« C'est bien, dit Cruden, mais ce n'est pas suffisant. Rien

ne prouve que seule la livraison d'hier ait été trafiquée. Mes enfants, va falloir se taper tous les drugstores de New York. »

Macaulay ravala sa salive.

« Alex, t'es marteau ! Y en a au moins 5 000, des drugstores ! Il nous faudrait une semaine en étant dix fois plus nombreux. »

Cruden but son café et ralluma son cigarillo.

« Je sais. C'est pourquoi j'ai demandé l'autorisation au procureur pour utiliser la procédure d'alerte d'urgence. »

Cruden faisait allusion à la possibilité qu'avaient la mairie de New York et ses services de police de faire passer un message sur les ondes de radio et de télévision en cas de danger grave menaçant la population. Procédure exceptionnelle, puisqu'elle portait atteinte au sacro-saint droit privé, et qu'elle revenait en somme à réquisitionner un service privé pour les besoins de l'État.

« Votre boulot sera donc de téléphoner à ces messieurs-dames pour confirmer la nouvelle et demander qu'ils nous mettent au frais leur camelote avariée. »

Macaulay poussa un soupir de soulagement.

« Ah ! bon. Et tu as eu l'autorisation ?

— Hein ? Oui, bien sûr..., grommela Cruden. Zac, tu gardes trois hommes et tu commences à éplucher les dossiers du personnel de la Brett & Gardner. »

Alex Cruden avait menti. Il endossait seul la responsabilité de l'embargo. Il avait eu le procureur en personne au bout du fil deux heures plus tôt. Refus catégorique d'utiliser les médias. Le procureur avait minimisé l'affaire, invoqué le risque de panique collective, de retombées syndicales, et autorisé une simple enquête de routine. Cruden soupçonnait fort la mainmise de Norman Davis. Nul doute qu'il était intervenu aussitôt après sa visite.

Cruden se gratta la tempe, prenant garde de ne pas se décoiffer et composa le numéro de la C.B.C.

« Esther ? C'est moi. Je suis vraiment désolé pour Margaret. »

Esther l'interrompit.

« Alex... Je ne comprends plus, Alex... Elle... elle n'a pas pu se suicider, ce n'est pas possible... Tu comprends ?... »

Sa voix se brisa. Une fraction de seconde, l'horrible pensée qu'Esther aurait pu être la victime le traversa et il serra les mâchoires. Il se jura qu'il aurait la peau de ce... Stop ! se dit-il. Sa première règle de conduite était de rester froid. L'efficacité se payait de lucidité. Aujourd'hui plus que jamais. Lui seul peut-être, à cause de son expérience — trop lourde, déjà, ô combien ! —, mesurait avec précision l'ampleur du risque qui menaçait la ville. Pire, il devinait — les statistiques dont regorgeaient ses archives étaient là pour l'attester — que ce genre de folie criminelle était hautement contagieuse. Comme les suicides par le feu, les tireurs aveugles, les attentats terroristes, ces actes-là portaient en eux un potentiel de mort qui ne pouvait que fasciner d'autres esprits faibles et engendrer des émules. Nombreux, si nombreux dans ce pays et de par le monde, ceux pour qui le désespoir et la rage n'attendaient que ce genre d'étincelle pour exploser. Cruden le savait et il hésita avant de prendre ce qu'il estimait être un risque nécessaire.

« Écoute-moi bien, Esther, ce n'est ni un accident ni un suicide. C'est un assassinat. Et il risque d'y en avoir d'autres si tu ne m'aides pas. Tu m'entends ? Il faut quc tu m'aides...

— Oui », dit Esther dans un souffle et Alex comprit qu'elle ne le quitterait pas. Jamais...

Cruden se retourna vers Zac. Pourvu qu'Esther réussisse, se dit-il.

« Et les suspects ?

— Mailer est là. J'ai aussi gardé Jack Durrell, le livreur. Son collègue est une des victimes. Ils ont livré hier matin une cargaison de...

— Et Lindsay ? l'interrompit Cruden.

— N'a pas daigné se présenter. Sa secrétaire a dit que...

— Je me fous de ce qu'a dit sa secrétaire ! hurla Cruden en se levant. Excuse-moi, Zac ! »

Il s'efforça de rester calme. Bien, puisque ces messieurs le prenaient pour un minable, il leur en donnerait pour leur argent. Il irait faire du porte-à-porte, comme au bon vieux temps où il était simple inspecteur.

« O.K. ! Voyons un peu nos deux lascars ! »

Ils commencèrent par John Hunter qui ne put que leur répéter par le menu la tragique et grotesque mort de sa femme. Cruden consulta le dossier qu'avait déjà préparé Zac à propos de Hunter. Études de médecine brillantes. Avait eu pour professeur le célèbre Oliver Lodge. Très bien noté. Mariage modèle. Fidèle. Sans enfants. Cruden tiqua. Stérilité d'Ann Hunter à la suite d'un avortement.

« Pourquoi votre femme s'est-elle fait avorter ? »

Hunter avait du mal à émerger de son engourdissement. Le chagrin semblait l'abrutir comme l'alcool.

« Co... comment ? Ah ! oui ! C'est moi qui l'ai fait avorter.

— Pourquoi ?

— Risques de tératogenèse, murmura Hunter.

— Pouvez traduire ? demanda Zac.

— Mystelomyd. Ma femme en avait pris. Enfants monstrueux.

— Je vois », dit Cruden, et il reposa le dossier.

« Qui fabriquait ce médicament ?

— La Brett & Gardner, je crois...

— Merci, monsieur Hunter. Toutes mes condoléances. »

Zac suivit Hunter dans le bureau voisin.

« Je te comprends plus, Alex. Pourquoi tu le relâches maintenant ? C'était un bon mobile, non ?

— Pour quoi faire ? Pour tuer sa propre femme ? T'es gentil, Zac, mais t'es vraiment con. Si Hunter voulait se venger de la Brett & Gardner, il n'aurait pas commencé par empoisonner sa femme.

— Tu crois ?

— T'aurais pas dû arrêter de fumer, Zac, ça te rend idiot.

— Pousse pas trop, Superman, un de ces jours, je perdrai patience et ta tête ornera mon dessus de cheminée. »

Mailer, lui, fumait avec férocité et ses doigts tremblaient au-dessus du cendrier à demi plein.

« Comment va, Mike ?

— Vous... mais alors, vous n'êtes pas...

— Mais bien sûr que je suis flic. Qu'est-ce que je ferais ici autrement ?

— Je veux dire... hier soir...

— Justement, c'est pour ça que je voulais te voir.

— Écoutez, je n'y suis pour rien. Margaret et moi, nous avons... enfin... je ne comprends pas, je ne comprends vraiment pas...

— Tu ne devrais pas fumer tant, Mike. C'est mauvais pour ton cœur.

— Mon cœur... mais comment ?...

— Le Nitrofane, c'est bien pour le cœur, non ?

— Oui... Ah ! oui, hier soir. C'était à cause de Lindsay, vous comprenez... il m'avait...

— Pas seulement hier soir, Mike. Rappelle-toi !

— Je ne vois pas ce que vous voulez dire... je...

— Allons, un petit effort !

— Non, vraiment !

— Bon, alors commençons par le commencement.

— Vous ne croyez tout de même pas que c'est moi qui ai tué Margaret... J'ignorais totalement...

— Bien sûr. Je n'ai jamais dit que tu avais tué Margaret... directement.

— Je ne comprends pas.

— Je vais t'expliquer. Tu as pris du Nitrofane aussi, le soir de l'inauguration, n'est-ce pas ?

— Je... mais... je ne sais plus.

— Moi si. Je t'ai vu. Au buffet. Rappelle-toi. Tu cherchais le type que voulait congratuler Davis...

— Ah ! oui !... Mais... je ne vois pas le rapport.

— Tu étais très ému, ce soir-là, n'est-ce pas ?

— Oui, bien sûr. Cette soirée, vous comprenez...

— Soirée importante, n'est-ce pas ?

— Euh ! oui, mais...

— Surtout pour toi.

— Je ne...

— Mike. Tu vas être bien sage et tout nous dire. Que venais-tu de faire pour que Betty Davis te remercie chaleureusement de tes bons services dans l'escalier de la Tour ? Hein ?

— Je...

— Services qui, tu l'as avoué implicitement hier soir à miss Grimes, étaient destinés à M. Lindsay. Je vais te le dire, moi, ce que tu as fait, dimanche soir, et pourquoi tu étais si ému. Mme Davis t'a confié quelques gélules d'Aspenol — un canular, t'a-t-elle dit, qu'elle voulait faire à son mari. Toi, bonne pomme, tu as fait semblant de la croire, parce que tu savais que ça ferait plaisir à M. Lindsay, ton prochain patron...

— Mais non, je n'ai jamais...

— ... alors, tu as pris les gélules et tu es descendu à l'entrepôt que tu connais comme ta poche. Tu as trouvé la livraison d'Aspenol en partance et tu as substitué docilement, comme te l'avait dit Mme Davis, les capsules du médicament. Seulement, tu ne savais pas que, dedans, il y avait du cyanure de potassium.

— Comment !... mais vous n'avez pas le droit de... du cyanure, dites-vous ?

— Ensuite, tu es remonté et Mme Davis t'attendait au vingt-neuvième étage pour te remercier. Tu ne pouvais pas te douter que Margaret allait en mourir, évidemment !

— Vous vous trompez...

— Alors, sois gentil, Mike ! Explique-nous. On sera compréhensifs, hein, Zac ? On témoignera que tu ne savais pas, que tu n'étais qu'un instrument innocent, hein, Zac ? »

Mailer parut s'effondrer. Cruden envoya Zac chercher un verre d'eau. Mailer était agité de sanglots convulsifs.

« Ce n'est pas moi, je vous jure... Comment aurais-je pu... Margaret était... enfin, vous comprenez...

— Dimanche soir, Mike ! Je te parle de dimanche soir ! Raconte !

— D'accord. Après tout, ce n'est pas un crime. Mme Davis avait organisé une rencontre avec M. Lindsay au vingt-neuvième étage. Dans la salle de conférences...

— Charlie Wolfe était là ?

— Hein ? Non. Il n'assistait pas à l'entretien. Il était resté dans le couloir, pour faire le guet.

— Combien de temps, votre causette ?

— Je ne sais pas... Un quart d'heure environ...

— Continue. De quoi avez-vous bavardé ?

— M. Lindsay, par l'intermédiaire de Mme Davis, m'avait déjà demandé quelques brevets de fabrication confidentiels non encore exploités...

— Exploitables donc ?

— En partie. Les tests n'étaient pas achevés...

— Donc, du pipi de chat !

— Oui.

— Et il t'a demandé de la marchandise plus consistante ?

— Oui.

— Laquelle ?

— Le... le plan de production quinquennal.

— Qu'est-ce que c'est que cette bestiole ?

— Assez complexe.

— Simplifie.

— En gros, ces informations relatives à la recherche et à la prospection de marchés lui permettaient de devancer la Brett & Gardner dans tous les créneaux de pointe. Un marché énorme, évidemment.

— Qui venait s'ajouter à ses propres prospectives. Je vois. Combien ?

— Je ne comprends pas.

— Combien t'offrait-il pour ce... cadeau ? »

Mailer baissa de nouveau la tête. Cruden s'esclaffa.

« Ne me dis pas que tu l'as fait pour rien ! »

Mailer resta muet.

« Alors ça, c'est la meilleure ! Mais c'est qu'il est doué, ton cochon de Lindsay !

— Il m'avait quand même promis le poste de directeur de son usine de Richmond.

— Et une boîte de pralines pour ta maman ! Mon pauvre Mike, des cloches comme toi ne devraient pas courir les rues. On devrait les mettre dans une vitrine, au musée des Animaux rares ! Viens, Zac, ce type me déprime. »

Dans le couloir, Zac se gratta le haut du crâne.

« Dis, Alex, tu crois à ses salades ?

— Zac ! Quand un mec chie dans son froc dès qu'on lui parle de présomption d'assassinat, tu peux être sûr que c'est un innocent. Minable, mais innocent.

— Peut-être que Lindsay le tient autrement que par le fric ! »

Cruden réfléchit.

« Possible en effet. Mais c'est pas nos oignons pour l'instant.

— Qu'est-ce que je fais de ces deux-là, alors ?

— Tu les relâches en leur faisant une grosse peur et tu gardes leurs coordonnées. On ne sait jamais.

— Et le livreur ?

— Je te le laisse. En dessert ! Moi, j'ai encore un plat de résistance. Ah ! Zac... Fouille aussi du côté du personnel de la Brett & Gardner et tâche de mettre la main sur un certain Lyte. Henry Lyte. C'est l'espion de Davis.

— Tu crois que...

— Je ne crois rien, Zac. Je ne sais rien. Rien. On n'a pas le commencement du quart du dixième d'indice ! Rien ! Alors cherche ! Qu'est-ce que tu crois que je fais ? »

Et Cruden descendit l'escalier, décidé à rencontrer coûte que coûte cette petite salope de Lindsay.

De leur côté, une heure après leur départ, les hommes de Macaulay dressaient un premier inventaire. Ils avaient retrouvé, grâce à la liste de Fielding, le livreur, une trentaine de flacons sur les cinquante livrés la veille. Les Aspenol récupérés avaient été aussitôt confiés au laboratoire à fin d'expertise. Le problème était tragiquement clair. La rapidité de Cruden et de son service ne suffiraient pas à endiguer le fléau. Nul ne pouvait savoir combien de flacons empoisonnés circulaient encore. Il restait cependant une petite chance d'arrêter la catastrophe.

Elle dépendait d'Esther.

Mardi 13 septembre. 15 h 15.
Rockefeller Center. Studios de la C.B.C.

Dans un des quinze gratte-ciel qui composaient la ville verticale du Rockefeller Center, face à la Lower Plaza où se dressait la statue dorée de Prométhée, Esther Grimes était en train de préparer son émission du soir lorsque Cruden l'avait appelée.

Elle se leva et regarda rêveusement, quelque cent mètres plus bas, la statue du Prométhée. Symbole de la civilisation humaine ! Quelle ironie, songea Esther. L'homme écrasé par ses propres créations ! Elle jeta sa cigarette en se disant qu'elle devrait cesser de fumer, désormais, et traversa la salle de rédaction. Cette salle avait été conçue selon un plan résolument novateur. L'architecte avait supprimé toutes les cloisons et réparti simplement les tables et les bureaux en niches horizontales. Quelques panneaux vitrés, aux points stratégiques, permettaient soit une décoration personnalisée soit le travail en groupe sur maquettes transparentes. Cet agencement ménageait donc des zones de travail individuel tout en renforçant l'esprit d'équipe. Il facilitait également les communications. Seul le bureau du directeur des programmes était isolé, prestige oblige.

Esther, en passant, pria son assistant de rassembler le plus vite possible tout le matériel disponible sur les compagnies pharmaceutiques. Il objecta qu'ils n'avaient pas encore préparé de montage. Esther insista pour qu'il fasse son possible. Même si l'enquête était loin de voir son terme, il se pouvait qu'ils aient besoin rapidement des premiers films réalisés.

Esther chargea ensuite la responsable technique de lui réserver un studio et une caméra pour dans une heure au plus. Il y eut dans la grande salle une vague d'interjections et d'étonnement. Le moindre incident était aussitôt amplifié par l'équipe. C'était un des inconvénients de l'agencement. Esther leur fit à tous un petit geste amical. Ils étaient avec elle, elle le savait, et en passant entre leurs tables, elle leur confia avec un clin d'œil :

« Il va y avoir du sport. Ça va vous changer de la routine ! »

Esther se dirigea directement vers le bureau du directeur et les regards intrigués de ses collègues convergèrent vers elle. Elle frappa discrètement et entra avant qu'on le lui permette.

« Miss Grimes ! Asseyez-vous, je vous en prie ! » l'accueillit John Murdoch, directeur des programmes.

Murdoch était un homme grand, la cinquantaine encore alerte, qui se donnait un mal fou pour entretenir sa réputation d'élégance. On le voyait peu parmi les journalistes qui n'appréciaient guère son obséquiosité envers la direction générale. Là comme ailleurs, la coupure était nette entre les secteurs administratif et productif. Des objectifs antagonistes entraînaient des tensions et des tracasseries qui séparaient davantage ces hommes et ces femmes que les positions hiérarchiques. Murdoch, aux yeux de l'équipe des informations, était un dégonflé. Non seulement il cédait aux pressions mais il tentait de les devancer. Chaque reportage contenant un soupçon de sédition devait, pour passer sur les antennes, faire l'objet d'un véritable coup de force. Seul le scoop authentique trouvait grâce à ses yeux, à condition qu'il fût dûment validé par la direction générale.

Murdoch ôta ses lunettes et toussota, gêné :

« J'ai appris pour miss Anderson... Je la connaissais peu mais sachez que nous sommes tous désolés... »

Ça aussi ! songea Esther. Typique ! Ce *nous* de majesté qui le protégeait derrière le cénacle administratif.

« Justement, commença Esther. C'est à ce propos que je voulais vous voir... »

Murdoch parut tout à coup soulagé.

« Ne vous inquiétez pas, miss Grimes, j'ai déjà pris les dispositions nécessaires. Nous ferons ce qu'il faut, naturellement, pour les obsèques. Nous serons représentés par...

— Ce n'est pas de cela que je voulais parler. Mais je vous remercie pour elle, néanmoins. Ça lui aurait fait très plaisir de savoir qu'on lui apportera des fleurs... »

Murdoch ne fut même pas conscient de l'ironie. Il soupira, jugeant utile d'élever le propos.

« Qui aurait pu croire, n'est-ce pas ! Une jeune fille si vivante... »

Il se rendit compte de sa gaffe.

« Je veux dire... qui semblait tant aimer la vie ! Elle... Un chagrin d'amour, peut-être !... »

Esther eut envie de rire à la mémoire de Margaret mais n'en eut pas la force.

« Elle ne s'est pas suicidée, monsieur Murdoch.

— Ah ! bon ! Mais je croyais... d'après ce qu'on m'avait dit...

— Croyez-vous que le suicide à l'Aspenol soit la méthode la plus efficace, monsieur Murdoch ?

— Comment ? Je ne... Expliquez-vous, miss Grimes !

— C'est très simple, monsieur Murdoch. Un petit plaisantin a trouvé du meilleur goût de remplacer des gélules d'Aspenol par du cyanure. Radical contre les migraines, vous ne trouvez pas ? »

Murdoch fut décontenancé par le cynisme apparent d'Esther.

« Miss Grimes, je trouve que la décence la plus élémentaire... Si c'est une plaisanterie, je la trouve de très...

— C'est une plaisanterie, monsieur Murdoch ! Et des centaines de personnes risquent de mourir de rire si vous ne me laissez pas intervenir sur les écrans.

— Mais pour... pour quoi faire ?

— Pour leur conseiller d'utiliser leurs Aspenol contre les rats.

— Vous ne voulez tout de même pas, de votre propre chef, provoquer un tel scandale. La Brett & Gardner est un de nos plus fidèles annonceurs, je vous le rappelle, et votre émission, en particulier, est en partie financée par...

— Monsieur Murdoch ! Et si, pendant que vous défendez les légitimes intérêts de M. Davis — intérêts substantiels, j'en conviens —, vous appreniez que votre épouse éprouve les premiers symptômes de la grippe et qu'elle s'apprête, en toute innocence, à calmer ses douleurs en absorbant une gélule de...

— Je vous interdis de... »

Murdoch devint pâle tout à coup et Esther devina qu'il devait faire un effort considérable pour ne pas se jeter sur le téléphone afin de prévenir toute sa famille.

« Vous voyez bien, monsieur Murdoch !

— Mais quelles preuves avez-vous de...

— De source sûre, les analyses de laboratoire pratiquées sur au moins cinq victimes prouvent que l'Aspenol est le seul produit trafiqué... pour l'instant. Cyanure dans tous les cas. »

Murdoch décrocha son téléphone pour se couvrir auprès de la direction générale.

« Henry ? John. Je... Peux-tu me passer le bureau de M. Simpson ? Ah ! je vois... Il en a pour longtemps ?... Oui. Enfin, non... c'est-à-dire, c'est très important... Un changement de programme pour un flash spécial... Hein ? Je sais bien que c'est mes oignons, seulement... Comment ? En un sens, oui, mais... Bien. Entendu. Je rappellerai. »

Murdoch était devenu très nerveux. Il tapota le bureau avec son stylo.

« Désolé, miss Grimes. Je ne puis prendre seul une décision de cette importance. Vous comprendrez que...

— Monsieur Murdoch, que dirait M. Simpson s'il apprenait cet après-midi même, en sortant de sa conférence, que sa meilleure journaliste vient de quitter la C.B.C. pour accepter les alléchantes propositions de la N.B.S. ?

— Voyons, miss Grimes, il ne me semble pas très correct de...

— Vous parliez à l'instant du soutien substantiel que vous accorde la Brett & Gardner. Je vous rappelle qu'outre cette firme, dont les apports ne représentent qu'un dixième des recettes publicitaires, une trentaine de sponsors vous retireraient leurs annonces pour me suivre, moi et mon émission, sur n'importe quelle autre chaîne.

— Vous n'avez pas le droit, miss Grimes... D'ailleurs votre contrat stipule...

— Voyons, voyons, monsieur Murdoch ! Vous savez bien que tous nos concurrents sont prêts à racheter mon contrat sans sourciller. »

Murdoch se leva et arpenta rageusement son bureau. Il était acculé à prendre seul une décision et c'était la chose qui lui répugnait le plus au monde.

« Écoutez, miss Grimes, donnez-moi jusqu'à demain et je vous promets que...

— Demain, il sera trop tard, monsieur Murdoch ! Demain, il y aura des dizaines d'autres morts ! Demain, vous aurez ma démission sur votre bureau ! Demain, la moitié des annonceurs auront dénoncé leur contrat ! Demain, M. Simpson et la direction générale vous demanderont des comptes ! Demain, monsieur Murdoch, vous serez portier ou, avec un peu de chance, garçon d'ascenseur ! »

Murdoch s'épongea le front avec sa pochette de soie.

« Bien. Restons calme. D'un certain point de vue, nous pouvons appeler cela un scoop, n'est-ce pas ? C'est après tout une exclusivité C.B.C...

— Non.

— Comment non ?

— Pas question de garder l'exclusivité sur une affaire comme celle-là.

— Mais vous ne vous rendez pas compte...

— Au moment où je prendrai la parole et dans les minutes qui suivront, toutes les chaînes de TV et de radio de l'État doivent me faire écho.

— Mais...

— Vous n'êtes tout de même pas idiot au point de croire que l'État tout entier, ni même seulement New York, n'ont d'yeux et d'oreilles que pour la C.B.C. parce que c'est M. Murdoch qui en dirige les programmes, non ?

— Bon. Je vais essayer de voir avec miss Stanson s'il y a moyen de vous trouver un créneau vers les 19 heures...

— Trop tard. Il me faut un studio et tous les canaux pour 16 heures au plus tard.

— Miss Grimes !

— C'est à prendre ou à laisser ! Vous m'excuserez, monsieur Murdoch, il faut encore que j'avertisse mes confrères. »

Lorsque Esther revint dans la grande salle, ses collaborateurs étaient prêts. Elle leur fit un bref compte rendu et une vingtaine de téléphones se mirent instantanément en action afin d'informer toutes les radios et télévisions new-yorkaises. Avec un peu de chance, songea Esther, la majorité des habitants de la grande ville seraient prévenus avant ce soir. Pour les autres, il ne restait qu'à prier.

Mardi 13 septembre. 15 h 30
Brooklyn. India Street.

Dans l'appartement de Suzan Blamire, le bébé pleurait toujours et ses cris étaient devenus des stridences ininterrompues où l'enfant s'épuisait et devenait écarlate. Suzan l'avait d'abord bercé, mais les hurlements lui déchiraient les tympans à bout portant et mettaient ses nerfs à vif. Elle dut recoucher le bébé car elle avait peur de ses propres réactions. Elle aurait été capable de le jeter contre le mur.

Dans sa chambre, July faisait brailler son transistor. Suzan but un autre verre de vin et se mit à crier comme une folle :

« July, arrête-moi cette radio ou je te tue ! »

July, effrayée par cette réaction hystérique, éteignit le poste. Elle s'approcha du berceau en tirant sur son chewing-gum.

« Tu devrais peut-être faire venir le docteur, m'man. On dirait que ça lui fait salement mal. »

Suzan soupira.

« Je dois déjà trois consultations au docteur Harvey. Il ne voudra jamais se déplacer. Et, de toute façon, je n'ai pas de quoi le payer cette fois-ci non plus.

— T'as qu'à prendre un autre toubib. »

Le bébé poussa un nouveau hurlement, plus rageur encore

que les précédents et Suzan porta instinctivement les mains à ses oreilles.

« C'est bon. Va téléphoner. Appelle un médecin, n'importe lequel, je ne peux plus supporter ça, je ne peux plus... »

July sortit en chantonnant, essayant d'imiter la démarche de sa sœur aînée. Suzan Blamire se leva et prépara un biberon d'eau sucrée où elle mélangea le contenu d'une gélule d'Aspenol, celle qui était fendue. Elle jeta un coup d'œil sur l'étiquette du flacon. La posologie indiquait de ne pas dépasser trois gélules par jour pour un enfant de moins de cinq ans. Elle en était à la quatrième. Suzan hésita et décida d'attendre un peu. Si le médecin ne venait pas tout de suite, elle la lui donnerait.

Mardi 13 septembre. 15 h 30.
Manhattan. Lloyd Chemical Corporation Building.

Entre le World Trade Center et Wall Street, dominant la mer, l'immense gratte-ciel de verre teinté de la L.C.C. reflétait les nuages qui venaient du large. A la réception, l'accueil que reçut Alex Cruden fut très différent de ce qu'il avait essuyé à la Brett & Gardner. Tout opposait ces deux empires : le style, la méthode, le passé, l'avenir. Il ne fallait pas être devin pour comprendre que Lindsay était du côté des gagnants, des conquérants de l'avenir. Davis et son austère bâtisse appartenaient déjà au passé et les efforts tardifs qu'il avait déployés à Brooklyn, dans son nouveau laboratoire, ne suffisaient pas à rattraper le temps perdu. Accueil différent, tout à fait, se répéta Cruden en suivant l'aimable hôtesse qui le guidait dans l'immeuble. Les réceptionnistes portaient un seyant uniforme rose, spencer étroit et jupe moulante, et arboraient sur leur calot l'insigne de la L.C.C. Le personnel semblait avoir été spécialement dressé à sourire en permanence. Elles devaient faire la gueule à leurs époux rien que pour se détendre, le soir, se dit Cruden.

Au dernier étage, une secrétaire vêtue du même uniforme prit le relais de l'hôtesse et l'assura en découvrant les dents éclatantes d'un bridge coûteux que M. Lindsay l'attendait.

Cruden se donna donc la peine d'entrer. Le bureau de Lindsay était constitué pour moitié de vide. C'était l'impression qu'on avait en y pénétrant. Des baies vitrées couvraient sans discontinuer trois murs sur quatre et une partie du plafond. D'un seul coup d'œil, on pouvait embrasser un immense panorama qui s'étendait de Jersey City à l'ouest jusqu'à Brooklyn à l'est, en passant par la statue de la Liberté, au sud, si le temps était clair. Un mobilier fonctionnel, d'acier et de verre, dépouillé, accentuait la vastitude et la splendeur de cette salle vide.

Jack Lindsay s'avança pour saluer Cruden. Sur la moquette blanche, ses baskets étaient silencieux. Cruden remarqua la sempiternelle présence de Charlie Wolfe, dressé dans un coin de la pièce comme une poterie chinoise.

« Comment va, monsieur Cruden ? Asseyez-vous donc ! Que puis-je pour vous ?

— Répondre à quelques questions, monsieur Lindsay ! La prochaine fois, je vous serai reconnaissant de bien vouloir passer à mon bureau. Les convocations de la police ne sont pas des invitations, monsieur Lindsay.

— Je vous dois toutes mes excuses, c'est vrai. J'avais une réunion de travail importante, mais je m'étais promis de passer vous voir. Vous n'auriez pas dû vous déranger. Puis-je vous offrir un rafraîchissement ? Jus de tomate, pomme, orange ?

— Merci. Je supporte mal les boissons fortes. »

Lindsay eut la coquetterie de rire.

« Vous êtes au courant, je suppose, monsieur Lindsay, commença Cruden en regardant Charlie Wolfe, de ce qui est arrivé à un des produits de la Brett & Gardner.

— Il leur arrive tant de choses, ces temps-ci ! plaisanta Lindsay.

— L'Aspenol, pour être précis. »

Lindsay échangea un regard intrigué avec Wolfe qui haussa les épaules.

« Ma foi, monsieur Cruden, pour une fois, vous êtes mieux renseigné que moi.

— Eh bien, on a trouvé cinq cadavres qui se porteraient encore comme un charme s'ils n'avaient eu la fâcheuse idée de consommer de l'Aspenol.

— Je ne comprends pas. Faute de fabrication ?

— Nous cherchons de ce côté mais nous en doutons. Vous ne ferez tout de même pas à M. Davis l'insulte de croire que ses techniciens confondent couramment aspirine et cyanure de potassium.

— Amusant !

— Vous trouvez ?

— C'est une façon de parler.

— La question que je me posais donc en prenant l'ascenseur tout à l'heure était la suivante. Qui aurait donc intérêt à saboter les produits de la Brett & Gardner, si ce n'est son principal concurrent ?

— Monsieur Cruden ! s'écria Lindsay, brusquement tremblant de colère.

— C'est une façon de parler ! ironisa à son tour Cruden.

— Vous n'imaginez tout de même pas que j'ai...

— Vous-même ? Non, bien sûr. Mais, au fait, que faisiez-vous au vingt-neuvième étage du New Lab de Brooklyn, dimanche soir ? »

Lindsay eut un petit sourire méprisant.

« Vous ne me ferez pas l'insulte de me prendre pour un imbécile, monsieur Cruden ! Vous savez déjà, je suppose, que je m'entretenais avec Mme Davis et M. Mailer. Disons que nous traitions une affaire... intéressante pour les deux parties.

— Quel genre d'affaire ? »

Lindsay soupira.

« Mailer a déjà dû vous l'expliquer. Il me proposait les plans de production et quelques fiches confidentielles sur des secrets de fabrication.

— Vous avez accepté ?

— Ce sont des choses qui ne se refusent pas, voyons !

— Et où était votre ami Wolfe, pendant ce temps ?
— Sur le palier.
— Combien de temps a duré... l'entretien ?
— Je ne sais pas... dix ou vingt minutes...
— Le temps nécessaire pour opérer une substitution au dépôt et rejoindre la réception, en somme.
— Monsieur Cruden, je n'ai aucun moyen de prouver ma présence ni celle de M. Wolfe à cet endroit et à ce moment, tout comme vous ne pouvez pas non plus prouver le contraire. Alors jouons cartes sur table, voulez-vous ? Me croyez-vous assez stupide — je ne parle même pas de moralité — pour aller me compliquer la vie avec des méthodes aussi... vulgaires ?
— Franchement, oui, monsieur Lindsay. »
Lindsay ne releva pas l'insolence et poursuivit.
« Monsieur Cruden, vous me connaissez mal. Le pouvoir m'ennuie déjà suffisamment pour que je me dispense d'y ajouter d'inutiles tracasseries de... série noire.
— Cette affaire a cependant tout pour arranger les vôtres, non ? »
Lindsay haussa les épaules. Était-il blasé à ce point ? se demanda Cruden. Quels monstres cette société engendrait-elle ?
« Mon cher Cruden, mes affaires se portent bien. De mieux en mieux. Celles de Davis allaient déjà assez mal, merci pour lui. Cette histoire ne fera qu'accélérer une tendance qui existait déjà. Franchement, monsieur Cruden, pourquoi irais-je risquer la prison et la mort inutile de ces clients alors que j'ai déjà tout ce que je désire ! »
Cruden se crispa. Il sentait que Lindsay disait vrai.
« Je vais vous faire un cadeau, Cruden. Pas pour me trouver un alibi, je n'en ai pas besoin. Pour vous montrer simplement qui je suis. Ce soir-là, au vingt-neuvième étage, comme vous l'avez précisé, ce n'est pas seulement Mailer qui m'intéressait. Quantité négligeable ! C'était Betty Davis. C'est elle qui m'a présenté Mailer, pour me rendre service,

comme elle dit si délicatement. J'ai tenu à ce qu'elle soit présente et impliquée dans cette affaire au cas où elle aurait refusé de me vendre ses parts de la Brett & Gardner. Un argument ? Une arme ? Du chantage ? Appelez cela comme vous voulez. Ça m'est égal. Je n'en ai même pas eu besoin. Betty m'a cédé ses parts pour mes beaux yeux. Comme Mailer m'avait livré ses plans pour rien. Le charme, monsieur Cruden ! Le charme de ceux qui gagnent toujours. Wolfe ! Le dossier ! »

Charlie obéit comme un chien et apporta une chemise cartonnée. Lindsay la tendit à Cruden qui feuilleta les pièces du dossier. Alex ne connaissait pas grand-chose aux transactions financières mais il ne fallait pas être un spécialiste pour comprendre, au vu des deux signatures qui paraphaient les documents, Betty Davis et Jack Lindsay, qu'il s'agissait d'une cession massive d'actions. Ainsi, Lindsay ne mentait pas. Avant même que l'affaire n'éclate, il avait déjà un bon tiers des parts de la Brett & Gardner en sa possession. Nul doute que ses agents de change s'affairaient déjà pour emporter le reste. Sous peu, Lindsay détiendrait la majorité au conseil d'administration de la Brett.

Cruden rendit le dossier d'un geste las. La puissance de ces milieux d'affaires le décourageait parfois. Et dire que la moitié des flics du pays passaient leur temps à courir derrière des voleurs de voitures ou des casseurs ringards ! C'était risible et, pourtant, Cruden n'avait pas envie de rire. Fugitivement, comme une pensée prohibée qui traverse la conscience telle un comète avant de retourner dans l'enfer des interdits, Cruden comprit l'attitude des terroristes ; pis, il se demanda s'il ne s'était pas trompé de vocation. Protéger la société ! Soit ! Mais quelle société ? Pour qui, au fond, travaillait-il, sinon pour des gens comme Lindsay ? Mais Cruden avait passé l'âge des illusions, sinon celui des erreurs. Il hocha la tête.

« Je vous remercie pour votre précieuse collaboration, monsieur Lindsay. Excusez-moi de vous avoir dérangé.

— Je vous en prie. C'était la moindre des choses. Nous avons tous nos devoirs, n'est-ce pas ? »

Alex se retourna vivement.

« Tous ? Je n'en suis pas si sûr que vous, monsieur Lindsay. A votre place, je n'aurais plus le sommeil aussi tranquille

— Que voulez-vous dire, monsieur Cruden ?

— Rien que de transparent. Si ce n'est pas vous, ni Wolfe, ni Mailer qui a fait le coup, à votre avis, qui ça peut-il être ? »

Lindsay se mit à rire.

« Vous m'en demandez trop ! Je ne sais pas, moi, un dingue !

— Justement, dit gravement Cruden. Si c'est un dingue, à votre place, j'aurais peur.

— Mais je ne...

— Qui vous dit qu'il ne va pas recommencer ? Et que la prochaine fois, ce ne sera pas un produit de la L.C.C. ?

— Vous plaisantez ?

— J'aimerais bien, monsieur Lindsay ! J'aimerais bien. Pas pour vous... pour les vingt millions de personnes au moins qui consomment vos produits. »

Cruden partait content. Il avait réussi à foutre la trouille à ce merdeux de Lindsay. Il poussa son avantage, comme au tennis ou aux échecs.

« Ah ! au fait ! Monsieur Wolfe, votre convocation tient toujours. Un de mes inspecteurs vous recevra demain. Demain sans faute, n'oubliez pas ! Pour le rapport de routine, bien sûr !

— Mais je croyais que..., intervint Lindsay.

— Bien sûr, considérez que l'affaire est classée en ce qui vous concerne, monsieur Lindsay. Mais mon emploi du temps ne me permet malheureusement pas d'interroger M. Wolfe. Routine, je répète ! Que voulez-vous, les privilèges ne se partagent pas. »

Cruden était ravi. Lindsay pâlissait de peur. Charlie Wolfe ne le quittait jamais d'un pas. Priver Lindsay de son garde du corps, ne serait-ce qu'une heure, c'était le mettre au supplice.

Lindsay avait tout ce qu'il désirait, en effet. Une seule chose lui manquait, jubila Cruden : la paix. La rançon du succès ! La faille des puissants, songea Cruden, c'était leur excès de puissance. Lindsay tripotait nerveusement le pansement de son index.

« Au fait, votre blessure va mieux, monsieur Lindsay ? »

Mardi 13 septembre. 16 heures.
Manhattan Bridge. Vers Brooklyn.

Henry James, l'associé du docteur Hunter, avait remué ciel et terre depuis que deux inspecteurs avaient emmené John au Q.G. de la police. Officiellement, Hunter n'était retenu et interrogé que comme témoin principal. En fait, aucune charge n'avait été gardée contre lui et depuis vingt-quatre heures, le docteur James clamait à qui voulait l'entendre que son ami était détenu de manière illégale. James avait déjà contacté le plus brillant avocat de Manhattan qui était intervenu à deux reprises auprès de Macaulay. James était prêt à faire un scandale quand Cruden donna l'ordre de relâcher Hunter, en lui demandant toutefois de ne pas quitter la ville. On pouvait avoir besoin de témoignages complémentaires.

Hunter avait haussé les épaules. Qu'on le suspectât était bien le cadet de ses soucis. Cruden lui parla franchement : sa femme avait été victime d'un cinglé qui avait trafiqué des flacons d'Aspenol. Cruden lui demanda s'il savait d'où provenait le flacon qu'avait utilisé sa femme. Hunter faillit s'évanouir. C'était lui-même qui l'avait acheté dans un drugstore de la 56e rue. Cruden vérifia sur sa liste. Cela collait. Le drugstore Monica avait été livré dans la matinée du

12. C'était là même que Fielding, le livreur, s'était procuré son propre poison.

« Quand je pense, gémit Hunter en éclatant en sanglots, que la vendeuse ne voulait pas que je prenne celui-là parce qu'il était taché de sang. Toute ma vie, je me le reprocherai.

— Vous n'y pouvez rien, compatit Cruden, qui savait la vertu des paroles de consolation, même conventionnelles. Vous n'avez rien à vous reprocher. C'est la fatalité. »

La fatalité, se répétait Hunter dans la voiture de son associé. La fatalité ! La main aveugle du fléau ! Combien d'autres seraient frappés ? Cette pensée lui donna la dimension vertigineuse de son impuissance, à lui, de leur impuissance à tous devant un tel désastre. L'espace d'une seconde, son chagrin se dilua dans une perception universelle et quasi mystique de l'absurde. La condition humaine se résumait à cette macabre loterie, à cette roulette russe hissée à la mesure d'une ville, d'une nation, du monde entier.

« Tu es sûr que tu veux aller là-bas tout de suite ? Tu devrais prendre une bonne douche et te reposer avant, non ? »

Hunter secoua la tête avec l'obstination du chagrin. Non, il voulait y aller tout de suite. Il voulait voir le temple où s'était concoctée la drogue qui avait emporté sa femme. L'usine Brett & Gardner, le New Laboratory de Brooklyn. Une sorte d'obsession morbide l'y poussait, comme si, en retournant aux sources où s'était élaboré le produit, où le poison peut-être avait été injecté dans la gélule, il pourrait faire marche arrière, annuler le passé, remettre le compteur à zéro. Il voulait aller au New Laboratory sans très bien savoir ce qu'il y ferait. Avec ce réflexe du consommateur non satisfait qui retourne son produit à l'usine pour réclamation, dans l'espoir qu'il sera remboursé ou qu'on lui échangera l'article. Mais il n'y avait pas de garantie sur la vie. Ni consigne, ni retour. Pas de remboursement. Pas d'échange. Jamais.

Le téléphone-radio de la voiture bourdonna rageusement. Henry James décrocha son micro. La voix de sa secrétaire lui annonça des appels urgents. James répondit d'une voix sèche :

« Pas maintenant, Pat. Je suis avec le docteur Hunter. Remettez tout à ce soir. Si vous avez besoin de me joindre, je vais au Brett & Gardner New Laboratory à Brooklyn.

— Justement, résonna la voix nasillarde de la secrétaire. J'ai un appel très urgent sur Brooklyn. Il s'agit d'un bébé qui a de la fièvre depuis quarante-huit heures. Nuque raide. A mon avis, il présente les symptômes de la méningite...

— Écoutez, Pat, je vous ai déjà dit de ne pas faire de diagnostic par correspondance. Qu'elle appelle un autre toubib, je ne suis pas le seul tout de même... »

Un dernier scrupule de médecin lui fit demander :

« Combien, la température ?

— La mère ne sait pas au juste. Mais élevée sûrement, elle lui a donné trois Aspenol sans résultat.

— Nom de Dieu ! » s'écria Hunter.

James le regarda, inquiet. Hunter lui arracha le micro.

« Quelle adresse ? hurla Hunter.

— Brooklyn. India Street. Numéro 75. Cinquième étage.

— Fonce, cria Hunter.

— Mais, qu'cst-ce qui te prend ?

— Fonce, je te dis. Fais-le pour Ann ! »

Mardi 13 septembre. 16 heures.
Brooklyn. Cafétéria du Brett & Gardner New Laboratory.

La pause-café que Davis avait imposée — plus qu'il ne l'avait octroyée — dans ses laboratoires était à la fois une survivance du *tea* anglais — la grille horaire avait été étudiée scientifiquement — et le fruit des études japonaises sur la qualité du rendement. Une pause d'un quart d'heure permettait au système nerveux de décompresser et redonnait une concentration accrue dans le travail. Ce qu'on perdait en temps apparent était largement compensé par une baisse du taux de fautes professionnelles. L'adage *time is money* avait été soigneusement adapté et « optimisé » par les expériences psychologiques. Le temps était un concept d'une grande souplesse et d'une profondeur qui le rendait, en somme, extensible.

Les cadres de l'usine buvaient leur café — seule boisson autorisée pour ses qualités toniques — dans la salle qui leur était réservée. Ils se groupaient par trois ou quatre, bavardant ou regardant la télévision. Le téléviseur était fixé en hauteur à un des coins de la salle et pouvait servir à des programmes vidéo à usage interne. Davis lui-même projetait d'apparaître sur les écrans une fois par mois pour donner ses instructions aux cadres. On appelait cela « circulation de l'information ». Pour l'heure, la chaîne C.B.C. donnait un résumé des manifestations sportives de la semaine. Certains suivaient le compte rendu des matches de base-ball, d'autres se lançaient dans des conversations animées où se mêlaient des éclats de rire.

Brusquement, les bruits s'éteignirent dans la salle, et les regards convergèrent vers l'écran du téléviseur. Un présentateur, gravement, annonça un flash spécial d'information. Le visage familier d'Esther Grimes apparut, inhabituel à cette heure de la journée. Spontanément, les bavardages cessèrent. Esther Grimes, en professionnelle, lut une assez longue introduction afin de donner une idée de la gravité de l'information. Celle-ci tomba enfin, comme une grenade dégoupillée, dans la cafétéria de la Brett & Gardner :

« Je répète : on a trouvé les corps de cinq personnes décédées après avoir absorbé une gélule empoisonnée d'Aspenol. Une enquête a été ouverte afin de déterminer l'origine du poison. Il s'agit, selon les premiers rapports de la police, de cyanure de potassium, un toxique très dangereux, qui entraîne la mort quasi instantanée. Nous vous demandons par conséquent de ne toucher en aucun cas à vos flacons d'Aspenol et de les remettre dans les plus brefs délais au commissariat ou au poste de police le plus proche de votre domicile. Je répète : n'absorbez en aucun cas de gélules d'Aspenol, fabriqué par la Brett & Gardner. Ils risquent d'être empoisonnés. Rapportez-les au plus vite... »

Tandis qu'Esther Grimes relisait son message, les cadres de la Brett & Gardner échangeaient des regards incrédules. D'un coup, ce fut un tumulte de réflexions scandalisées. Tout à leur indignation, ces hommes responsables n'entendirent même pas les haut-parleurs qui diffusaient les premières notes électroniques de la *Lettre à Élise* en guise de sirène pour la reprise du travail.

« Non mais, t'as vu ? Ils veulent notre peau ou quoi ? Encore un coup comme ça et c'est la faillite de la Brett.

— Ça ne peut être qu'un cinglé pour faire un truc pareil !

— Tu crois que c'est quelqu'un de chez nous ?

— C'est un scandale... C'est... ignoble ! Ignoble ! je ne vois pas d'autre mot...

— Tu vas l'entendre, le vieux, c'est moi qui te le dis...

— Merde alors ! Et dire qu'on se crève le cul pour améliorer la qualité et le rendement...

— Tu sais où tu peux te le mettre ton rendement ? Bientôt, tu vas voir, c'est du porte-à-porte qu'on va faire...

— Et la chaise électrique, hein, à quoi elle sert ? merde ! A griller les steaks du bourreau.

— Tu rigoles ! Une bonne injection, bien propre, voilà ce qu'il faut à des mecs comme ça. Avec du suspense, tu vois ! Relax ! C'est pour vous détendre !

— Et dire que je viens d'emprunter pour mon pavillon à Long Island !... »

Nul ne remarqua, au bout du couloir, un petit homme en complet gris, chapeau minuscule sur le haut du crâne, qui scrutait tranquillement la cohue, dévisageait un à un les cadres déchaînés qui discutaient de la nouvelle comme dans un meeting. Un des responsables de la fabrication haussa la voix :

« Voyons, voyons, messieurs, ce n'est ni l'heure ni l'endroit. Allons, allons, au travail ! Au travail ! »

Le petit homme au chapeau gris s'esquiva discrètement, avant que la foule des employés l'aperçoive. Il s'appelait Henry Lyte, et travaillait directement pour Norman Davis.

Mardi 13 septembre. 16 h 30.
Brooklyn. India Street.

Tandis qu'Esther Grimes lançait son appel sur les ondes, repris quelques minutes plus tard par toutes les radios et chaînes de télévision de New York, Suzan Blamire berçait toujours son bébé dont les cris emplissaient le petit appartement. July avait téléphoné au docteur James et jouait distraitement avec son chat. Elle n'osait pas rallumer son transistor, de peur de provoquer une nouvelle crise de sa mère.

« Tant pis, je vais lui redonner son médicament », se résigna Suzan Blamire, qui désespérait de voir le médecin avant la nuit.

Au moment où elle allait chercher le biberon dans la cuisine, la BMW du docteur James freina dans un nuage de poussière au bas de l'immeuble, et, avant qu'il ait serré le frein à main, John Hunter était déjà dans l'escalier. L'ascenseur était en panne depuis trois semaines.

Il sonna pendant trente secondes de manière continue et était prêt à enfoncer la porte quand Suzan Blamire lui ouvrit. Elle tenait un biberon à la main et le bébé hurlait toujours dans ses bras. Hunter lui arracha violemment le biberon des mains. Suzan recula, terrorisée.

« Qu'avez-vous mis là-dedans ?

— Ne faites pas de mal aux enfants, je vous en prie... »

Hunter aperçut son propre visage dans le miroir au-dessus du buffet. Il comprit la peur de Suzan. Hâve, les yeux exorbités et injectés de sang après une nuit sans sommeil, une barbe de deux jours, la cravate défaite, il avait davantage l'air d'un sadique que d'un sauveur. Il cria, ses nerfs lâchant tout à coup :

« Qu'avez-vous mis là-dedans, bordel !

— De l'eau..., bredouilla, éperdue, Suzan Blamire. De l'eau sucrée, c'est tout... et un Aspenol... c'est tout... »

Le docteur James arriva à son tour, hors d'haleine, et tenta de rassurer Suzan. Encore sous le choc, elle examina longuement la trousse qu'ouvrait James avant de lui confier le bébé.

« Tu es sûr ? » demanda James à son ami.

Hunter, sans répondre, attrapa le chat gris qui se prélassait sur les genoux de July et lui pressa de force le biberon dans la gueule.

« Mais il est fou..., gémit Suzan en se prenant la tête à deux mains.

— Calmez-vous, madame, mon ami est médecin aussi... »

Le chat miaula férocement, griffa Hunter et se raidit tout à coup. Hunter le laissa tomber par terre, inerte.

« Pussy ! se mit à crier la petite July. Pussy ! Il m'a tué mon Pussy ! C'est un assassin. »

Hunter essaya de consoler la petite mais elle voulut le mordre et s'enfuit dans sa chambre, emportant le cadavre de son chat. Suzan Blamire était livide.

« Madame, dit James, je vais devoir hospitaliser votre bébé.

— C'est... c'est grave ?

— Ç'aurait pu être beaucoup plus grave », répondit James.

John Hunter était déjà dehors. Appuyé au toit de la voiture, il pleurait. Dieu merci, songeait-il tandis que les spasmes secouaient sa poitrine, je peux enfin pleurer.

Mardi 13 septembre. 17 h 30.
Manhattan. New York Police Headquarters.

Moins d'une demi-heure après l'alerte lancée par Esther Grimes sur les antennes de la C.B.C., des centaines de personnes avaient déjà déposé leurs flacons d'Aspenol au quartier général de la police. Les commissariats de Manhattan téléphonaient sans discontinuer pour savoir quelles mesures prendre devant la marée de médicaments qui déferlait dans leurs bureaux.

Au Q.G. même, on avait dû vider en toute hâte une des plus grandes salles de réunion pour pouvoir stocker les kilos de produits pharmaceutiques dont les New-Yorkais se débarrassaient comme si leur simple contact était dangereux. Certains, non seulement rapportaient les Aspenol, mais, par sécurité et dans un mouvement de panique qui gagnait de rue en rue, d'immeuble en immeuble la grande ville, vidaient dans le hall des sacs pleins de toutes sortes de médicaments fabriqués par la Brett & Gardner. Les policiers étaient impuissants à endiguer cette folie collective. Une foule dense s'entassait devant le bâtiment de la police, s'étendait jusque dans Center Street, provoquant un embouteillage monstre. Un vent de colère soufflait déjà sur cette manifestation spontanée. Sorties on ne savait d'où, des banderoles fleurissaient, clamant des mots d'ordre contradictoires, accusant sans distinction la firme Brett & Gardner, tous les trusts pharmaceutiques, les médecins et le gouvernement. Même la police y trouvait son compte.

Alex Cruden, de la fenêtre de son bureau, contemplait avec un mépris impassible cette marée humaine qui s'agitait sur place, vaine et stupide, et il eut un sourire triste en remarquant, çà et là, quelques pickpockets qui avaient déjà flairé l'aubaine. Le téléphone bourdonna. C'était le patron : il fulminait.

« Cruden, vous auriez au moins pu m'avertir. Vous avez vu la panique dehors ? Vous êtes content ? On n'a même pas eu le temps de disposer un cordon de sécurité...

— Ne vous inquiétez pas. D'ici une heure, ils seront tous rentrés chez eux. Cette foule-là n'est pas dangereuse. Ils n'ont rien de commun. Regardez-les ! Tous des bons papas américains. »

Cruden raccrocha. Les suites de l'affaire l'inquiétaient davantage. En fait, il n'avait rien pour démarrer une enquête sérieuse. Le criminel était sûrement un cinglé, mais d'un genre particulier. Logique, très intelligent, méthodique. Donc très dangereux et très difficile à prendre en défaut. Il fallait pourtant bien commencer. Cruden avait demandé de vérifier à la source et d'examiner les dossiers du personnel de la Brett & Gardner, mais Davis n'avait pas encore donné à Macaulay la possibilité de consulter les fiches de la firme. S'il ne pouvait pas s'y opposer, il pouvait les retarder en invoquant des raisons techniques. Le téléphone sonna de nouveau. La voix du procureur, sèche et nerveuse, résonna dans l'appareil.

« Cruden, ce que vous avez fait est inadmissible. Je ne vous avais pas donné mon accord. Vous endossez toute la responsabilité des conséquences. Vous rendez-vous compte des suites de cette affaire ?

— Parfaitement, monsieur.

— Je... Vous... Il s'agit d'une faute professionnelle grave, monsieur Cruden, et même d'insubordination caractérisée. Je vous casserai, Cruden, vous m'entendez, je vous casserai ! C'est un scandale. Vous sauterez, vous en avez ma parole !

— C'est vous qui risquez de sauter, monsieur, s'il y a d'autres victimes. Et n'oubliez pas de conseiller à votre sénateur de bien regarder dans ses placards..., on ne sait jamais, il pourrait y avoir d'autres cadeaux empoisonnés de M. Davis. »

Le procureur ne répondit pas. Cruden sourit. Il ne pouvait rien faire contre lui. Ils avaient déjà utilisé leurs munitions. Cette affaire avait redonné à Cruden le pouvoir et le goût de se battre. Elle était à sa mesure. Esther lui aurait sans doute dit qu'il cherchait moins à sauvegarder la population qu'à se mesurer avec les puissants de ce monde. C'était peut-être vrai. Il y avait un goût de revanche dans son obstination. Cruden avait l'intuition que le criminel n'était pas loin d'obéir à des mobiles semblables. En fait, ils devaient se ressembler, tous les deux. Leur méthode seule différait.

La secrétaire l'appela sur l'interphone.

« M. Müller est arrivé.

— Faites-le entrer. »

Max Müller était le psychiatre le plus réputé de Manhattan. Cruden s'était souvenu de la présentation qu'en avait faite Esther l'autre soir, à l'inauguration du Brett & Gardner New Laboratory, et il l'avait convoqué en usant de son pouvoir discrétionnaire.

Müller devait son renom à un mélange de facteurs soigneusement dosés, preuve, se dit Cruden, d'une grande intelligence. Son patronyme l'avait grandement aidé, bien que sa famille fût américaine depuis trois générations. On gardait toujours, ici, un certain respect inavoué pour la patrie de Sigmund. En outre, Müller s'était fait remarquer pour ses positions conservatrices en matière de psychiatrie. Contrairement à la tendance progressiste de ses confrères qui prônaient la disparition des hôpitaux psychiatriques et, non sans une certaine démagogie, réclamaient la réhabilitation des aliénés et leur insertion sociale, sans se préoccuper des structures en place, et pour longtemps, Max Müller, lui, avait mis de son côté la clientèle saine et fortunée, en défendant une position assez réactionnaire. Son discours était d'une simplicité radicale et réconfortante. Puisque la majorité vivait dans une société saine et libre, tous les éléments qui portaient atteinte à cette liberté devaient en être exclus. Cela incluait les délinquants et les aliénés. Müller, implicitement, s'inspirait du système soviétique. Dans un système parfait et au service du peuple, qui s'oppose à ce système et au bien-être qu'il suppose ne peut être que débile mental. Donc interné.

Ces arguments lui avaient valu l'appui des autorités et l'afflux d'une clientèle riche. Müller vivait à l'abri du besoin. Toutefois, Cruden était un des rares à savoir que Müller avait, dans ses débuts, publié quelques essais sur les réactions spontanées des cellules de l'organisme social contre son environnement. En tant que directeur du Département de criminalité pathologique, Cruden avait trouvé intéressantes les thèses anciennes de Müller. Celui-ci analysait les comportements asociaux, comme une révolte comparable au cancer, d'éléments agressés par le système où ils vivaient. La criminalité, vue sous cet angle, devenait complètement pathologique, et Müller étudiait un certain nombre de cas où des sadiques, des terroristes ou des assassins, en venaient à tuer indistinctement tout ce qui passait à leur portée en ayant l'impression de se défendre contre une partie du grand corps insaisissable qui les persécutait. Les conclusions de Müller étaient à l'époque révolutionnaires puisqu'il parlait en l'occurrence de légitime défense. Il avait, depuis, déplacé ce concept de manière plus lucrative, et défendu avec la même ardeur le droit du port d'armes et l'autodéfense des honnêtes citoyens qui protégeaient leurs biens et leurs familles, terreau de l'Amérique prospère. Müller restait néanmoins un des meilleurs spécialistes de la criminologie et, à ce titre, un auxiliaire souvent sollicité par la police et les autorités. Müller avait déjà rendu d'appréciables services dans des cas de prise d'otages et ses compétences, dans les circonstances critiques, étaient remarquables.

Cruden l'accueillit donc avec tout le respect qui lui était dû. Il le remercia chaleureusement et lui exposa l'affaire. Müller prit le temps d'ôter ses lunettes à monture métallique et de les nettoyer avec un mouchoir de soie avant de donner son éminent avis.

« Il y a, dans ce genre de criminels, deux catégories, énonça Müller avec sobriété. L'une est composée de maniaco-dépressifs qui agissent sur un coup de tête et éprouvent très vite le besoin de faire connaître leur acte afin de sublimer leur geste et leur image. Étant donné le délai écoulé entre l'acte criminel et votre intervention auprès des médias, nous devrions déjà avoir plusieurs appels et revendications.

— Fantaisistes, déclara Cruden. Nous avons vérifié.

— Dans ce cas, je crains que le coupable n'appartienne à la seconde catégorie. Ceux-là sont beaucoup plus dangereux pour deux raisons. La première est qu'ils agissent secrètement. Leur but est de détruire et non de se faire connaître. Ce sont, en quelque sorte, des nihilistes pathologiques. La deuxième raison est qu'ils récidivent.

— Ce qui signifie qu'il va recommencer.

— Cela me paraît du domaine du probable. Quant au profil de l'individu, vous devinez qu'il est d'autant plus difficile à cerner qu'on ignore tout de ses mobiles. Mais, si je peux vous donner un conseil, cherchez de ce côté-là. Il y a forcément un rapport, même indirect, entre ces éléments : le choix du cyanure, poison radical, imparable, à l'image de la fatalité, celui du médicament, l'Aspenol, de grande consommation, en quelque sorte universel, et aussi celui de la Brett & Gardner.

— Merci, docteur, nous cherchons déjà de ce côté. »

A cet instant, Macaulay entra dans le bureau, son agenda à la main.

« Alex, ça y est, nous pouvons enquêter au New Lab dès demain matin. »

Cruden lui fit signe d'attendre. Müller poursuivit :

« Vous comprenez, il n'y a pas assez de morts pour le calmer. Ce genre de malades obéit comme un drogué à une relation quantitative avec le crime. Votre recherche devrait s'orienter dans ces deux directions : la source, le mobile et le débouché, le produit qu'il va trafiquer. »

Cruden sourit. Il n'allait quand même pas lui apprendre son boulot, non ! Il se croyait à un cours de rhétorique : *Qui ? Ubi ? Cur ? Quomodo ?*

« Il y a un troisième point, ajouta Cruden, comment lui tendre une souricière ? Il faudrait pour cela savoir où l'attendre. »

Beaucoup de questions pour un seul homme, songea Cruden.

« Quel mobile ? Quel endroit ? Quel produit ? résuma Max Müller en se levant. A votre disposition dès que vous aurez de nouveaux indices. »

Macaulay fit un ballon avec son chewing-gum, le ravala et jeta un coup d'œil sur les notes de Cruden.

« Excuse-moi si je m'en mêle, Alex, mais à quoi il sert notre foutu ordinateur ? Ça serait p'têt' dans ses compétences ce genre de devinettes, non ? »

Cruden le regarda, ébahi.

« C'est pas vrai, Zac ! Tu sais penser, maintenant ! » Et il l'embrassa sur le front.

Mardi 13 septembre. 21 heures.
Brooklyn. Hamilton Alley.

L'homme avait demandé au taxi de le déposer au bas du quartier. Il avait besoin de prendre l'air. Une brume puante, chargée d'odeurs de poisson pourri, flottait aux carrefours. Mais il n'y prêta guère attention. Il ne vit pas non plus, en remontant la ruelle humide, les murs lépreux de l'entrepôt abandonné, ni les échelles de secours crasseuses qui s'accrochaient aux murs de briques comme des lianes tortueuses. Ni les ordures que les poubelles pleines vomissaient sur les trottoirs et que se disputaient des chiens étiques. Il avait même oublié les traces de sa douleur cardiaque. Sa petite silhouette voûtée filait le long des murs pisseux, indifférente au décor sordide.

Il escalada lourdement les trois étages, écarta d'un coup de pied un landau qui barrait l'escalier et qui dégringola jusqu'au palier dans un fracas sinistre, et ouvrit enfin la porte de son appartement miteux.

Dans la pièce qui servait à la fois de salon et de salle à manger, les reliefs du repas de midi traînaient encore sur la table et les assiettes sales s'empilaient dans le coin cuisine. L'odeur de poisson avarié, qu'il avait ignorée dans la rue, lui sauta brutalement au visage, concentrée par l'atmosphère confinée de l'appartement. Il ramassa au passage.les vêtements épars sur les chaises, les jeta sur le divan élimé, et ouvrit la fenêtre. Dehors, il n'y avait rien à voir que les murs noircis de l'entrepôt et la nuit blanchie par les lumières de la ville, au-dessus des toits. Il s'attarda un instant à la fenêtre, songeant aux nuits étoilées de Stafford et aux jardins fleuris qui bordaient les maisons. Mais c'était il y a longtemps déjà. Lorsque Mary et lui avaient emménagé dans ce petit pavillon et qu'ils faisaient des projets d'avenir. C'était, oui, c'était il y a dix ans. Ils auraient pu vivre heureux. Heureux. Ils l'avaient été si peu. Jusqu'à ce jour où... Après, il avait oublié de regarder les fleurs dans les jardins et de respirer l'air frais de la nuit. La nuit était devenue un cauchemar sans fin et les volets s'étaient refermés sur eux. Jusqu'à l'année dernière...

Une voix aiguë dans la chambre le tira de ses rêveries. Comme à regret, il referma la fenêtre et grommela.

« Oui, c'est moi, Mary. C'est moi, ne t'inquiète pas. »

Il se mit à débarrasser la table en soupirant mais la voix de sa femme le harcela de nouveau. Il entra dans la chambre. Une femme obèse était vautrée sur les draps douteux. A ses côtés, éparpillée sur le lit, toute une collection de photos luisait sous la faible lumière de la lampe de chevet.

« Tu as pensé à l'anniversaire du petit au moins. Tu sais comme il est, il va encore piquer une crise de nerfs et Mme Brown viendra taper aux carreaux en demandant de cesser tout ce raffut et tu mettras un oreiller sur la tête de Jimmy pour étouffer ses cris, pauvre petit. Il est infernal. Ce matin, il a encore renversé le vase de cristal, tu sais bien, celui que nous a offert ma mère pour notre mariage, tu l'aurais vu déguerpir, le galopin, il courait, il courait, il s'est même caché sous le lit, j'ai dû le déloger avec un balai, le petit monstre... »

Mary s'arrêta de parler, tout étourdie, comme chaque fois, par ce flot de paroles qui s'échappait parfois, tel un trop-plein, de sa tête malade. Puis, elle s'enfermait dans un silence de mort, trois heures, trois jours, l'éternité. Essoufflée par cette hémorragie verbale, elle se laissa tomber sur les oreillers jaunâtres et murmura encore :

« Tu as pensé à son anniversaire, c'est bien vrai ?

— Oui, j'y ai pensé. Tu sais bien que je n'oublie jamais. Ne t'énerve pas, ça te fait du mal », dit-il en cueillant délicatement les photos éparses. Tout à coup, une colère froide lui monta aux tempes et il se mit à trembler. Sa femme avait éparpillé, outre l'habituelle collection de photos, tout le stock de médicaments qu'il gardait précieusement dans sa table de chevet. Il examina la porte dont la serrure avait été forcée avec un couteau de cuisine. Il ramassa le couteau et se pencha sur sa femme :

« Mary ! Je t'avais interdit de toucher à ça ! dit-il entre ses dents.

— Mais, mon chéri, c'est Jimmy qui me l'a dit. Il a entendu ce message à la radio et il m'a dit : Maman, ils ont dit que l'Aspenol est dangereux. Il ne faut plus en prendre et le rapporter à la police. Je ne sais pas ce que je ferais sans le petit. Il m'a dit : Repose-toi, ma petite maman, je m'occupe de tout. C'est lui qui a nettoyé la...

— Mary ! hurla l'homme tandis que son cœur cognait de manière désordonnée sous ses côtes, Mary, tu recommences encore une fois comme ça et je te tue, tu entends, je te tue ! » cria-t-il en brandissant le couteau de cuisine sous le double menton de sa femme.

Celle-ci eut une seconde de lucidité et un éclair de terreur pure traversa ses yeux pour s'éteindre aussitôt. Elle éclata d'un rire hystérique, la gorge renversée, offerte au couteau. L'homme tremblait de tout son corps. La douleur s'amplifia dans sa poitrine et il lâcha le couteau pour chercher fébrilement ses comprimés de Nitrofane.

Il attendit que sa crise se passe. Puis, il débarrassa la table et aligna sa réserve de produits Brett & Gardner. Il prit un scalpel, de la colle transparente et un bocal opaque, sans étiquette. Calmement, il choisit son nouveau médicament de grande consommation : le Spastomyl.

C'était un calmant léger, en vente libre, qui pouvait être pris comme sédatif ou pour atténuer le stress de la vie moderne. Il facilitait également le sommeil sans être à proprement parler un somnifère. Ses effets secondaires étaient pratiquement nuls et il ne provoquait pas d'accoutumance. C'était, après l'Aspenol, un des best-sellers de la Brett & Gardner. Sa présentation était semblable, elle aussi, et les gélules rose et blanc avaient un grand succès.

L'homme ouvrit délicatement dix gélules, les vida de leur contenu et, à l'aide d'une pipette, les remplit de cyanure. Il souda ensuite les deux moitiés de chaque gélule par un minuscule point de colle. Il remit les gélules dans leurs flacons et les glissa dans la poche de sa veste. Il ne restait plus qu'à placer sa marchandise et, cette fois, il savait déjà comment s'y prendre.

Mardi 13 septembre. 23 heures.
Manhattan. Governor Building. East Houston Street.

Assourdis, comme étouffés par la nuit imparfaite de la grande ville, les bruits de la rue noctambule soulignaient le silence dans l'appartement de Cruden. Un éclairage indirect, blanc, jetait des ellipses sur les murs nus. Sur le divan de velours noir, Esther somnolait, épuisée par les émotions de la journée. Contrairement à leur convention, elle avait éprouvé le besoin de venir passer la nuit chez Alex, besoin d'être rassurée par ce grand corps taciturne, son grand ours brun, comme elle disait parfois quand il s'enfermait dans des silences inquiétants. Cruden était assis sur le fauteuil blanc qui faisait face à Esther. Il regardait les longues jambes blanches allongées sur le velours noir comme dans une photo d'art. Ils n'avaient pas sommeil, et Cruden se disait qu'elle était bien désirable, Esther Grimes, et qu'il avait de la chance. Deux ans déjà qu'il se répétait qu'il avait de la chance et que ça n'allait pas durer. Et pourtant cela durait.

Peut-être justement parce qu'ils avaient fait dès le début comme si leur aventure n'était pas faite pour durer. Ils avaient refusé d'y croire, tous les deux. Se promettant de ne jamais se faire de serments. Mais n'était-ce pas déjà un serment ? Ils avaient joué, en somme, à ne pas s'avouer qu'ils prenaient cela très au sérieux.

Ils avaient, par exemple, gardé cette habitude un peu puérile de payer chacun leur part, au restaurant ou au spectacle. Ils ne s'offraient jamais de cadeaux. Esther avait pris les devants, dès le premier jour. « Un cadeau, c'est un maillon de chaîne, disait-elle. Je ne veux pas que tu me passes les menottes. » Il avait ri et laissé au fond de sa poche la petite broche de vieil argent qu'il voulait lui offrir. Pourtant, Alex le sentait intuitivement, le temps tissait sournoisement ce qu'ils feignaient tous deux de refuser. Certains gestes, certains regards, certains silences en disaient plus que les aveux les plus longs. Même leur rejet de l'habitude devenait une complicité. Et Alex, au fond, savait que la tendresse les enchaînait peu à peu, malgré eux.

Et voilà. Ils étaient malgré eux embarqués sur une galère semblable. Cette fois, Esther avait payé de sa personne. Elle venait de perdre sa meilleure amie, Margaret Anderson. Cruden, malgré le désir qu'éveillait le spectacle des jambes nues sur le divan, savait que ce n'était pas le moment. Il soupira, s'étira, alla verser deux verres de cognac et s'assit aux pieds d'Esther.

« Fatigué ? demanda Esther en prenant le verre que lui tendait Alex.

— Même pas. Cette affaire m'emmerde.

— Pourquoi ? On a donné l'alerte, non ?

— Insuffisant. Ça va recommencer.

— Recommencer ?

— Il y a de grandes chances. J'ai vu Müller cet après-midi. Il est formel. Les risques de récidive sont élevés.

— Mais vous pouvez faire garder le labo, contrôler les dépôts, je ne sais pas moi...

— C'est déjà fait. Mais qui l'empêche de trafiquer d'autres produits directement dans les drugstores ? Rien ne prouve d'ailleurs que ce n'est pas la façon dont il a déjà procédé.

— Mais je croyais que tu tenais des suspects...

— Du vent ! Tu comprends, cette affaire est différente. Nous devons travailler dans deux directions totalement opposées et tous mes hommes réunis suffisent à peine à la tâche. En aval, prévenir la récidive, alerter les gens, surveiller les sources d'approvisionnement. C'est déjà énorme et ça ne sert pas à grand-chose. En amont, chercher un hypothétique coupable dont on ignore jusqu'aux mobiles. Je n'ai rien, tu comprends. Aucun indice, rien. Mailer est un trouillard vaguement magouilleur, un médiocre. Incapable d'un tel geste. D'ailleurs, il n'a pas de mobile. Lindsay en avait un et je le crois capable de faire ça. Mais il n'en a même pas eu besoin. La Brett lui fond dans les mains comme du chocolat. Betty Davis lui a fait cadeau de presque toutes ses parts.

— Alors, c'est un cinglé ? »

Cruden fit la grimace.

— Peut-être, oui...

— Comment veux-tu trouver un mobile avec ce genre de dingue ? Il a peut-être agi sur un coup de tête. Je parie qu'il ne sait même pas pourquoi. Comme ces types qui montent en haut d'un immeuble avec un fusil à lunette et se mettent à canarder tout ce qui bouge dans la rue. Tu ne vas pas me dire que ce genre de mecs a des mobiles, non ?

— Justement si. Pas à première vue peut-être, mais en creusant un peu, on s'aperçoit que leur acte est toujours motivé par une agression extérieure profonde. Il s'agit d'une sorte de suicide inversé. Müller a écrit des choses intéressantes sur ce sujet, il y a quelques années. Et là-dessus également il est catégorique. Notre homme a forcément un mobile. Il suffit de le trouver. Moi, je pense qu'il faut chercher du côté de Norman Davis.

— Rien ne te prouve que c'est Davis qui soit visé. Si c'est un fou, il a pu choisir le médicament au hasard. Et il n'y en a eu qu'un, jusqu'à présent.

— Rien ne le prouve en effet. Disons que c'est... de l'intuition. S'il avait voulu frapper au hasard, il aurait diversifié tout de suite ses gélules piégées, pour brouiller les pistes. A mon avis, le fait qu'il n'ait pris qu'un seul produit est une sorte de message codé. A l'intention de Davis !

— Ça n'a pas de sens, Alex. Pourquoi ne s'en prend-il pas physiquement à Davis, alors ?

— Trop simple. S'il est cinglé, comme tu dis, il reste terriblement logique. Davis incarne à lui seul la Brett & Gardner et la puissance des trusts pharmaceutiques. C'est un symbole. Ce genre d'attentat est typique. On ne tue pas un symbole, on le détruit en attaquant ce qu'il symbolise.

— Donc, demain, ça peut aussi bien être Lindsay, la victime, et la L.C.C. la cible, puisqu'il est le futur prince ! »

Cruden approuva en faisant tourner pensivement son verre dans la paume de sa main.

« Exact. Par conséquent, si je poursuis ce raisonnement, l'assassin en sait au moins autant que nous tous. Puisque ce n'est plus un secret pour personne et qu'il vise quand même la Brett, empire sur le déclin, et non la L.C.C., qui prend la relève, c'est bien Davis qui est concerné et non les compagnies pharmaceutiques dans leur ensemble. Et comme Davis est à peu près intouchable ! Pas de maîtresse — d'ailleurs il est impuissant ! Pas de vice, il est calviniste ! Pas la moindre histoire louche ! Sa seule faille, c'est sa puissance : la Brett & Gardner !

— Il a aussi beaucoup d'ennemis.

— Bien sûr. Il est trop puissant pour ne pas en avoir. Tu penses à quelqu'un en particulier ? Un autre concurrent ? »

Esther fit la moue et réfléchit longuement.

« Honnêtement, j'en vois beaucoup. Mais aucun ne me semble capable de se venger de cette façon. Comment dire, ça échappe aux règles du jeu du milieu. Je dirais même qu'à plus ou moins longue échéance, même si la Brett est seule touchée, ce sont toutes les compagnies qui vont plonger. La mauvaise réputation est contagieuse. Non, je ne pense pas qu'on puisse chercher de ce côté. Ils se tirent dans les pattes et se font des coups vicieux mais dans les règles, tu vois. Dès qu'ils se sentent menacés en tant que corporation, ils se serrent les coudes. Tiens, je me souviens même d'une remarquable preuve de solidarité entre concurrents. C'était, je crois, il y a dix ans. L'affaire du Mystelomyd. Eh bien, ils ont fait un front unique. Tous pour un. Ils ont soutenu financièrement la Brett qui devait indemniser les parents. Ensemble, ils ont étouffé l'affaire en quelques semaines. Pourquoi ? A charge de revanche. La même mésaventure pouvait leur arriver à tous, un jour ou l'autre...

— Le Mystelomyd, dis-tu ?

— Oui, tu sais bien, ce calmant qui, chez les femmes enceintes... »

Esther marqua un temps et hésita. Elle songea aux médicaments qu'elle avait jetés à l'égout, la veille, et eut un frisson rétrospectif. Il y avait un flacon d'Aspenol... Elle se demanda si...

« ... enfin, ce médicament provoquait des malformations du fœtus, poursuivit-elle, troublée. On s'en est aperçu un peu tard, lorsque les premiers monstres sont nés. Les autres femmes se sont fait avorter mais il a fallu casser les plaintes au plus vite en payant. »

Cruden se mit à marcher de long en large, tout à coup excité.

« Qu'y a-t-il, Alex ? Tu ignorais cette affaire ?

— Hein ? Non, bien sûr. Mais c'est curieux... C'est la deuxième fois que j'en entends parler aujourd'hui.

— Qui t'en a parlé ?

— Hunter. John Hunter, un des suspects...

— Le docteur Hunter ?

— Oui, tu le connais ?

— C'est mon toubib et je... »

Elle faillit lui avouer qu'elle l'avait vu la veille parce qu'elle était peut-être enceinte mais elle se reprit.

« Suspect, dis-tu ? Pourquoi ?

— Enfin, il *était* suspect. Il n'y est pour rien, naturellement. C'est le professeur Lodge qui nous a prévenus de la mort de sa femme.

— La femme de Hunter ?

— Oui.

— Oh ! mon Dieu !

— Cyanure, elle aussi. De l'Aspenol, bien sûr. C'est une des cinq victimes.

— Mais pourquoi a-t-il parlé de...

— Du Mystelomyd ? Eh bien, justement, sa femme en avait pris, il y a dix ans, et à la suite de l'avortement, elle était restée stérile.

— Et tu crois que Hunter aurait pu...

— Je ne crois pas, non. Il n'y est probablement pour rien. Encore que... Tu ne trouves pas que ce serait un bon mobile, ça ? »

Esther reposa son verre.

« Mais, Alex, ce serait affreux...

— Ce qu'il me faut, vois-tu, c'est une longueur d'avance sur l'assassin. Pour l'instant, c'est lui qui a... la balle de break. Mais si j'arrive à rassembler suffisamment de données pour satisfaire l'appétit de notre ordinateur central, alors on peut lui prendre un coup d'avance.

— Et le Mystelomyd, dans tout ça ?

— Justement. Hypothèse de travail : c'est le mobile. Question : qui a été indemnisé ? Réponse : parmi eux se trouve un assassin possible. Démarche : faire des recoupements...

— Avec quoi ?

— Ça, mon chou, c'est à l'ordinateur de nous le dire. S'il le peut. Alors, on a une chance de coincer le cinglé, peut-être...

— Je croyais que tu soutenais qu'il n'était pas fou.

— Si. Il doit être fou. Fou de chagrin. Fou de haine. »

Mercredi 14 septembre. 8 heures.
Brooklyn. Brett & Gardner New Laboratory.

« Pourquoi foutre de merde ce connard a-t-il prévenu tout le personnel ? »

Zachary Macaulay traversait à longues enjambées furieuses le hall de réception, tandis que son inspecteur adjoint le suivait en courant.

« Je ne sais pas, Zac... euh !... en tout cas on lui avait dit que ça devait rester top secret. Il dit qu'il n'a rien laissé transpirer...

— C'est lui qui va transpirer bientôt, cet enfoiré ! Et arrête de me suivre comme un petit chien, tu me donnes envie de cogner.

— Mais, Zac...

— Va t'occuper du dépôt et place tes hommes. Pour maintenant ça ne servira plus à rien mais au moins je n'aurai plus ta gueule de cocker sous les yeux. »

Zachary Macaulay, bien qu'un peu lent dans ses raisonnements, était loin de mériter la réputation d'imbécile que son ascendance irlandaise lui avait valu. A l'ancestral préjugé qui pesait sur les Irlandais, s'ajoutait la taille phénoménale du bonhomme. Zac mesurait près de deux mètres, avait des mains larges comme des pelles de boulanger. Ses collègues le mettaient volontiers en boîte — à distance, car les tapes amicales de Zac avaient à peu près la douceur d'un coup de queue de baleine — et Zac prenait généralement la plaisanterie du bon côté parce qu'il était de nature débonnaire. Sauf, naturellement, lorsqu'il piquait une de ses colères titanesques à faire trembler les bases de l'Empire State Building, qui en avait pourtant vu d'autres. Mais à part ces sautes d'humeur, Zac avait bon caractère pour un Irlandais.

Aussi son inspecteur adjoint attribua-t-il cette fureur rare au fait que Zac venait de cesser de fumer. Il mâchait un éternel chewing-gum, ce qui donnait un relief effrayant aux muscles de ses mâchoires d'australopithèque. Quand il arrêtait de mâcher, disaient ses collègues, c'était qu'il se mettait à réfléchir, parce qu'il était incapable de faire deux choses en même temps. Zac était plutôt flatté de la boutade car elle avait été utilisée avant lui pour un président républicain.

Mais, ce matin-là, sa fureur n'avait rien à voir avec ces aimables blagues. Zac devait tendre une souricière au dépôt de la Brett & Gardner et tout était à l'eau à cause d'une indiscrétion qui ne pouvait provenir que de Mailer ou de Davis en personne dont l'accord était indispensable. Si l'assassin faisait partie du personnel, il faudrait qu'il soit le dernier des crétins pour essayer de trafiquer un autre médicament à la source. Zac décida sur-le-champ de modifier ses plans. Puisqu'il était trop tard pour agir discrètement, autant mettre en batterie la grosse artillerie. Zac allait interroger les cadres et faire éplucher les dossiers du personnel par ses inspecteurs.

Il entra sans frapper dans le bureau de Mailer. Cruden avait donné l'ordre de le relâcher, jugeant qu'il serait plus utile à la police en continuant normalement son travail. Après tout, ils ne pouvaient rien retenir contre lui et les magouilles d'espionnage industriel n'étaient pas de leur ressort. D'ailleurs, nul n'avait porté plainte. En outre, sachant qu'il était à la merci des policiers, Mailer serait enclin à les aider dans leurs investigations. En tant que directeur du personnel, il était le mieux placé pour leur fournir toutes les informations confidentielles. Pourtant, Zac ne se sentait pas d'humeur conciliante. Lorsqu'il l'aperçut, Mailer se leva d'un bond et vint à sa rencontre. Trois responsables étaient avec lui.

« Ah ! monsieur l'inspecteur...

— J'ai à vous parler, Mailer. Seul.

— Mais ces messieurs sont de la...

— J'ai dit seul, Mailer, vous avez assez fait de conneries comme ça pour aujourd'hui.

— Mais je... »

Les trois cadres s'éclipsèrent. Zac se laissa tomber dans le fauteuil de Mailer, ce qui fit craquer dangereusement le pied pivotant. Il jeta son chapeau sur le bureau et allongea ses jambes à côté du sous-main. Mailer se précipita pour reculer l'encrier de cristal vide.

« Pourquoi avez-vous prévenu vos employés de notre visite ?

— Je vous assure que je n'ai...

— Vous me prenez pour un con, Mailer ? Qui avez-vous averti ?

— Eh bien, à part les directeurs de la fabrication et le superviseur du contrôle, personne. »

Zac leva ses bras énormes vers le plafond.

« Personne ! Tout votre personnel était aux fenêtres quand je suis arrivé. C'est mauvais pour vous, ça, Mailer. A croire que vous aviez intérêt à ce que l'assassin ne soit pas coincé !

— Je vous jure, monsieur l'inspecteur... »

Mailer sursauta.

« Vous ne pensez tout de même pas que...

— Que ce soit un de vos employés ? Pourquoi pas, Mailer ? Quand on voit une rivière polluée, il faut toujours remonter vers la source pour trouver le coupable.

— Alors c'était...

— Une souricière, parfaitement ! Enfin, passons. Je veux bien oublier cette erreur, Mailer, si vous nous aidez avec zèle.

— Bien sûr. Que puis-je...

— Je veux voir vos fiches.

— Certainement. »

Mailer ouvrit avec empressement un des classeurs muraux.

« Ce n'est pas tout. Il faut aussi que vous me fassiez une liste des employés qui ont quelque chose dans leur passé.

— Que voulez-vous dire ?

— Je ne sais pas, moi. Des histoires pas claires avec la Brett, la direction ou même Davis, voyez ! Quelqu'un qui aurait envie de se venger.

— Je vois. Je vais vous préparer ça, monsieur l'inspecteur, mais vous savez... si je puis me permettre, vous risquez de perdre votre temps.

— Et pourquoi, Mailer ?

— Parce que vous n'êtes pas sans savoir que nous faisons nous-mêmes notre propre police et que nous sommes très exigeants sur les références de nos employés. En outre, tous ceux qui auraient eu un motif d'en vouloir à la Brett & Gardner en général ou à M. Davis en particulier ne sont plus dans la maison, évidemment. De même que les employés coupables de fautes professionnelles graves...

— Est-ce qu'on peut appeler " faute professionnelle grave " le fait de confondre l'aspirine et le cyanure, Mailer ?

— Je vous assure que...

— Cherchez quand même, Mailer, et donnez la liste à mon adjoint. Vous le trouverez à la cafétéria.

— Bien, monsieur l'inspecteur.

— Ah ! autre chose ! Vous m'envoyez tous vos responsables. Combien sont-ils ?

— Une vingtaine au niveau des responsabilités supérieures.

— Je les interrogerai dans votre bureau. Encore un détail. Lyte, ça vous dit quelque chose ? Henry Lyte ?

— Eh bien...

— Il travaille bien pour la Brett & Gardner, non ?

— Oui. Enfin... Il est plutôt au service personnel de M. Davis.

— Trouvez-le-moi.
— C'est impossible, monsieur l'inspecteur.
— Comment ça ?
— Comme il ne dépend pas de notre fichier, qu'il n'a pas d'horaire fixe, ni de lieu de travail déterminé, je ne puis le joindre personnellement. Il faudrait demander à...
— Davis ? Bon. Ce sera fait. Allez, Mailer, au travail. »
Zac prit les fiches que lui tendait Mailer et jeta un coup d'œil rapide. Autant jouer au billard les yeux bandés en ignorant les règles du jeu !
« Bien, soupira Zac. Envoyez-moi Collins, Simon, Stubbs et Bromfield, pour commencer. Qu'ils attendent dans le couloir. Revenez me voir dans une heure. »

L'interrogatoire fut monotone et stérile. Comment trouver quelque chose alors qu'on ne sait même pas ce qu'on cherche ? Pourtant, le flair de limier de Macaulay lui disait qu'il y avait sûrement moyen de tirer quelque chose de ce fichier. Zac s'en tenait à la routine, sondant les antécédents, évaluant la tonalité des réponses plus que leur contenu.

Collins était directeur des ventes. Collège de Hartford. 45 ans. Célibataire. Diplômé d'économie de l'université. Stages successifs à la General Motors, à la Edison Company, à la C.N.L., produits chimiques toxiques, pour exercer enfin ses talents à la Brett & Gardner. Le profil type du cadre ambitieux et dynamique. Success story !

« Quel sera selon vous l'effet de cette histoire sur le chiffre de ventes, monsieur Collins ? » demanda Macaulay après avoir vérifié que les réponses de Collins concordaient avec son dossier.

« Difficile à prévoir dans l'état actuel des choses. Une chute brutale est inévitable à court terme. Mais les perspectives à moyen terme ne sont pas désespérées. A condition de prendre des mesures vigoureuses.

— Telles que ?

— Telles qu'une révision complète de nos modes de conditionnement. Appuyée par une bonne campagne publicitaire, je dirais même que nos résultats pourraient en être meilleurs.

— Je ne vous comprends pas, monsieur Collins. »

Collins eut un sourire supérieur qui donna envie à Zac de lui décoller les oreilles.

« Simple, inspecteur. Si vous donnez à la clientèle la garantie matérielle que vos produits ne peuvent plus être contaminés — par un sceau de garantie par exemple — les gens achèteront de préférence ces produits-là, précisément parce qu'ils ont déjà été visés et qu'ils ne craignent plus rien.

— Intéressant, monsieur Collins. Vertigineux, même ! »

Collins prit un air faussement modeste. Zac éructa bruyamment et Collins rougit à sa place.

« Mais dites donc, Collins ! Ce que vous me dites peut être dangereux pour vous !

— Co... comment ?

— Ben oui ! Si vos chiffres de vente risquent d'augmenter, vous avez tout intérêt à tenter l'opération cyanure, non ?

— Mais je n'ai jamais voulu dire que... D'ailleurs, ce n'est qu'une hypothèse de travail ! Une simple hypothèse !

— Hypothèse optimiste, en effet, comme la mienne ! Simple hypothèse. Merci, monsieur Collins ! Ah ! ne vous éloignez pas. Nous pouvons encore avoir besoin de vos services. »

Zac prit un nouveau chewing-gum qui vint rejoindre le paquet de cent grammes qui roulait déjà sur sa langue. C'est fou ce qu'il apprenait ! Et qui ne lui servait à rien, soupira-t-il.

Il fit entrer Simon, le dispatcher. Simon avait un profil très différent de Collins. Il avait la responsabilité de la distribution des commandes. Carrière fantaisiste. Touche-à-tout brillant. Sans diplômes. Avait fait ses preuves dans une compagnie de transport routier et dans l'armée, service intendance. Un ancien de la Brett. Marié. Cinq enfants. 55 ans.

« C'est vous qui avez assuré la distribution des produits lundi matin ?

— J'étais là, oui. Mais j'ai simplement supervisé les partances. Vous savez, on travaille à quinze jours.

— En clair ?

— Les colis qui démarrent ont été préparés quinze jours avant.

— Rien de particulier dans ces colis ?

— Non. C'est au retour que les choses étaient moins claires.

— Merci, je suis au courant.

— Non, je ne parle pas de l'Aspenol. Mais de la camionnette.

— Comment ça ?

— Fielding — pauvre vieux pochard, c'était sa dernière gueule de bois — a embouti une voiture en route. Jack m'a expliqué que les cartons s'étaient renversés et qu'ils avaient paré au plus pressé en livrant d'abord les drugstores.

— Et alors ?

— Alors, la bombe à retardement a explosé plus tôt que prévu. Le délai de roulement du centre de distribution principal est d'un mois. Les Aspenol trafiqués ont été livrés le jour même, au lieu d'un mois après.

— Vos cartons ne sont pas fermés ?

— En principe si. Mais l'accident a dû...

— Merci, monsieur Simon. »

Zac était de plus en plus intrigué. Il venait d'apprendre deux choses. D'abord que l'assassin avait certainement fait le coup à l'entrepôt. Un des cartons était ouvert, c'était presque sûr. Un choc matériel ne suffisait pas à éventrer des cartons spécialement conditionnés. Ensuite, que le dingue espérait sans doute avoir le temps de trafiquer d'autres produits, impunément, avant qu'éclate, un mois plus tard, la bombe de l'Aspenol. Imparable, dans ce cas. Des dizaines d'autres médicaments auraient pu être piégés sans que personne ne s'en doute. Une chance que Fielding ait eu cet accrochage, en un sens. L'assassin devait être salement déçu, maintenant. Et d'autant plus dangereux, songea Zac. Une chose était sûre, il ne pouvait plus intervenir à la source.

Il fit entrer Stubbs, le nouveau superviseur. 43 ans. Marié. Sans enfants. Modeste diplôme de chimie du collège d'Albany. Stage à L.C.C. Cours de promotion interne. Passage à la Brett comme responsable du conditionnement. Nommé récemment superviseur par Davis en personne, pour bons et loyaux services.

« Depuis combien de temps travaillez-vous pour la Brett & Gardner ?

— Environ un an.

— Belle promotion ! constata Macaulay. Superviseur un an après ! »

Stubbs ne répondit pas et se contenta de hausser les épaules.

« Vous étiez à la L.C.C. avant ?

— En effet. Au service de recherche et de préparation.

— Pourquoi avez-vous changé ?

— La Brett m'offrait des possibilités d'avancement que je n'avais pas à la L.C.C. Et puis, j'avais envie de voir New York », ajouta Stubbs avec un sourire ambigu.

Macaulay n'était pas dupe. Il n'ignorait pas que les grandes compagnies recrutaient volontiers chez leurs adversaires afin de se procurer des informations sur les méthodes de fabrication. La pratique en était tellement banalisée que le terme d' « espionnage industriel » semblait inadéquat. L'exemple de Mailer était même risible puisqu'il suffisait de débaucher le personnel qualifié de l'adversaire, moyennant un salaire plus gras ou une promotion providentielle. C'était probablement ce qui avait valu à Stubbs d'être bombardé superviseur.

« Comment s'opère le contrôle des médicaments, monsieur Stubbs ?

— A plusieurs niveaux. A la réception des matières premières, et cela est du ressort du laboratoire expérimental. Au niveau de la fabrication, et chaque atelier a son service de contrôle pour la manutention, la préparation et la ventilation.

Au niveau du conditionnement enfin, et c'est ma responsabilité.

— Pensez-vous, personnellement, qu'il soit possible de trafiquer des gélules d'Aspenol à un stade quelconque de sa fabrication ?

— En théorie, tout est toujours possible. Des échantillons sont prélevés à tous les stades et rigoureusement contrôlés, mais on peut toujours passer au travers. Toutefois, puisque vous me demandez mon opinion, à moins d'une erreur ou d'une malveillance collective, les probabilités d'empoisonnement sont faibles au niveau même de la fabrication.

— Pourquoi ?

— Mathématiquement — puisqu'il s'agit de quelques gélules seulement d'après vos informations — il ne peut s'agir ni de la matière première, traitée en vrac, ni de la fabrication qui procède de même.

— Reste le conditionnement donc !

— En effet. Mais le conditionnement en gélules est effectué par des machines, ainsi que leur embouteillage.

— Donc il ne reste que le dépôt, lorsque les produits sont empaquetés et en attente.

— Exact. C'est le seul point faible, bien qu'il y ait une ronde de vigiles. C'est pourquoi j'ai pris des mesures en ce sens.

— C'est-à-dire ?

— J'ai doublé les postes de surveillance et fait contrôler les entrées et sorties du dépôt. Personne, qu'il soit du service ou non, ne peut plus pénétrer dans cette zone sans laissez-passer spécial. Tous les employés de manutention doivent porter un badge et émarger à chaque fois qu'ils entrent.

— C'est bien ce que je vous reproche, Stubbs !

— Comment ?

— Nous voulions tendre une souricière. Elle est foutue à présent. »

Stubbs hocha la tête d'un air dubitatif.

« De toute façon, monsieur l'inspecteur, croyez-vous vraiment que le coupable aurait procédé deux fois de la même manière? Rien ne prouve d'ailleurs qu'il recommencera. Nous l'espérons du moins...

— Moi aussi », soupira Macaulay en congédiant le superviseur d'un geste las.

Alors qu'il faisait entrer Bromfield, le responsable du laboratoire de recherche, qui tremblait de peur, Mailer réapparut, essoufflé.

« Monsieur l'inspecteur, téléphone pour vous, à la réception...

— Pouviez pas me passer l'appel ici, non? bougonna Zac.

— La secrétaire ignorait que...

— Ça va, ça va... »

Zac gagna la réception à longues enjambées. Une secrétaire blonde et joufflue comme une pomme lui tendit le combiné. Zac la taquina, la main sur le téléphone.

« Qu'est-ce que vous faites ce soir, beauté fatale? »

La secrétaire sourit.

« Je fais l'amour avec mon mari, pourquoi? »

Zac faillit avaler son chewing-gum. Les femmes, décidément, ne sont plus ce qu'elles étaient, se dit-il.

« Allô! Macaulay! gronda-t-il dans le combiné.

— Te presse pas, Zac! Laisse-la remettre sa culotte!

— Ah! c'est toi, Superman!

— Non, c'est ta conscience! Rien de neuf?

— Pas grand-chose, Alex. Disons que j'approfondis mes connaissances générales.

— Des femmes ou des suspects? Tu as trouvé des indices?

— Autant que de poils sur ma main, Superman. Rien.

— Bon, alors écoute. Tu vas orienter tes recherches du côté du Mystelomyd.

— Qué-cé-q'ça?

— Hunter. Tu te souviens?

— Ah! oui, le truc qui fabriquait des freaks!

— Voilà! Tu vois que t'es pas encore complètement gâteux!

— Et alors ?

— Essaie de voir s'il n'y a pas de parents indemnisés parmi le personnel. Tu vois ou faut que je te fasse un dessin ?

— Ouais, grogna Macaulay en cessant de mâcher son chewing-gum.

— Qu'est-ce qu'il y a, Zac ? Tu réfléchis ?

— Non, je suis sceptique. »

Quand Zac était sceptique, ça voulait dire qu'il pensait. Cruden le savait. Il demanda :

« Pourquoi ? »

Mercredi 14 septembre. 10 heures.
Manhattan. Gardner Building.

Norman Davis avait déjà reçu dix lettres de menaces et sa secrétaire filtré plus de vingt coups de téléphone anonymes abreuvant Davis d'insultes choisies. Le président de la Brett & Gardner restait impassible. Il en avait vu d'autres. Depuis le matin, des manifestants se relayaient sous ses fenêtres, tournant bêtement sur le trottoir en brandissant des écriteaux accusateurs et en scandant, de façon assez monotone ma foi, des slogans très conventionnels, clamant sur des jeux de mots approximatifs des protestations sans portée réelle :
« HEALTH MUST NOT BE HELL ! » « DRUG IS A DRAG ! » « FIX IT OR WE'LL FIX YOU ! »

Davis contemplait pensivement ces faux contestataires quand sa secrétaire l'informa d'un appel de William Roper. Davis fronça les sourcils. Il ne manquait plus que celui-là. Voilà qui était beaucoup plus gênant que ces trublions inoffensifs en train de danser la danse du scalp sous son balcon.

William Roper était un avocat redoutable qui s'était fait un nom dans les procès retentissants où il avait pris la défense des consommateurs. Il avait été à l'origine de la création d'une des plus puissantes associations de consommateurs avec laquelle la plupart des trusts préféraient traiter plutôt que d'affronter un procès qu'ils risquaient de perdre. Les compagnies perdaient moins d'argent en retirant tel produit du marché ou en le modifiant qu'en essuyant une publicité désastreuse pour l'ensemble de leur production. La General Motors avait fait les frais de l'expérience et Roper, désormais, jouissait d'un pouvoir égal à celui des plus grands. Davis jugea plus raisonnable de répondre.

« Monsieur Davis ? Désolé de vous déranger dans des circonstances que j'imagine... euh !... délicates. Je souhaitais simplement savoir quand nous pourrions nous rencontrer.

— Eh bien... cher monsieur Roper, vous savez que vous serez toujours le bienvenu. Disons cet après-midi... Je suppose qu'il ne s'agit pas d'une visite de courtoisie ?

— On ne peut rien vous cacher. J'ai le regrettable devoir de vous dire qu'on m'a saisi de... cette affaire, voyez-vous.

— Et alors ?

— Je crains qu'ils ne demandent de fortes indemnités. L'association s'est portée en défense des familles des victimes.

— Je vois. Vous ne perdez pas de temps. Je vous signale toutefois que l'enquête n'a pas encore conclu à notre responsabilité.

— Sans doute. Loin de moi cette pensée, monsieur Davis, mais vous savez aussi bien que moi que la responsabilité morale au moins vous incombe, sans parler naturellement du risque éventuel de négligence.

— Vous bluffez, Roper. Vous ne pouvez rien prouver dans une affaire comme celle-là. Vous savez très bien que c'est la Brett qui est la première visée et vous n'hésitez pas à vous faire le complice objectif de l'assassin en vous jetant sur nous pour la curée.

— N'exagérons rien, monsieur Davis, le préjudice moral des victimes me semble valoir celui de votre firme, non ? Je souhaite simplement vous aider. Des indemnités généreuses et spontanées auraient pour votre entreprise une valeur de contre-publicité. En y ajoutant une campagne publicitaire garantie par un contrôle de notre association, vous pourriez parfaitement renverser la vapeur et redonner confiance aux consommateurs.

— Écoutez, Roper, la Brett s'est déjà sortie de situations plus délicates que celle-là et je ne...

— C'était il y a dix ans, monsieur Davis. Vous faites allusion à l'affaire du Mystelomyd, n'est-ce pas ? A cette époque, notre association n'existait pas encore, vous le savez très bien. »

Davis fronça les sourcils. Ce diable de Roper connaissait bien ses dossiers.

« Bien. Nous pouvons toujours discuter des modalités. Voyez l'heure qui vous convient avec ma secrétaire. »

Norman Davis réfléchit. Roper avait raison. Il fallait compter avec eux. Toutefois, il avait jusqu'à cet après-midi pour dénombrer ses alliés. L'histoire du Mystelomyd remontait à dix ans, en effet, et, à cette époque, tous ses concurrents étaient devenus des associés, des garants financiers et moraux. Davis se demandait avec une certaine appréhension s'il pourrait encore compter sur eux. Dix ans déjà, certaines têtes étaient tombées, la compétition s'était durcie. Il y avait même eu quelques coups bas, déloyaux, qui indiquaient une certaine dégradation de l'esprit de corps qui avait prévalu dix ans auparavant. Il faudrait compter ses amis, songea Davis avec amertume, sachant par avance que ceux-ci étaient rares. L'heure de vérité sonnerait bientôt.

L'interphone bourdonna. Davis appuya sur la touche d'écoute, restant debout derrière son bureau vide.

« Monsieur Lyte est là, monsieur. Il y a aussi un appel de Hawkins, monsieur, de Wall Street.

— Passez-moi Hawkins et dites à Lyte que je le recevrai dans cinq minutes. »

Non seulement il était bon de faire attendre Lyte pour lui montrer que l'affaire n'était pas aussi grave qu'il le pensait, mais Davis s'inquiétait fort du cours de ses actions qui chutaient depuis la veille. Hawkins était l'agent de change attaché à la Brett & Gardner depuis dix ans.

« Monsieur Davis, les parts du marché libre sont tombées de huit points. On n'a pas encore donné la cote des valeurs du département chimie mais on sait déjà qu'elles seront à la baisse également.

— Vous avez racheté ?

— J'ai donné l'ordre de soutenir mais il semblerait qu'il y ait des amateurs. Les trois quarts des actions sont déjà bloquées au rachat. Nous ne pourrons pas les soutenir longtemps si la baisse continue. Il faudra vendre pour maintenir les valeurs principales. Il vaudrait mieux que vous obteniez l'appui de vos concurrents ou nous courons à la catastrophe.

— Avez-vous une idée des acheteurs ?

— Impossible de savoir. Il s'agit d'une manœuvre sans aucun doute, homme de paille et société fictive. En tout cas, la spéculation est rondement menée. Je peux tenir encore un jour ou deux, pas davantage. Je ne garantis plus rien si vous ne trouvez pas de renforts.

— Tenez jusqu'à demain. Je les trouverai. »

Davis dut s'asseoir. Même aux temps les plus difficiles, la situation n'était pas aussi dramatique. Cette fois, l'empire Brett & Gardner tremblait sur ses fondations. Davis voulut appuyer sur l'interphone pour introduire Lyte quand il s'aperçut avec étonnement que sa main frémissait. Il prit un comprimé de Spastomyl dans le tiroir et l'avala sans eau. Il posa ses mains à plat sur le bureau nu et attendit quelques minutes que le médicament fasse effet. Il se calma. Effet placebo, se dit-il, il savait mieux que quiconque que ce calmant était du pipi de chat. L'essentiel était qu'il donne des résultats, même fictifs.

« Faites entrer Lyte », ordonna-t-il d'une voix rauque.

Henry Lyte n'avait pas toujours été détective. Il avait débuté à la L.C.C. de Stafford comme attaché à la sécurité. Peu à peu, ses compétences et son sens de l'organisation, sa perspicacité l'avaient mené au poste de responsable des relations extérieures, fonction honorifique qui cachait simplement le travail d'espionnage et d'information dans les firmes concurrentes d'une part, la protection des brevets de fabrication d'autre part. Il était, en somme, à l'industrie ce que les agents de renseignements sont à la politique. Lyte était venu de lui-même proposer ses services à Davis, ce qui, paradoxalement, avait mis Davis en confiance. En effet, un agent double n'aurait jamais usé d'un tel procédé pour s'introduire dans le camp ennemi. Il aurait, au minimum, donné l'impression qu'on l'avait soudoyé contre sa volonté. Sa trahison semblait donc une garantie de sa fidélité, puisqu'il avait conclu de lui-même que Davis serait le plus offrant. Prévenu dès le départ de ces conditions strictement pécuniaires, Davis avait tenu parole. Il préférait de loin un mercenaire que retenait l'appât du lucre, plutôt qu'un serviteur revendiquant sa loyauté. Lyte donc, parce qu'il était fourbe, était un homme sûr.

Henry Lyte était un homme de petite taille, presque chauve, de sorte qu'il gardait toujours son chapeau sur la tête, et adipeux sans être gras. Sa graisse semblait fondre en permanence et sa peau flasque, terne, était noyée d'une sueur abondante. Le cœur, s'excusait parfois Lyte. Il s'épongeait souvent avec un mouchoir à carreaux de couleur douteuse, et tenait un éternel calepin dans sa main gauche. Professionnellement, Lyte était un limier remarquable. Il s'était fait — Davis ne voulait pas savoir comment et avec qui — un réseau d'informateurs digne des indics de la police. Davis se contentait de payer les yeux fermés dès l'instant où Lyte était efficace.

Lyte s'assit dans le fauteuil qui faisait face à Davis en feignant d'y avoir été invité.

« Merci, monsieur Davis. Quelle chaleur, n'est-ce pas, pour un mois de septembre ! »

Lyte sortit simultanément son mouchoir et son calepin, et Davis se renversa dans son fauteuil en plissant les paupières.

Lyte prit cela comme une invitation à commencer son rapport.

« Eh bien voilà. Je n'ai rien trouvé de précis du côté de la L.C.C., mais il est possible qu'il y ait des infiltrations dans nos services. Je me charge de vérifier ce point cet après-midi. Ce qui est sûr, c'est que Jack Lindsay est bien notre homme en ce qui concerne le rachat des actions à Wall Street. J'ai appris — de bonne source comme d'habitude — que M. Lindsay a commandité un homme de paille pour pousser en baisse toutes vos parts et les faire racheter par un intermédiaire qui les cédera aussitôt à la L.C.C. Il y a de fortes probabilités pour que Lindsay soit à l'origine de cette... agression contre vous.

— Vos conclusions. Pas d'hypothèses.

— Un. Trouver le responsable qui ne peut être qu'un employé de la Brett. Deux. Contre-attaquer.

— Qu'entendez-vous par là ?

— User des mêmes armes que l'ennemi. »

Davis eut un moment de stupeur et crut avoir mal compris. Il se leva lentement de son fauteuil.

« Vous ne voulez tout de même pas dire que... »

Lyte s'épongea le front et rangea son carnet.

« Entendons-nous. Je ne propose pas de méthodes aussi vulgaires que celles qui ont été employées à votre égard. Non. Pas de cyanure... mais un toxique léger, *retard,* sans risque mortel mais à dose dangereuse, habilement substitué à un produit de la L.C.C. aurait un effet dissuasif sur la suite du sabotage. C'est faisable, je m'en porte garant. Sans risque, cela va de soi, en ce qui concerne la réputation de la Brett & Gardner. »

Norman Davis demeura interdit. Il lui semblait tout à coup que le ciel se fendait. Il s'attendait à voir apparaître, dans un éclair vengeur, l'ange doré de la colère divine. Comment avait-il pu, lui, Norman Davis, nourrir ce scorpion sans même prendre conscience de son venin ?

« Monsieur Lyte, ce que vous proposez se pratique peut-être à la L.C.C., mais vous vous trompez d'adresse. Je vous prie désormais de faire ce pour quoi vous êtes grassement rémunéré, c'est-à-dire du renseignement. Si des tentations criminelles vous venaient à nouveau, je serais dans l'obligation de vous dénoncer à la police. Contentez-vous de découvrir le coupable, et vite, et de laisser à d'autres le soin de défendre la Brett & Gardner. Vous êtes un transfuge, monsieur Lyte, et, à ce titre, vous êtes utile mais méprisable. Je me contenterai à l'avenir de vos rapports téléphoniques, votre vue m'indispose. »

Lyte eut un sourire ironique. Les grands airs de Davis ne le touchaient pas, car il prenait pour de l'hypocrisie tout ce qu'il ne comprenait pas.

« Autre chose, monsieur Lyte. Je vous augmente du double de vos appointements actuels. Votre ignominie mérite bien cela. Je vous achète définitivement, Lyte, mettez-vous bien cela dans la tête. Vous êtes un rat que je mets en cage. Le double, entendez-vous ?

— Merci infiniment, monsieur Davis, vous êtes trop bon. N'empêche que ça ne change rien. Vous savez, je ne suis pas le seul à avoir cette idée et beaucoup d'autres l'auront. On n'a pas fini de parler de cette histoire. Les bonnes idées, surtout si elles sont répugnantes, font énormément d'adeptes. Vous verrez, monsieur Davis, il y aura contagion, c'est moi qui vous le dis.

— Dehors ! » hurla Davis.

Lyte sortit avec humilité. Norman Davis chercha fébrilement un second Spastomyl dans son tiroir. Le fléau, songea-t-il, le fléau de Dieu.

Mercredi 14 septembre. 11 heures.
Manhattan. Lloyd Chemical Corporation Building.

Non loin de Battery Park, face à la Baie, dominant la statue de la Liberté qu'on pouvait apercevoir au loin sur Bedloe's Island, l'immeuble orgueilleux de la L.C.C. élevait ses deux cents mètres de verre et d'acier. Au dernier étage, dans l'appartement qu'il avait fait aménager près de son bureau, entouré de baies vitrées comme un aquarium aérien, Jack Lindsay contemplait rêveusement la brume qui se levait lentement sur les eaux.

Autant le bureau de Norman Davis était imprégné d'une odeur d'encaustique et de poussière vénérable, autant celui de Lindsay ne sentait rien. L'air conditionné diffusait une atmosphère artificielle de température et d'humidité constantes. Les mauvaises langues disaient que Lindsay souffrait d'asthme et qu'il était allergique à la poussière, de sorte qu'il faisait changer sa literie, ses fauteuils et la moquette de ses appartements chaque mois. Le mobilier, en tout cas, obéissait au modernisme le plus avant-gardiste et les visiteurs se demandaient souvent s'ils avaient affaire à un siège ou à une sculpture pop'art, ou encore si ce qu'ils prenaient pour un cendrier n'était pas en réalité un lampadaire. Lindsay y prenait d'ailleurs un malin plaisir et affectionnait ces objets ambigus. Il poussait le vice jusqu'à modifier sa décoration chaque semaine, afin que ses interlocuteurs soient perpétuellement déroutés. Lindsay n'y trouvait pas que des satisfactions esthétiques et mondaines. Un adversaire que même les objets les plus familiers trahissaient était infiniment plus vulnérable.

Ainsi, Betty Davis, depuis trois mois qu'elle connaissait Lindsay, n'avait jamais vu plus de deux fois le même cadre. Elle s'en était naïvement amusée jusqu'à ce jour. Car le monde semblait désormais crouler autour d'elle. Betty était effondrée dans un fauteuil pneumatique, transparent, presque sphérique et tout à fait inconfortable. Elle retenait ses sanglots, craignant qu'un faux mouvement ne la fasse basculer sur la moquette, ajoutant au ridicule de sa posture et de son désarroi. Lindsay avait un faible pour les sièges extravagants. Un client mal assis était pressé de conclure. Celui où Betty s'était malencontreusement jetée l'obligeait à garder les genoux haut levés, la pointe de ses pieds effleurant à peine le sol tandis que ses fesses s'enfonçaient vertigineusement dans les boudins sans résistance.

Lindsay souriait en regardant par la baie vitrée. Il devinait l'embarras de la pauvre quinquagénaire à qui il venait de signifier la fin de leur liaison. Il s'était retourné parce que la vue des larmes l'incommodait. Et Betty pleurait abondamment. Les sécrétions lacrymales, songeait Lindsay, ont ceci de profondément désagréable qu'elles font couler le nez. Betty se mouchait de façon répugnante, jugeait-il. Le spectacle de cette morve, de ces yeux rougis, de ces joues tachées de ricil, ces débordements étaient tout simplement de... mauvais goût. Il attendit que le supplice du fauteuil fasse son effet. Betty ne tarda pas à se relever, cherchant vainement à défroisser sa jupe trop courte.

« Tu es cruel, Jacky..., commença-t-elle mais les sanglots étouffèrent de nouveau sa voix.

— Écoutez, ma chère Betty », répondit Lindsay en traversant la vaste pièce ensoleillée pour aller jouer sans raison avec un mobile d'acier suspendu au plafond. « Vous saviez que ce n'était qu'une aventure. Vous n'avez tout de même pas cru que...

— Si. Tu sais très bien que si. Tes promesses, tes élans, ton mépris des convenances...

— Ma chère Betty, ces temps sont révolus. Vous comprenez parfaitement que je ne puis me permettre le moindre ragot, étant donné la situation de votre mari...

— Quelle situation ? Tu cherches à noyer le poisson, Jack. Parle franchement pour une fois.

— Enfin, ce n'est pas à vous que je vais apprendre la fâcheuse affaire qui porte préjudice à la Brett & Gardner. Je ne voudrais pas que l'on pense que j'ai abusé de la détresse de Norman pour, en plus, lui voler son épouse. Ce serait déloyal. »

La vérité était, tout crûment, que Lindsay n'avait plus besoin de Betty pour parvenir à ses fins. La chute des actions de la Brett les rendait vulnérables et l'empire convoité était à portée de main. Pourquoi irait-il s'embarrasser de cette douairière quand il pouvait se servir librement ?

« Tu mens, Jack. Tu n'en voulais qu'à mes parts... »

Un éclair fugitif de lucidité et de colère brilla dans les yeux noircis de Betty mais la vérité était trop lourde à porter. Elle préféra croire aux mensonges de Lindsay et tenta sa dernière chance.

« Si c'est cela que tu veux, prends-les. Prends tout, mais garde-moi avec toi. Tu entends, je te donne tout. Je t'en supplie, deux fois par semaine seulement. Une fois, non, une fois par mois. Ce n'est pas grand-chose... Jack ! »

Ce dernier cri de désespoir émut Betty elle-même qui, dans le fond, n'y croyait pas trop. Mais ne fallait-il pas jouer son rôle jusqu'au bout ? Un rôle de composition, soit, mais un beau rôle.

Jack soupira et sourit. Incorrigible Betty ! Toujours en représentation. Le voyant rouge du téléphone s'alluma. Lindsay avait en horreur les sonneries, quelles qu'elles fussent. Il se déplaça en silence jusqu'au bureau. Il était toujours chaussé de baskets et marchait avec une souplesse de félin. Il décrocha. La secrétaire lui annonça une communication de M. Davis. Jack Lindsay couvrit le combiné de sa main droite et annonça à Betty :

« C'est ton mari, mon chou. »

Puis à la secrétaire :

« Passez-le-moi. Norman, comment allez-vous ?

— Je n'ai pas le sens de l'humour, Lindsay, pardonnez-moi. Vous savez très bien que ma situation est grave. Vous savez tout autant ce que me coûte cette démarche, mais je n'ai pas le choix. Il y a des usages dans notre milieu, Jack, vous ne l'ignorez pas. Jadis, on appelait ça " se serrer les coudes ". Aussi bizarre que cela puisse vous paraître, ceux de ma génération fondaient le succès de leur entreprise sur les valeurs individuelles et morales telles que le courage, l'audace, la persévérance et, mais ceci est un mot qui n'est plus inscrit dans les dictionnaires, la solidarité devant l'adversité. Je sais que les sentiments chevaleresques vous sont aussi étrangers que la pitié, aussi ne les invoquerai-je pas. Voici simplement quelques principes qui pourront vous être utiles un jour. Il a toujours été de tradition, mon petit Jack... »

Lindsay tiqua à cette expression et Davis le devinait.

« ... que nous nous entraidions en cas de coup dur de l'un d'entre nous. Cela pour deux raisons : la première, que je vous ai énoncée, vous est indifférente. La seconde, plus prosaïque, c'est la protection de nos privilèges et de la libre entreprise. Si nous ne sommes pas capables de régler nous-mêmes nos problèmes, un jour, ce sera l'État qui s'en mêlera. Ceci nous concerne tous. Les temps ont changé, vous le savez. Ce qui m'arrive aujourd'hui peut vous arriver demain. C'est pourquoi je bats le rappel. J'ai besoin de vous, Lindsay, et des autres bien sûr, mais de vous surtout, parce que nous sommes les premiers et que nous devons le rester. Vous devez me soutenir, Lindsay, et non m'attaquer, comme vous le faites en ce moment à Wall Street. C'est dans votre intérêt. Pas seulement le mien. Aujourd'hui, c'est le sort de la Brett & Gardner qui est en jeu. Demain, ce sera peut-être celui de la L.C.C. »

Jack Lindsay prit le temps, non de réfléchir, mais d'en donner l'impression.

« Mon cher Norman, très honnêtement, je ne vois, dans tout ce que vous venez de me dire, aucune raison valable pour que la Brett vous survive.

— Jack, vous ne m'avez pas compris, il s'agit...

— Je sais, Norman. Mais la L.C.C., c'est-à-dire moi-même, est parfaitement capable de suppléer à la disparition de la Brett. Je ne vois pas où est le problème... »

Davis se tut un moment, suffoqué par l'humiliation et la rage. Il parla enfin, d'une voix rauque.

« Jack, soit, vous pouvez me briser. Alors je vous parle en vaincu. Épargnez la Brett. Servez-vous largement mais laissez vivre la Brett. Faites-le... »

La voix de Davis s'étrangla.

« Faites-le au moins pour Betty. »

Il y avait des larmes dans cette ultime supplique et Lindsay ne put s'empêcher de rire.

« Ah ! non, pas vous maintenant ! Je viens à peine de sécher les larmes de votre épouse, c'est une manie dans votre famille. »

Et le rire clair, sonore, de Lindsay résonna dans l'appareil.

« Allons, ne pleurnichez pas, Davis, vous n'avez pas tout perdu. Voyez-vous, je ne suis pas aussi cruel que j'en ai l'air. Tenez, je vous rends votre femme. Après tout, c'est l'amour qui compte ! Non ? »

Lindsay riait encore quand Betty claqua la porte. A l'autre bout du fil, Davis avait raccroché et la sonnerie répétitive retentissait dans l'écouteur. Lindsay reposa le combiné. Non, décidément, s'il y avait deux choses qu'il ne supportait pas, c'était les larmes et les sonneries.

Mercredi 14 septembre. 15 heures.
Manhattan. New York Police Headquarters.
Salle des traitements informatiques.

« Je ne vous promets rien. C'est un peu maigre comme données. Behemoth est perspicace mais ça n'est tout de même pas une voyante extralucide. »

James Bruce, l'informaticien de la police new-yorkaise, avait passé la matinée à traiter les données que lui avait fournies Cruden, mais Behemoth n'était pas libre avant l'après-midi. Behemoth, comme l'appelaient ses servants, par référence respectueuse au monstre biblique, était l'ordinateur géant qui trônait dans un des sous-sols du quartier général. Il servait surtout de banque de données et de gigantesque fichier, permettant des recherches dix fois plus rapides. Occasionnellement, mais c'était assez rare — la police est un des derniers bastions de l'intelligence humaine, affirmait le directeur —, on sollicitait Behemoth pour analyser des hypothèses ou confirmer une piste.

Ce que voulait savoir Cruden était apparemment simple, mais représentait en fait des milliers d'hypothèses pour l'ordinateur. Cruden voulait savoir où le criminel avait le plus de chances de trafiquer ses produits, et quels médicaments étaient menacés. Rien de moins.

Tandis que Bruce passait les fiches perforées à l'opérateur qui en « gavait » l'ordinateur, Cruden tournait en rond dans la salle étincelante comme un bloc opératoire. On l'avait prié poliment d'éteindre son cigare à l'entrée, Behemoth ne supportait pas la fumée du tabac.

« Il n'y a plus qu'à attendre, déclara Bruce avec un sourire ironique devant l'impatience de Cruden. Ça ne devrait pas être trop long. J'ai mâché le travail pour lui ce matin. »

Cela prit quand même dix minutes. Deux fiches sortirent enfin dans le panier métallique.

« Votre éléphant a accouché d'une souris », plaisanta Cruden.

Bruce ne répondit pas et se dirigea vers l'écran électronique. Après une série de chiffres codés, Behemoth donna une liste d'endroits tandis que l'imprimante prenait note. Cruden s'approcha. Il lut par-dessus l'épaule de Bruce :

« Dépôts : négatif. Transports : négatif. Distribution : négatif. »

Tous ces moyens avaient été placés en effet sous le contrôle des policiers.

« Points de vente : affirmatif. »

Suivait la liste étourdissante des quelque cinq mille drugstores où n'importe qui pouvait acheter presque n'importe quoi. Cruden haussa les épaules.

« Je n'avais vraiment pas besoin de lui pour trouver ça.

— Je vous avais prévenu. Vos données sont maigres. »

Ils se turent, car l'ordinateur répondait à présent à la deuxième question. Une demi-douzaine de produits Brett & Gardner apparurent sur l'écran.

« Probabilités : Espergen. Teranol. Sedopax. Gastropax. Spastomyl. Cebulvon. »

Puis, toujours dans l'ordre des probabilités, plus de cinquante médicaments d'autres marques en vente libre.

Cruden commença à s'énerver.

« Il n'y a pas moyen de lui faire cracher autre chose que des probabilités ?

— Si, sourit Bruce. Des hypothèses. »

Comme Cruden n'appréciait pas la plaisanterie, Bruce le calma.

« Attendez. Il peut nous dire ce qu'il lui faut pour limiter ses choix. »

Bruce pianota sur le clavier et l'ordinateur répondit presque instantanément.

« Informations complémentaires. Manque donnée numéro deux. Information incomplète. Prière donner deuxième produit »

Cruden fronça les sourcils.

« Ce qui veut dire en clair...

— Ce que je vous avais dit. Pour tracer une ligne droite, il faut au moins deux points alignés.

— Écoutez, Bruce, j'ai déjà assez de devinettes comme ça...

— Eh bien... vous allez sauter au plafond, mon vieux, mais ce que veut Behemoth, c'est le nom d'un deuxième produit trafiqué pour tirer des conclusions valables. Pour tracer sa ligne droite.

— Ah ! il est sympa, votre éléphant ! Il trouve que cinq morts, ça n'est pas assez. Il en redemande ! Il ne manque pas d'air, celui-là ! Il ne lui faut pas non plus le nom du criminel pour nous donner son adresse et son numéro de téléphone, non ?

— Désolé, Cruden. Si je peux faire quelque chose pour vous...

— Oui, vous pouvez. Il est con comme un balai, votre animal mais il a bien de la mémoire, non ?

— Plus qu'un troupeau d'éléphants.

— Alors demandez-lui de me trouver la liste des victimes du Mystelomyd d'il y a dix ans. Il doit pouvoir trouver ça assez facilement, vu qu'on a enregistré les dossiers d'indemnités.

— C'est comme si c'était fait, Cruden. Je vous les fais monter dans un quart d'heure. »

Cruden alluma un autre cigare au moment de sortir de la salle lumineuse et ronronnante.

« Dites donc, Bruce, vous devriez essayer de lui donner un peu de hasch, à votre bestiole, peut-être que ça éveillerait son imagination, dit-il en brandissant son cigare.

— On a déjà essayé ! plaisanta Bruce. Ça le fait délirer, il prend les flics pour des Supermen ! »

Cruden encaissa la parade et sortit en bougonnant.

Dans le fond, il s'y attendait un peu, il fallait pourtant bien essayer. Il y avait peu d'indices, mais c'était tout ce qu'on avait. Macaulay lui avait fait son rapport à midi. Rien pour l'instant du côté du personnel. Si le coupable était l'un des employés, il cachait bien son jeu. La Brett triait ses hommes sur le volet. Des fiches irréprochables en apparence. Cruden lui avait demandé de continuer son interrogatoire en orientant ses recherches du côté du Mystelomyd. Macaulay avait pour mission de voir si ne traînaient pas dans la maison des traces d'indemnités. L'un des employés avait-il été victime du terrible médicament ? Macaulay avait cessé de remuer son énorme mâchoire un instant et avait secoué la tête comme un grand bœuf.

« Moi, je veux bien, Superman, ça ou jouer au poker, de toute façon, ça m'occupe et je suis payé pour. Mais si tu veux mon avis, ça m'étonnerait fort qu'on trouve quoi que ce soit.

— Et on peut te demander ce qui justifie ce scepticisme, mon cher Zac de mes deux ?

— Je vais te raconter une histoire, Superman. Quand j'étais petit, mon paternel travaillait dans une boîte qui fabriquait des pièces de camion, tu vois le genre, des machins en acier ; quand tu les vois, tu te demandes si c'est un pot de chambre ou une poêle à frire. Lui, mon vieux, il bossait à l'emboutissage. Sa machine, c'était ni plus ni moins qu'un gros marteau qui transformait des galettes en cornets, sauf que la pâte était en fer. Il posait sa galette sur un genre de couille dure, retirait ses paluches, appuyait sur deux boutons, un avec chaque main, et, badaboum, le gros marteau tombait sur la galette avec trois tonnes de muscles. Quand le bidule remontait, la galette était devenue cornet, mon père l'enlevait et il recommençait. Seulement, pour aller plus vite, toujours plus vite, vu le rendement qui lui courait au train comme les traites de fin de mois, il faisait comme tous ses copains, il balançait sa galette de la main droite et appuyait aussitôt avec la main gauche et le coude sur les deux boutons séparés. Le marteau dégringolait aussi sec, à deux millimètres de sa main droite. Vu le risque, mon vieux avait appris à se servir de la main gauche. Et puis un jour, la galette s'est foutue de travers. Il n'a pas eu le temps de réfléchir, le paternel. Il a mis la main sous le marteau pour redresser la galette et elle y est restée. Quand le marteau est remonté, paraît que le cornet était presque parfait, sauf qu'il était couvert de bouillie rouge. Le père, il avait déjà signalé plusieurs fois le danger aux patrons. Ils l'avaient envoyé se faire foutre, naturellement. Y avait deux boutons, non? Eux, ils étaient parés. Quand même, ils lui ont proposé une indemnité pour s'acheter une main en inox, mais mon père, il était irlandais, tu comprends. Il a refusé. Il voulait un procès. Il est allé voir un avocat qui lui a croqué vite fait ses économies et il a perdu le procès. L'usine, généreuse et pas rancunière, lui avait quand même accordé une pension, de quoi pas crever de faim. Mon père y avait perdu la main, son indemnité, son procès, mais il était malgré tout content. Il avait gardé sa haine intacte, tu comprends. La haine, qu'il disait, ça ne s'achète pas.

— Et alors ?

— Alors, Superman, ça veut dire que si j'étais le mec qui a fait ça et qu'on ait bousillé mon gosse, je crois que je ferais comme mon père. Je refuserais l'indemnité. Tu piges ?

— Je pige, Zac. Mais tu vas quand même chercher. O.K. ?

— O.K. », approuva Zac en mâchant de nouveau son chewing-gum.

Mercredi 14 septembre. 20 heures.
Brooklyn. Brett & Gardner New Laboratory.

Certains employés restaient souvent assez tard au laboratoire, pour des vérifications ou des préparations de contrôle. Ces cadres zélés se retrouvaient parfois dans la cafétéria à une heure avancée, discutant des chiffres de production et de l'orientation de la fabrication. Davis avait au moins cette qualité, il avait su motiver son personnel, par les responsabilités et l'initiative autant que par des salaires somptueux.

Un de ces travailleurs acharnés sortit vers 20 heures, et le soir tombait sur l'ancien New York Naval Shipyard avec des flamboiements d'été indien. Rouge sang était le ciel, et noires les silhouettes des grues de déchargement immobiles. L'East River semblait s'allumer de feux sous-marins, et ses eaux tranquilles brillaient de moirures étincelantes. En poussant la porte vitrée, l'homme entendit une voix qui le fit sursauter.

« Belle soirée, n'est-ce pas ? On se croirait presque à Stafford. Il ne manque que les jardins fleuris. »

L'homme remonta le col de son manteau et se retourna. Lyte ! Henry Lyte ! Comment avait-il pu... ?

« Comment va, vieux, depuis le temps qu'on ne s'est vus ? »

Lyte lui tendait une main innocente que l'homme serra sans effusion, encore sous le coup de la surprise.

« Je sors du bureau de Mailer et je t'ai aperçu à la cafétéria. Je n'ai pas voulu te déranger. Comment vas-tu, vieille branche ? »

L'homme ignorait que Lyte l'attendait en fait depuis une heure sur le perron. Il sortait du bureau de Mailer, le directeur du personnel, c'était vrai. Mais il savait déjà, en y entrant, que son homme était là. Lyte avait attendu le départ des policiers pour rapporter le double des dossiers du personnel. Les fiches que lui avait confiées Mailer la veille contenaient tous les renseignements dont Macaulay avait eu connaissance, plus quelques informations confidentielles, telles que le mode de recrutement, des détails sur la vie privée des employés, des armes garantissant leur loyauté. Cela était de bonne guerre. Toutes les grandes compagnies procédaient de même et possédaient leur propre police et leur fichier personnel.

Après avoir quitté Davis, Lyte avait beaucoup réfléchi en consultant les fiches secrètes. Il avait passé quelques coups de fil, lui aussi, et en avait tiré des conclusions. Davis était aux abois. Lyte n'était pas devin, mais il était clair que la Brett, cette fois, n'en sortirait pas indemne. Les contacts que Lyte maintenait, par calcul — il appelait cela son assurance chômage — autant que par nécessité professionnelle — le renseignement —, lui avaient appris que Lindsay était le futur empereur. Lyte était conscient de ses compétences et surtout, il savait les vendre au plus offrant. Or, malgré les apparences, et la prime fabuleuse que venait de lui promettre Davis, Lyte n'était pas dupe. A plus ou moins brève échéance, le salaire extravagant de sa trahison risquait de n'être que du vent. Si Lindsay reprenait le pouvoir, Lyte était bon pour cirer les chaussures au Grand Central Terminal. Il avait donc assuré ses arrières et tâté le terrain. Les hommes de Lindsay semblaient tout disposés à le réintégrer dans la mesure où il donnait des preuves de sa bonne volonté. Ce retournement,

Lyte l'acceptait sans scrupules. Il faisait partie du jeu qu'il avait appris à jouer. Il en connaissait les règles mieux que quiconque, les ayant lui-même déjà appliquées. Avant de donner son accord définitif, Lyte voulait cependant vérifier qu'il ne s'était pas trompé. S'il avait bien trouvé le coupable, Lyte devait s'en faire un allié, sinon un otage.

Lyte prit l'homme par le coude et l'entraîna comme un vieux camarade vers les docks du Naval Shipyard. L'homme, comme en rêve, se laissait faire.

« Alors, mon vieux, comment va la petite famille ? Mary est toujours avec toi, ou bien as-tu obéi à la mode du divorce ?

— Écoutez, Lyte, justement, ma femme doit m'attendre et je...

— Ah ! les voilà bien, les maris heureux ! Prêts à laisser tomber un vieux copain pour retrouver la chaleur réconfortante du foyer. Tu vas quand même accepter de prendre un verre avec moi ?

— Écoutez, Lyte, je n'ai vraiment pas le temps de...

— Et le petit Jimmy, c'est bien comme ça qu'il s'appelle ? Ça lui fait quel âge maintenant ? Dix ans, c'est bien ça ? Comme le temps passe... »

L'homme dut s'arrêter de marcher. La douleur le faisait suffoquer. C'était comme si une main gigantesque lui broyait la poitrine. Il leva les yeux vers le ciel flamboyant et s'appuya une seconde à un vieux container d'acier rouillé. Il lut, sans les comprendre, les lettres blanches écaillées sur la tôle pourrie. « Routh Vorslag. Shipment 704-329-MHS. Rotterdam. » Un message de l'absurde, comme tout cela. Jimmy, Mary, sa vie, ce ciel incandescent et la présence de Lyte, à ses côtés, dans ce décor de fin du monde. Lyte se pencha sur lui.

« Ça ne va pas ? La fatigue ? Le cœur ?

— Le cœur, oui », dit l'homme en fouillant dans sa poche pour y prendre un comprimé de Nitrofane.

Il fit quelques pas, s'appuya encore une fois contre la lame boueuse d'un bulldozer et s'efforça de respirer lentement. Devant eux, les traces des chenillettes du bull dessinaient des rails aux formes compliquées mais parallèles. La symétrie du destin, songea l'homme avec amertume. Il faut toujours que la boucle se referme, que le cercle rejoigne son point de départ. Il n'y a pas moyen d'éviter la route tracée d'avance, l'inéluctable point de rencontre des parallèles, dans l'espace infini de la fatalité. Les numéros sont truqués comme les capsules dans sa poche.

Lyte feignait d'examiner les leviers de commande du bulldozer. Les travaux de démolition de l'ancien Naval Shipyard étaient bien avancés. Des débris de bois flottaient dans les darses glauques, couvertes d'une pellicule verdâtre d'algues et de mousse. Eaux stagnantes. Eaux mortes. Deux grues veillaient encore, spectres lugubres, sur les rails noircis où poussaient des herbes folles. Bientôt, il ne resterait rien de ce qui fut le centre vital de la vie de la grande ville. Rien. Rien que le désert originel, la boue argileuse et quelques échardes d'acier, dents de monstres morts. Épines dangereuses et empoisonnées.

L'homme se redressa et marcha d'un pas vif vers les bâtiments désaffectés, aveugles, du bureau de construction. Un navire à jamais inachevé, épave qui n'avait jamais navigué, découpait sa silhouette d'écorché sur le soleil couchant. On ne construirait plus jamais de bateaux dans ce chantier et le squelette d'acier ne serait jamais habillé de chair. Il était mort avant d'être né. Des vitres brisées sur la façade des bâtiments renvoyaient des éclats meurtriers de soleil. L'homme parla d'une voix rauque :

« Où veux-tu m'offrir un verre, Lyte ? Il n'y a rien ici, rien que la mort.

— De l'autre côté. Un cinglé a ouvert une gargote sur le quai. Il paraît que ça attire beaucoup les citadins civilisés en quête de dépaysement. »

Sans changer de ton, Lyte ajouta, banal :

« C'est toi qui as trafiqué l'Aspenol, n'est-ce pas ?

— Pourquoi ?

— Pour rien, mon vieux. Continue. Je ne dirai rien. Tu

comprends, en un sens, ça m'arrange. Je voulais seulement être sûr que c'était toi. Alors voilà, tu fais ton boulot et, moi, je fais le mien. O.K. ?

— Je ne comprends pas, non.

— Trop long à t'expliquer. Trop risqué aussi. Je... je voudrais seulement savoir les prochains médicaments que tu comptes... modifier. Pour ma propre santé, tu comprends ?

— Oui. Ce sera le Spastomyl. »

Lyte éclata de rire.

« Marrant. Davis en prend pas mal en ce moment, à ce qu'il paraît. »

L'homme avait ralenti le pas et Lyte marchait seul devant.

« Bien entendu, mon cher ami, je te couvre, mais de ton côté, tu ne m'as jamais vu, cela va de soi. C'est, comment dire, une sorte de contrat. Et après le Spastomyl, quels sont tes projets ?

— Le Gastropax, dit l'homme en se baissant pour renouer le lacet de sa chaussure.

— Excellente idée. Tu es brillant, mon vieux. Quel dommage que tu n'aies pas travaillé avec moi, nous aurions fait une équipe... »

Lyte ne termina pas sa phrase.

Le soleil était couché. La nuit, brutalement, plongea dans l'ombre les anciens chantiers navals et leurs carcasses mortes. Lentement, l'homme serrait son lacet de chaussure autour du cou de Lyte. Un son sifflant s'échappa de sa gorge. Il porta la main à sa poche pour y prendre son revolver mais n'eut pas la force de le tenir entre ses doigts. Un voile noir passa devant ses yeux et la dernière vision qu'il eut du monde fut celle des lumières de Manhattan qui s'allumaient comme un arbre de Noël.

Lorsque l'homme relâcha son étreinte, Lyte glissa sur le sol. L'homme sentit monter à nouveau la douleur dans sa poitrine. Il prit un autre Nitrofane et sa tête lui parut exploser. Il toussa longuement, remit son lacet de chaussure et s'éloigna dans l'ombre hérissée de cadavres métalliques.

Jeudi 15 septembre. 9 heures.
Manhattan. Gardner Building. Bureau de Norman Davis.

Lorsque Cruden entra pour la seconde fois dans le bureau de Davis, accompagné de Macaulay, ce fut un homme vieilli qu'il trouva devant lui. En quarante-huit heures, Davis semblait avoir pris vingt ans. Sa morgue et son assurance avaient disparu. Il était voûté, sa main était molle et ses cheveux mal peignés trahissaient les nuits d'insomnie. Ses yeux rougis supportaient mal la lumière et il tira les rideaux. La pièce ressembla davantage encore à une chapelle ardente.

Cruden et Macaulay prirent place sur les sièges de velours grenat et Zac fit craquer ses phalanges de façon sinistre.

« Que puis-je pour vous, messieurs ? » murmura Davis d'une voix éteinte.

Il était fini, au bord de la faillite. Après le refus insolent de Lindsay, Davis avait contacté en vain les autres firmes pharmaceutiques. Il avait fait appel aux souvenirs, évoqué le passé, rappelé les services qu'il leur avait rendus — assez peu en vérité —, avait usé de la menace et de la supplication. Pour rien. Lindsay avait déjà préparé le terrain. Si la L.C.C. ne bougeait pas, personne ne lèverait le petit doigt, par crainte de représailles. La Brett serait bientôt absorbée par la L.C.C. et chacun le savait. L'empire de Norman Davis ne serait bientôt plus qu'un souvenir. Son agent de change se débattait en vain. Il était désormais impossible d'enrayer l'hémorragie. Les actions de la Brett & Gardner chutaient toujours et Lindsay attendait qu'elles aient atteint leur cours plancher pour racheter le tout.

« Encore une mauvaise nouvelle, je le crains, monsieur Davis.

— Oh ! vous savez, il n'y a plus grand-chose qui m'inquiète désormais. Je vous écoute. »

Cruden sortit de sa poche la photo de Henry Lyte et la montra à Davis.

« Connaissez-vous cet homme ? »

Davis regarda la photo et hésita longuement. A quoi bon mentir, se dit-il, s'ils me le demandent, c'est qu'ils savent déjà.

« En effet. Il travaille pour moi. Pourquoi ?

— Il travaillait, monsieur Davis. Il est mort.

— Comment ?

— Assassiné. On a retrouvé son corps dans le terrain vague derrière votre usine, près du Naval Shipyard. Nous avons trouvé sur lui ce carnet et des papiers vous mentionnant. Puis-je savoir pour quel genre de travail vous l'employiez ?

— Eh bien, Lyte était attaché à la Brett comme détective.

— Espionnage ? Sécurité ?

— Les deux, vous le savez très bien. Ce sont les usages et les nécessités de la profession.

— Sur quelle affaire était-il en ce moment ?

— La même que vous. Le cyanure.

— Avait-il trouvé quelque chose sur le cinglé ?

— Pas à ma connaissance. Il devait enquêter au laboratoire et examiner les dossiers. Et, de votre côté, toujours rien ?

— Peu de chose. Voyez-vous, monsieur Davis, en ce qui concerne la mort de Lyte, il peut y avoir deux solutions. Ou bien il avait découvert le coupable et c'est ce dernier qui l'a assassiné. Ou bien...

— Ou bien ?

— Ou bien c'est vous-même qui avez commandité son assassinat. »

Davis pâlit. Le peu d'énergie qu'il avait encore gonfla sa gorge de colère. Il se leva lentement, les poings serrés.

« Monsieur Cruden !

— Ne vous énervez pas, monsieur Davis. Cette hypothèse ne peut être a priori exclue à cause de ce carnet, précisément. Il semblerait que Lyte était sur le point de... passer à l'ennemi. Il avait pris des contacts et vous avait déjà lâché pour rejoindre le camp de Lindsay. Il n'est donc pas exclu que Lyte ait été lui-même le criminel au cyanure que nous recherchons. Vous l'auriez découvert et éliminé. »

Davis se rassit et réfléchit.

« C'est en effet possible, monsieur Cruden, et je ne vois guère comment je pourrais infirmer votre hypothèse. Ni d'ailleurs comment vous pourriez, de votre côté, la prouver. Il était en effet dans le domaine du possible que Lyte ait trafiqué les Aspenol. Il m'avait lui-même proposé d'user de cette méthode pour démolir la L.C.C. que nous pensions responsable. Simple supposition, bien entendu. J'avais demandé à Lyte d'enquêter sur Lindsay. Il n'avait rien trouvé. Je me demande à présent si je n'ai pas eu tort de refuser sa proposition. Car, voyez-vous, monsieur Cruden, votre hypothèse n'est pas logique. D'abord, j'aurais fait disparaître les documents me compromettant, ainsi que le corps de Lyte. De plus, ce n'est pas l'homme de main que j'aurais dû éliminer, c'est le cerveau. J'aurais accepté ce que suggérait Lyte. Il aurait empoisonné quelques médicaments de la L.C.C. et je m'en serais débarrassé ensuite. Cela ne vous paraît-il pas logique ?

— Tout à fait. D'ailleurs, monsieur Davis, je vous crois incapable de ce genre de méthodes. Vous êtes chrétien, après tout.

— Monsieur Cruden, il arrive que la vie détruise un homme et ce qu'il croyait lui apparaît tout à coup comme un mensonge, une gigantesque farce.

— Vous pouvez perdre la foi, monsieur Davis, mais pas les réflexes qu'elle a si longtemps conditionnés.

— Croyez-vous ? J'espère de toutes mes forces que Lyte était bien le coupable. Si je l'avais su, je l'aurais tué de mes propres mains.

— J'espère aussi que c'était Lyte.

— Pourquoi ?

— Parce que les cinglés de cette espèce recommencent toujours. Nous serons donc bientôt fixés. A la moindre alerte, monsieur Davis, il vous faudra retirer tous vos produits.

— Je n'ai plus rien à perdre, monsieur Cruden. Tenez-moi au courant.

— Une chose encore, monsieur Davis. Il n'est plus temps de jouer au plus fin. Vous allez donner l'ordre de confier à mon collaborateur les fiches confidentielles. Lyte a sûrement découvert quelque chose. Nous devons savoir quoi.

— Ce sera fait. »

Dans l'ascenseur, Macaulay cracha son chewing-gum comme s'il avait mauvais goût.

« L'est foutu, le vieux, dit-il.

— Pas sûr. Ce genre de dinosaure a la peau dure. Quoi de neuf pour le Mystelomyd ?

— Que dalle. Personne de concerné directement au labo.

— Tu as vérifié les naissances ?

— Tu me prends pour une nouille ?

— Et les maternités ?

— Quelles maternités ?

— Domiciles successifs des employés égale maternité ou hosto le plus proche. Capito ?

— Tu pousses pas la balle un peu loin, non ?

— C'est bien toi qui m'as dit que tu aurais refusé l'indemnité si ton gosse avait eu les oreilles à la place du nez ? Alors cherche à la source. Si ça se trouve, le gars n'a même pas mentionné la naissance de son gosse. Cherche du côté des nouveaux, et de ceux qui n'habitaient pas New York avant.

— Et pour Lyte, qu'est-ce qu'on fait ?

— Trente contre un que c'est le même bonhomme qui a fait les deux coups. Tâche de voir ce que Lyte avait bien pu trouver. Il devait certainement connaître l'assassin.

— Pourquoi ?

— Un : il n'a pas eu le temps de se servir de son pétard. Donc, il se sentait en confiance. Deux : t'irais te balader tout seul, la nuit, dans le Naval Shipyard, toi ? Donc, ils avaient des choses à se dire. Cherche, mon vieux Zac, cherche ! »

Jeudi 15 septembre. 11 heures.
Manhattan.

Tôt ce matin-là, l'homme avait téléphoné au laboratoire pour dire qu'il était souffrant. C'était Mike Mailer qui avait répondu. Il n'avait pas eu l'air surpris de son absence et lui avait conseillé de bien se soigner. Il pouvait sortir en paix. Par précaution supplémentaire, autant qu'à cause de la douleur qui lui coupait le souffle par instants, il était allé consulter un médecin dans Newark Street, non loin de chez lui. Le toubib avait fait la grimace en écoutant les palpitations de son cœur. Il devait vraiment se reposer et le médecin lui avait prescrit de passer un électrocardiogramme. Pas de surmenage ni d'émotions fortes, avait-il insisté. L'homme n'avait pu s'empêcher de sourire. Ce serait au tour de Davis et des autres d'avoir bientôt des émotions fortes.

Il avait préparé d'avance dix flacons de Spastomyl et consulté un annuaire pour déterminer les points de vente qu'il visiterait. Cinq drugstores, ça suffirait, pensait-il.

En quittant le cabinet du médecin, il avait pris la ligne B.M.T. du métro qui reliait Brooklyn à Manhattan. Il était descendu non loin de la 14ᵉ rue, était entré dans le Murray Hill Drugstore, avait pris un petit déjeuner léger et acheté quelques sucreries. Il avait glissé au passage deux flacons de Spastomyl dans le rayon correspondant.

Puis, il avait repris le métro, ligne I.R.T., en direction de la 86e rue, East Side. Il se sentait détendu et serein. Il respirait mieux depuis que la première substitution s'était déroulée sans problème. Il se plaisait à lire les graffiti qui couvraient les wagons du métro et les murs carrelés. Au-dessous de l'insigne circulaire du New York City Transit System, des inscriptions tracées à la bombe aérosol traçaient d'étranges hiéroglyphes, certains indéchiffrables, comme écrits dans un alphabet inconnu et maniéré, d'autres lisibles mais tout aussi énigmatiques : « Fix 1 » — « HIH H » — « 149 EX » — « SEK 3 » — « NGKOOI » — « Pro Soul » — « Ta Ti Tu » — « Buck » et des flèches bizarres indiquant des directions contradictoires, inexistantes. Un alphabet dément. Une écriture de l'absurde. Belle et anarchique comme un coup de couteau dans le ventre de la grande ville.

L'homme éprouvait dans sa chair la puissance de ces signes gravés sur la peau de New York comme des tatouages. Lui, il ne se contenterait pas d'égratigner la ville. Il lui trancherait la gorge, profondément. Il avait encore dans les doigts la brûlure du lacet qui s'enfonçait dans le cou de Lyte, sciant sa trachée artère.

Dans la 86e rue, il flâna, prenant son temps, respirant l'air tiède de cette mi-septembre. Il faisait un temps de ce genre ce jour-là, il y a longtemps, et l'homme n'avait pas compris qu'il pût faire si beau alors qu'il avait si mal, si mal. Mais aujourd'hui, il appréciait la clémence du ciel. Là-haut, dans l'étroit chenal qu'on pouvait apercevoir entre les immeubles, le ciel était bleu. Bleu. L'homme en avait la tête qui tournait.

Il entra tranquillement dans un bar et prit un Martini. L'alcool réchauffa brutalement ses tempes et un sentiment de bien-être l'envahit. Bien. Il était bien. Il reprit un deuxième verre et le regretta. Il n'aurait pas dû. Le manque d'habitude pouvait lui jouer des tours. Il n'acheva pas son verre et poursuivit son chemin vers le drugstore suivant. Il y acheta des chips et une boîte de pastilles pour la toux. Il substitua trois boîtes de Spastomyl sur l'étagère. Il n'était pas encore sorti qu'un type genre V.R.P. entra en coup de vent, prit une des boîtes déposées et quelques autres bricoles et paya sans réclamer sa monnaie. Mon premier surmené, songea l'homme. Il regrettait un peu d'avoir rencontré une de ses victimes. La coïncidence lui semblait déplaisante, comment dire, de mauvais goût. Il aurait préféré que son acte reste dans l'abstraction de la foule anonyme. C'était la grande ville qu'il attaquait, la Brett, l'empire de Davis, pas ce petit homme pressé portant sa gabardine sur le bras et consultant sans cesse sa montre. Toutefois, il le suivit, par curiosité. Le V.R.P. ouvrit le flacon de Spastomyl tout en marchant, avala une gélule et remit la boîte dans sa poche. La roulette russe, se dit l'homme, ce n'est pas encore la bonne. Le V.R.P. s'engouffra dans la bouche de métro et l'homme le suivit. Mais la foule l'emporta. Il ne restait que le souvenir d'un imperméable et d'un complet gris. La foule, immense, était grise aussi. L'homme n'était pas encore remonté qu'il avait déjà oublié le visage de sa victime. La foule, se dit-il, la foule gomme tout.

Il ouvrit son paquet de chips et grignota tout en traversant Central Park. Il s'assit sur un banc et regarda jouer des enfants dans un jardin. L'un d'eux fit rouler son ballon jusqu'à ses pieds. L'homme le ramassa et le lui tendit. Le gosse le regarda manger avec un air gourmand. L'homme prit la boîte de pastilles pour la toux dans sa poche et en offrit une au petit garçon. Il la prit, hésita, en reprit trois et s'enfuit à toutes jambes. C'est beau, un enfant qui court, songea-t-il. Comme c'est beau ! La mère appela l'enfant, vérifia ce qu'il avait dans la main, et le força à jeter les pastilles. L'homme pouvait l'entendre.

« Je t'ai déjà défendu d'accepter des bonbons des étrangers. Tu as compris ? »

Pauvre sotte, se dit-il, si j'avais voulu !... Les gens sont tellement bêtes, tellement méchants. Le gosse se mit à pleurer et l'homme se leva. Il s'éloigna rapidement. Il ne supportait pas les pleurs des enfants.

Le soleil faisait miroiter la surface du Croton Reservoir, plus loin, comme un miroir opaque, un lac d'oubli. Mais pour lui, il n'y avait pas d'oubli. La ville, les autres, cette masse effrayante de bonheur et de vie était un perpétuel miroir de ses souvenirs perdus. Le bleu du ciel lui devint tout à coup insupportable et le sentiment de sérénité qui avait un instant apaisé sa haine disparut dans les cris d'un enfant. Il hâta le pas pour sortir de Central Park, ce piège à douleurs.

Il jeta dans une poubelle le paquet entamé de chips et remonta, à droite, Amsterdam Avenue. Il espérait distribuer ce qui lui restait de flacons dans les drugstores qui pullulaient jusqu'à la 125e rue mais son cœur donnait à nouveau des signes de fatigue. Il se demandait s'il tiendrait le coup. La longue marche l'avait lentement usé et il s'étonnait de ce sentiment nouveau. Ses jambes étaient faibles et un voile de sueur noyait son visage. Il dut s'appuyer aux murs à plusieurs reprises. Il entra presque en titubant dans le drugstore Finch. L'air n'y était pas climatisé mais la boutique était aménagée en sous-sol et il fallait descendre un escalier métallique pour accéder au comptoir. L'homme se cramponna à la rampe de fer et se hissa péniblement sur un des tabourets. Un jeune costaud en blouse blanche frotta distraitement le comptoir devant lui.

« Ça va pas ?

— Hein ? Si, si, fait lourd. Donnez-moi un jus d'orange.

— Vous mangez ?

— Œufs-jambon.

— Z'avez pas bonne mine, quand même », dit le garçon en préparant les œufs.

Il croqua un comprimé de Nitrofane et toucha à peine au plat qu'il avait commandé. Il paya et se dirigea vers le fond du drugstore aménagé en libre-service. Des rayons en contre-plaqué rouge, à moitié déglingués, s'alignaient dans des allées crasseuses. Il évita le secteur alimentation, longea le rayon hygiène, prit un savon et de l'eau de toilette, fit un détour par l'allée des médicaments. Une vendeuse s'y trouvait et l'homme fit semblant de chercher quelque chose.

« Je peux vous aider, monsieur ?

— Hein ? Euh, non... enfin, si... Je... je cherche le Nitrofane.

— Désolée, monsieur. Il faut une ordonnance pour ce produit.

— C'est que... je ne me sens pas très bien... »

Il hésitait à montrer la prescription du médecin. Il ne voulait pas qu'on sache son nom.

« Je vais demander au patron, monsieur, une seconde.

— Merci. »

La vendeuse s'éloigna et l'homme s'approcha de l'étagère des Spastomyl, assez haute cette fois. Il leva les bras pour glisser cinq flacons trafiqués dans le casier. Un voile noir passa devant ses yeux et il s'accrocha au rayon pour ne pas tomber. Sa main se crispa et la pyramide de boîtes de Spastomyl dégringola dans l'allée. La vendeuse revint, un échantillon de Nitrofane à la main.

« Ça ne va pas, monsieur ?

— Je... je suis désolé pour... la casse... un vertige...

— Ce n'est rien, je vous en prie. Prenez vite ça.

— Merci. Je suis confus... »

Il prit un deuxième comprimé, se traîna encore jusqu'à la caisse pour régler ses achats tandis que la vendeuse remettait en place les boîtes de Spastomyl. Elle lui jeta un coup d'œil insistant et il se détourna.

En émergeant dans la lumière de la rue, il sut qu'il n'irait pas plus loin. Il avait eu raison de vider son stock ici. Quelle connerie, ce malaise ! Et si la vendeuse se souvenait de lui à présent ? Il caressa un instant l'idée de la supprimer, elle aussi, mais y renonça. Trop compliqué. Trop fatigant. Et il avait besoin de toutes ses forces, de tout son temps pour la suite des opérations.

De toute façon, le temps que les flics remontent jusqu'à lui, il serait déjà trop tard. Trop tard... Il prit la ligne I.R.T. pour rentrer chez lui. Il s'endormit quelques minutes pendant le voyage.

Jeudi 15 septembre. 18 heures.
Métro de New York. Entre Columbus Circle et la 191ᵉ rue.

Jo Barlow — le V.R.P. qui avait acheté un flacon de Spastomyl dans la 86ᵉ rue — travaillait pour la G.I.C., Greenwich Insurance Company. Depuis deux ans déjà, il avait accepté le poste de démarcheur. Au salaire nettement plus élevé, venaient s'ajouter de confortables commissions. Paradoxalement, ce n'était pas le quota de nouveaux clients qui l'inquiétait, mais la baisse considérable des encaissements. C'est pourquoi, depuis quelque temps, le bureau central lui avait ordonné de harceler les clients indélicats. Autant Barlow était doué pour les relations humaines, autant ce rôle de percepteur lui déplaisait profondément. Il éprouvait de plus en plus une tension nerveuse qui le faisait transpirer et lui donnait des brûlures d'estomac. Il essayait de calmer ses nerfs contrariés en prenant des Spastomyl. L'effet en était fugitif et Jo Barlow en consommait autant que de cigarettes. Il en était, depuis midi, à son troisième Spastomyl, et ses mains tremblaient toujours.

Il renonça à terminer le programme qu'il s'était assigné pour la journée et prit le métro un peu avant le raz de marée des sorties de bureaux. Il habitait Uptown, du côté de High Bridge Park, un petit immeuble cubique et fonctionnel comme on n'en faisait plus, et donnait à manger aux oiseaux, le matin, en partant travailler. En somme, Jo Barlow était un homme doux à qui on faisait faire des choses méchantes. Cette contradiction entre son caractère et sa fonction finirait par lui donner un ulcère à l'estomac.

Il s'assit lourdement sur la banquette du fond, et s'adossa de biais à la fenêtre. Il ferma les yeux un instant, essayant de se détendre. La rame s'ébranla et des lumières défilèrent dans l'obscurité du tunnel. Il avait pris l'express, qui ne s'arrêtait que toutes les cinq ou six stations, et peu de passagers occupaient à cette heure le wagon. Bercé par le bourdonnement souterrain, Jo Barlow décompressa progressivement. Au bout de cinq minutes, il sortit son agenda et rectifia l'emploi du temps du lendemain. Il lui faudrait rattraper le temps perdu. Lorsque la rame s'arrêta à la station de la 110e rue, Jo Barlow était plongé dans son carnet, occupé à reporter ses rendez-vous, de sorte qu'il ne vit pas monter les nouveaux passagers.

Le train redémarra brutalement et Barlow s'enfonça davantage dans son coin. Une ombre passa sur son agenda et Barlow se tourna légèrement pour placer son livre dans la lumière jaunâtre des plafonniers. L'ombre s'interposa de nouveau, suivie cette fois d'une pelure de cacahuète.

D'abord surpris, Jo Barlow leva la tête, prêt à protester. Il ouvrit la bouche mais aucun son ne sortit. Il était entouré par quatre jeunes gens, trois Blancs de type hispanique et un Noir. Tous les quatre étaient vêtus de cuir, harnachés de chaînes et constellés de clous blancs. Le Noir portait à l'oreille gauche une énorme boucle de cuivre et mangeait des cacahuètes. Il les faisait craquer entre deux doigts et jetait les cosses sur Barlow. Jo ne broncha pas. Il se contenta de brosser son pantalon du revers de la main.

« Qu'est-ce qu'il y a, petit père, tu nous trouves sales ?

— Mais... pas du tout... »

Les autres éclatèrent de rire. Deux des Blancs avaient les cheveux longs et gras, serrés au front par un bandeau indien.

Le troisième s'était rasé le crâne, ne laissant au milieu de la tête qu'une huppe de cheveux teints en vert phosphorescent. Barlow remarqua, sans savoir pourquoi, qu'il lui manquait une incisive. Cela lui donnait un air terrible lorsqu'il riait.

« Alors pourquoi tu frottes ton falzar ?

— Je... C'est les cacahuètes.

— T'as queq' chose contre les cacahuètes ?

— Dis, Buck, tu crois qu'il veut nous empêcher de bouffer des cacahuètes ?

— Réponds, grand-père, tu veux nous donner des ordres ?

— Laissez-moi tranquille. Je ne vous ai rien fait. »

Le jeune Noir jeta une poignée de pelures sur l'agenda de Barlow. Il le secoua et le rangea dans sa serviette.

« T'as vu ça, Lo ? Il dit qu'il nous a rien fait et il nous traite comme des espions !

— Pour moi, ce mec-là a quelque chose à cacher.

— C'est sûr, il est pas clair. »

Barlow songea avec horreur aux chèques qu'il avait encaissés dans l'après-midi. Ils étaient libellés, mais il avait aussi pas mal de liquide qu'il n'avait pas eu le temps de déposer. L'assureur, par une ironie du sort, n'était pas assuré contre le vol.

« Pour parler franchement, il a une gueule qui ne me revient pas », laissa tomber le Huron en sortant un couteau de sa poche.

La lame brilla dans l'ombre, éjectée comme une langue de serpent. Le Huron se mit à se curer les ongles. Dans le compartiment, les autres passagers s'étaient tous brusquement plongés dans la lecture de leur journal ou de leur polar. Barlow sentit la boule habituelle lui monter à la gorge. Les nerfs. Il allait craquer, c'était sûr. Il allait hurler et ces petits cons lui plongeraient leur couteau dans le ventre. Barlow, instinctivement, porta la main à sa poche. Les loubards eurent un mouvement de recul et le Huron fit siffler sa lame sous le nez de Barlow.

« Doucement, cochon, faut pas nous prendre pour l'Armée du Salut.

— C'est juste des cachets... pour les nerfs... », dit Barlow, livide, en montrant son flacon de Spastomyl.

Le Noir jeta ses cacahuètes en poussant un cri de chouette.

« Ouh ! Ouh ! De la défonce, les mecs ! Et il nous cachait ça, le petit égoïste ! »

Le Huron caressa le flacon de sa lame de couteau, gentiment.

« Donne, pépère. C'est pas bon pour toi, ça. Au fait, t'aurais pas de l'argent de poche pour des jeunes au chômage ? »

Jo Barlow tendit le flacon de Spastomyl en tremblant. Un des deux faux Indiens l'attrapa et le lança à son complice.

« Pas très speed, son truc », estima l'Apache en lisant l'étiquette.

De son côté, le Huron palpait l'étoffe de la cravate de Jo Barlow en essuyant son couteau sur la doublure.

« Un petit don, comme qui dirait, cochon, déductible de la feuille d'impôts. Nous, tu comprends, on peut pas se permettre de payer des impôts, on regrette, on voudrait bien. Ce serait un geste civique, quoi ! »

Barlow commença à paniquer en s'accrochant des deux mains à son attaché-case.

« J'ai rien. Mais j'ai rien. C'est que des chèques. Vous ne pourrez rien en faire.

— T'occupe. Donne voir. Donne, je te dis... »

Barlow cramponnait toujours sa serviette. Le Huron tira sur la cravate et en coupa un morceau d'un coup sec. Il la prit plus haut, près du nœud.

« Fais gaffe, grand-père. Après le nœud, y a plus que la gorge. »

Barlow prit son portefeuille et le tendit.

« Prenez ça, c'est tout ce que j'ai. »

Le Huron jeta le portefeuille au Noir.

« Il se fout de not' gueule, Pit ! Y a que vingt dollars. »

Le Huron trancha la cravate à ras du nœud.

« C'est pas bien, ça, de se moquer des pauvres. Donne, ou je me fâche. »

Derrière le Huron, un des Apaches avait ouvert le flacon et secouait trois gélules dans le creux de sa main. Il les avala en renversant la tête. Il mâcha, de l'air d'un gourmet dégustant du caviar.

« Secoue-le, Pit, qu'on s'arrache d'ic... »

L'Apache porta brusquement les mains à sa gorge, ses yeux s'injectèrent de sang et il s'écroula sur le plancher vibrant du métro.

« Buck, cria le Noir, fais pas l' con, on a pas le temps de jouer. »

Il se pencha sur le corps de son ami et tâta les carotides.

« Il est raide, Pit. Perce-le ! »

Jo Barlow ne put se maîtriser plus longtemps. Ses nerfs lâchèrent. Il se mit à hurler, terrorisé, la bouche grande ouverte. Un des passagers, gagné par la panique, tira sur le signal d'alarme. Un crissement suraigu de freins bloqués couvrit les cris de Barlow. Juste avant d'être projeté contre la porte vitrée du wagon, le Huron eut le temps de zébrer l'air d'un rapide coup de couteau. La lame acérée fendit les deux joues de Barlow, éclaboussant les vitres d'un sang noir.

Barlow, les yeux exorbités, hurlait toujours, sa bouche curieusement agrandie, découvrant les molaires et l'os de la mâchoire dans un ruissellement de sang. Le train s'arrêta. Le Noir força la porte et les trois voyous s'enfuirent dans le tunnel qui retentissait de cris et de coups de sifflet. Jo Barlow s'évanouit ; sa bouche fendue était figée dans un rire sinistre. A ses pieds gisait la première victime du Spastomyl.

Jeudi 15 septembre. 18 h 30.
Manhattan. 14ᵉ rue. Laboratoire d'analyses biologiques.

Esther Grimes sortit du métro à l'intersection de la 14ᵉ rue et de la Iʳᵉ Avenue. Elle se sentait trop nerveuse pour utiliser sa voiture. La journée avait été relativement calme. Murdoch, le directeur des programmes, l'avait félicitée au nom de la direction générale pour sa présence d'esprit et le sens civique dont elle avait fait preuve. Nul doute, se dit Esther, que l'indice d'écoute avait dû doubler depuis hier. C'est fou ce qu'on apprécie le sens civique quand les commandes affluent ! Et à quel point pleuvent les égards ! La direction de la C.B.C. avait entièrement financé les funérailles de Margaret Anderson. Elle avait été enterrée le matin même non loin de la chapelle St. Mark's in the Bouwerie, dans l'extension très demandée du cimetière Est. La direction avait vraiment très bien fait les choses. Une concession coûteuse, parmi les célébrités et les gloires défuntes ! Un convoi de première catégorie en limousine capitonnée, des montagnes de gerbes et de couronnes, une oraison funèbre très soignée ! Très bien, oui vraiment, cet enterrement ! Margaret aurait été ravie de voir tant d'hommes la suivre en même temps ! Près de deux cents personnes, surtout de sexe mâle. Mailer n'était pas là. Peut-être avait-il peur de se faire lyncher ? La Brett &

Gardner s'était d'ailleurs prudemment abstenue de déléguer un quelconque représentant. Davis n'avait pas eu tort. A la sortie du cimetière, il y avait eu quelques cris de colère et des slogans haineux contre la Brett. Mais, dans l'ensemble, ça s'était bien passé. Bien passé, Margaret, songea Esther. Tu ne seras pas marraine. Dommage ! Ça t'aurait peut-être donné des envies !

Esther poussa la porte de verre teinté du laboratoire d'analyses médicales. Des secrétaires en blouse blanche évoluaient comme des fantômes gracieux derrière un comptoir en Plexiglas. Des plantes vertes proliféraient aux quatre coins de la salle, donnant l'illusion de la santé dans un lieu que ne fréquentaient que des malades. Esther avait beau se répéter que la grossesse n'était pas une maladie, elle n'en éprouvait pas moins ce nœud au creux de l'estomac que ressentent les patients juste avant de connaître le verdict de l'analyse. Jugement absolu, sans appel. Froid comme un couperet. Réduit à des chiffres et des pourcentages libellés par un ordinateur : Maximum/Minimum — Normal/Anormal. Les critères de la santé étaient traduits en chiffres et donc indiscutables. On n'avait pas la leucémie. On avait *n* millions de leucocytes en trop.

Esther posa les mains à plat sur le comptoir de verre pour se calmer et demanda :

« Esther Grimes. J'ai demandé un test de grossesse lundi.

— Grimes, dites-vous », répéta suavement la secrétaire en feuilletant son fichier. « En effet, voici ! »

Elle tendit une enveloppe à Esther qui l'ouvrit nerveusement. L'ordinateur avait déposé sa sentence en termes sibyllins :

Réaction de Friedman et Brouha : positive.
Taux d'hormones gonadotropes : 12 000 U.L. par litre de sérum. Max : 25 000. Min : 2 000.
Normal.

« Ça veut dire que je ne suis pas enceinte ? » demanda Esther, la gorge serrée.

La secrétaire jeta un coup d'œil sur les résultats.

« Mais si, rassurez-vous ! » dit-elle en riant, et elle lui présenta la facture.

Esther était si troublée qu'elle dut s'y reprendre à deux fois pour libeller son chèque.

Dans la rue, des gens pressés la bousculèrent. Elle ne savait pas très bien où elle allait et se rendit compte au bout d'une demi-heure qu'elle avait déjà parcouru les deux tiers du chemin qui menait à Houston Street, chez Cruden. Elle s'assit un instant sur un banc, dans Tompkins Square Park, sur la 9e rue. Quelques petits vieux prenaient l'air ou promenaient leur chien. Des mères faisaient profiter leurs bébés des derniers beaux jours de l'été. L'air avait cette douceur tiède et parfumée des jours tranquilles de l'enfance. Esther posa la main sur son ventre et songea que, bientôt, elle aussi viendrait pousser son landau dans ce square. Elle se leva et se dirigea vers Allen Street. Brusquement, elle se sentit incapable d'annoncer la nouvelle à Alex. Qu'allait-il dire ? Comment réagirait-il ? Elle s'en voulut de son hésitation. Et après ? se raisonna-t-elle. Qu'importait son opinion ? C'était son corps et son enfant, non ? Ses arguments ne parvinrent pas à la convaincre et, honteusement, elle chercha une cabine téléphonique. Un moyen terme, se dit-elle. Comme ça, si je craque, il ne me verra pas pleurer. Elle aperçut une cabine à l'angle de la 4e rue et poussa la porte vitrée qui résista. Elle poussa plus fort et sursauta. Il y eut un gémissement dans la cabine et, par la porte entrouverte, Esther vit un jeune homme recroquevillé sur le plancher. Ses vêtements semblaient avoir été portés depuis des années. La manche de sa chemise crasseuse était roulée jusqu'au coude. Dans la saignée du bras, pendait encore la seringue qu'il n'avait pas eu la force d'ôter après s'être injecté sa dose.

Esther recula, horrifiée, et rebroussa chemin. Quand elle cessa de courir, à bout de souffle, elle s'aperçut qu'elle était presque rendue chez elle. Elle décida de prendre une bonne douche. Elle passerait voir Alex avant d'aller au studio pour son émission du soir.

Jeudi 15 septembre. 19 heures.
West Side. Refuge de l'Armée du Salut de Riverside Drive.

Non loin du quartier portoricain de Harlem, près des berges de l'Hudson River, un des derniers refuges de l'Armée du Salut alignait ses bâtiments gris et vétustes, bas — deux étages — et uniformes. C'était un ancien collège militaire que les pensionnaires avaient surnommé ironiquement le Plaza, et que l'Armée du Salut avait pu louer à la municipalité pour une bouchée de pain en attendant sa démolition.

Joshua Lamming avait le grade de major et occupait la double fonction de directeur du refuge et de médecin. A vrai dire, on n'avait jamais su vraiment si Lamming était un médecin de l'armée — la vraie — en retraite ou un vétérinaire. Joshua était un juif converti au christianisme, ce qui, aux yeux des juifs, était un non-sens, et, pour les chrétiens, suspect. Si l'on y ajoutait que Joshua exerçait un pouvoir tout militaire sur le refuge et ses pensionnaires et qu'il ne supportait ni les Noirs, ni les drogués, à peine les alcooliques et difficilement les jeunes, on comprendra que le refuge était de moins en moins fréquenté, et que ceux qui se présentaient à ses portes en étaient vraiment réduits à la dernière extrémité. Pour aller passer une nuit au « Plaza », il fallait être menacé de mort, de prison à perpétuité ou n'avoir rien mangé depuis trois semaines.

Joshua Lamming était présent dès 18 heures, tous les soirs, et ne quittait le refuge que vers 10 heures du matin. Lorsque les pensionnaires entrants se montraient timidement à la grande porte ouverte où les attendait un jeune soldat de l'Armée du Salut — casquette et boutons dorés — on leur faisait remplir une fiche inutile puisque les misérables qui venaient là soit ne savaient ni lire ni écrire, soit fournissaient des renseignements bidons. Mais le règlement de Joshua Lamming était ainsi fait. Puis, on les faisait passer à la douche obligatoire et ils se présentaient nus et transis, maigres, bedonnants, piqués, galeux, vérolés, tatoués et rigolards, devant le major Lamming pour la visite médicale. Lamming les examinait de loin, sans jamais les toucher, donnait ses instructions à un jeune aide qui distribuait les médicaments adéquats. Lamming tenait à ce que les malades absorbent leurs médicaments sous ses yeux. Il les connaissait, ces petits malins qui balançaient leurs comprimés à peine le dos tourné. En fait, il n'y avait guère de différence, car Lamming soignait les drogués en état de manque avec de l'aspirine ou presque et les alcooliques au bâton. Lamming assurait lui-même l'approvisionnement en médicaments et passait tous les jours, en uniforme, au drugstore Finch d'Amsterdam Avenue qui lui faisait des prix. Il y achetait sa cargaison de pommades, pansements, désinfectants, décapants, savons, insecticides, analgésiques, sédatifs, calmants, vitamines et autres pipis de chat.

Ce jour-là, comme tous les autres jours, il s'installa à son bureau où trônait un stéthoscope dont il ne s'était jamais servi et un marteau de caoutchouc dont il jouait comme d'une matraque.

« Au suivant ! » gueula-t-il bien que le petit vieux poitrinaire qui s'avançait fût le premier. Force de l'habitude !

« Quel âge ?

— 75. »

Lamming n'écouta même pas le vieux et consulta sa fiche. Il était noté : 78.

« Alors, comme ça, vous rajeunissez chaque semaine, Jack ?

— 'Lez vous faire fout' », grommela le vieux clochard.

Une violente quinte de toux secoua sa poitrine. La tuberculose devait y avoir fait des cavernes à y mettre le poing.

« Bronchite, hein ? », diagnostiqua Lamming.

Puis, se tournant vers son infirmier :

« Deux cuillères de sirop matin et soir et... »

Il hésita.

« ... et un suppositoire ce soir. Au suivant ! »

En fait, cet appel était purement rhétorique puisque les dix hommes qui attendaient se suivaient en grelottant, à la queue leu leu.

Le suivant était un homme d'une quarantaine d'années, dont la panse semblait sur le point d'éclater comme un ballon trop gonflé. Son foie cirrhosé devait avoir la taille d'une citrouille. L'homme parla d'une voix rauque.

« Écoutez, moi, ça va, c'est mon porte-monnaie qui se porte pas bien. Avec cinq dollars, je crois qu'y s' sentirait mieux. »

Lamming se tourna vers l'infirmier et murmura :

« Obésité. Ce type-là est un profiteur.

— Bon, ça va vos messes basses. Deux dollars et je vous débarrasse le plancher.

— Demain matin, répondit Lamming imperturbable, vous aurez deux dollars et cinquante cents, comme tout le monde. »

Puis Lamming prescrivit un coupe-faim et un régime sans sel.

« Au suivant ! »

Un autre vieillard avança qui fut brutalement bousculé par un jeune homme aux traits tirés, aux yeux enfoncés, qui se tenait plié en deux, les bras croisés sur le ventre. Il souffrait visiblement du manque de drogue et agitait par instants son bras couvert d'ecchymoses sous le nez de Lamming.

« Grouille-toi, toubib, ou je vais crever. Grouille, je te dis. Donne-moi quelque chose ! T'as bien quelque chose qui calme, non ? Ah ! putain, j'ai mal ! J'ai maaal ! » hurla-t-il en cognant sa tête sur le bureau.

Joshua Lamming se leva avec un petit air dégoûté.

« Ce garçon me semble un peu nerveux. Une bonne douche froide lui ferait le plus grand... »

Le jeune homme se détendit brusquement comme un ressort et attrapa Lamming par le revers de son uniforme.

« De la défonce, corbeau, ou je te saigne ! Je te saigne comme un cochon, t'entends ?

— Du calme, jeune homme, jeune homme, du calme. »

Il se tourna vers son aide, qui, apeuré, s'était reculé vers le mur, bien que le jeune drogué ne fût apparemment pas armé.

« Eh bien, William, qu'est-ce que vous attendez ? donnez-lui ce qu'il demande.

— C'est que..., monsieur Lamming, vous savez bien que nous n'avons pas de stupéfiants. »

Lamming regarda de nouveau le jeune homme qui claquait des dents à présent, comme sous l'effet d'une forte fièvre.

« Putain, c'est pas vrai... Pitié, mec, pitié ! donne-moi n'importe quoi, ce que tu as de plus fort, mais fais vite, je vais crever, je vais crever... »

Le jeune homme pleurait maintenant. Lamming prit un air supérieur en ordonnant à son infirmier :

« William, donnez-lui un, non, deux Spastomyl. »

L'aide compta soigneusement les gélules dans la paume de sa main. Il n'eut pas le temps de les donner que le jeune drogué lui arrachait tout le flacon des doigts et en avalait le contenu.

« Mais, jeune homme, vous ne vous rendez pas compte... »

Lamming ne termina pas sa phrase. Le jeune homme pivota brusquement sur lui-même, avec des gestes désordonnés de pantin qu'on laisse tomber et s'agita encore quelques secondes sur le sol dans les convulsions de l'agonie.

Les autres pensionnaires, lentement, battirent en retraite, en lançant sur Lamming des regards incrédules.

Joshua Lamming ôta sa casquette et s'agenouilla près du cadavre.

« Ce n'est pas possible, répétait-il. Ce n'est pas possible. »

Son infirmier téléphonait déjà à la police.

Jeudi 15 septembre. 20 heures.
Manhattan. East Side. 111e rue. Club Napoli.

A la limite d'East Harlem, et du quartier italien, le Club Napoli était farouchement réservé aux joueurs « sérieux ». La couverture officielle était assurée par une boîte de nuit qui beuglait au sous-sol, et, du reste, assez peu fréquentée. Les vrais visiteurs montaient au premier étage où, derrière des rideaux opaques, se jouaient chaque soir des parties fabuleuses, dont les mises auraient eu de quoi faire frémir le roi Fayçal en personne. L'entrée en était gardée par trois espèces de colosses vêtus de smokings impeccables et dont la tâche principale était de fouiller les clients à l'entrée et de les débarrasser des objets pesants et métalliques qui alourdissaient parfois leurs poches. C'était le vestiaire.

Ce soir-là, Jacopo Sannazaro s'était présenté dès 19 h 30 au vestiaire du Club Napoli. Il avait tendu, sans qu'on le lui demande, son Magnum spécial aux gorilles et était monté directement. Jacopo était un habitué. Depuis cinq ans qu'elle prospérait, la maison n'avait jamais eu le moindre incident grâce à cette vigilance draconienne.

Il n'y avait encore personne dans la salle de poker et Jacopo s'installa au bar en attendant. Il prit un verre de Campari, qu'il détestait, mais qui avait l'avantage de lui laisser les idées claires. Et, ce soir, il en avait particulièrement besoin. La partie qu'il venait terminer avait en fait commencé la veille. Jacopo avait eu la main malheureuse. Il avait déjà perdu 3 000 dollars et les joueurs avaient décidé de faire une pause vers le milieu de l'après-midi, après plus de quinze heures de jeu. Le temps de se restaurer, de se reposer une heure ou deux et de réapprovisionner ses liquidités. Ici, on payait cash. Jacopo n'avait guère eu le temps de dormir. Il était passé au bar qui lui servait de couverture et de source officielle de revenus, non loin de la 86e rue (le temps de vider la caisse et son coffre-fort) et avait acheté un flacon de Spastomyl au drugstore proche pour essayer de dormir un peu.

Jacopo attendait fébrilement. Il fallait absolument que, ce soir, il se refasse. C'était ses investissements dans les parts de machines à sous — plus quelques trafics inavouables — qui étaient en jeu. S'il manquait ce coup-là, il ne lui resterait plus qu'à reprendre du service actif dans le racket de banlieue, ce qui était une autre sorte de jeu, désormais beaucoup trop dangereux à son goût. Sannazaro s'était fait à cette vie sans risque. Ou presque. Le risque, ce soir, était à la hauteur de ses espérances.

A 20 heures précises, les trois autres joueurs apparurent, l'un après l'autre, l'air grave, mal réveillés de cette sieste trop courte, tendus par l'enjeu. Ils s'installèrent sans un mot à la table ronde et le barman apporta des jeux de cartes neufs. On attendit la première donne pour commander des boissons.

Sannazaro n'avait, en première main, qu'une paire de dames. Il décida de démarrer lentement, pour ferrer ses créditeurs et demanda trois cartes. On lui donna la dame de cœur. Ce brelan aux couleurs de la tendresse lui redonna courage mais il ne voulut pas bluffer pour ménager ses mises. Il se coucha.

William Archer, le gagnant jusqu'à présent, monta de 100 dollars d'entrée. Les autres se méfièrent — Archer avait le don de bluffer le bluff — et demandèrent à voir. En effet Archer avait une suite. Le barman prit les commandes.

Scotch. Bourbon. Bière. Sannazaro hésita. Le Campari lui donnait des brûlures d'estomac. Il se décida pour un bourbon, lui aussi, étendu d'eau gazeuse.

Ce fut son tour de donner. Les joueurs parlèrent. Deux cartes. Une carte. Archer fit la moue et hocha la tête. Servi. Il bluffe, songea Jacopo. Cette fois, il en fait trop. Il veut faire croire qu'il n'a rien mais qu'il bluffe pour qu'on croie qu'il a quelque chose. Donc il bluffe. Il n'a rien. Sûr. Sannazaro souleva à peine ses cartes. Un carré d'entrée. Carré de valets. Sannazaro soupira, pas trop fort, et prit une carte. Joker. Poker ! Au deuxième tour, c'était trop beau. Il paniqua. Mauvais. C'est trop bon pour un début. Ça ne va pas durer. Quelle poisse ! Je suis foutu. C'est le début de la dégringolade. Après ce coup-là, plus rien ne rentrera. C'est sûr.

Il but une gorgée de bourbon et l'alcool lui brûla l'œsophage. Archer poussa de dix dollars. Tous suivirent. Plus vingt. Ne pas hésiter, se dit Sannazaro, sinon, ils sauront que je bluffe. Il poussa de 100 dollars. Smith, à sa droite, s'écrasa. Archer eut un sourire ambigu en comptant l'argent. Il relança de 200 dollars. Moretti, à sa gauche, se mordit la lèvre. Il poussa à son tour de 50 dollars. Jacopo joua prudemment. S'il voulait piéger Archer, il fallait garder son sang-froid. Ni trop, ni trop peu. Il imita Moretti. Archer gonfla les joues et remit 200 dollars. Il fit mine de s'énerver :

« Alors, messieurs, on joue ou on ne joue pas ? »

Moretti secoua la tête comme si on le forçait à faire quelque chose d'immoral et s'allongea. Sannazaro posa les poignets sur le bord de la table pour empêcher ses mains de trembler. Cette fois, il tenait Archer. C'était sûr, il bluffait. Il continua à suivre en douceur. Plus 50. Ne pas se laisser avoir par ses relances. Si je monte aussi fort que lui il saura que j'ai la main. 50. Sans un froncement de sourcil. Une gueule de Chinetoque. Il faut que j'aie une gueule de Chinetoque. Rien. Ne rien montrer.

Archer paraissait s'ennuyer. C'est qu'il commence à paniquer, se dit Jacopo. Il est déjà allé trop loin. Ça n'a pas marché et maintenant il est coincé. Il ne peut plus se coucher. Il espère encore que je vais craquer. Archer continua à monter de 200 et Sannazaro, imperturbable, de 50. Jacopo n'osait même pas regarder le tapis, il s'efforçait de ne pas penser à la somme énorme qui s'accumulait. Et puis, brusquement, la sueur froide. Et si Archer avait la main ? S'il avait un poker d'as, ou de rois, ou de dames tout simplement ? C'est ça. Il a voulu me faire croire qu'il bluffait pour me coincer. Il va m'achever. Non, du calme. C'est pas possible. Deux pokers dans la même donne, c'est pas possible, ça s'est jamais vu. Jamais. Et si c'était la première fois ? Avec le cul qu'a Archer depuis hier soir, ça serait pas étonnant. Mais non. La chance a tourné. Faut pas que je pense, pas que je pense. C'est ça qu'il veut. Que je pense. Que je doute. Que je craque. C'est moi qui le tiens, c'est moi.

Jacopo Sannazaro sentit qu'il transpirait et cela le paniqua. Il n'osait tirer son mouchoir de sa poche de peur qu'on le remarque, mais sentait les grosses gouttes de sueur se décrocher lentement du cuir chevelu et couler sur ses tempes. Il alluma une cigarette. En face de lui, Archer souriait mais son visage était crispé. A travers la fumée, Sannazaro remarqua à son tour qu'Archer suait aussi. A peine, bien sûr, un simple vernis qui faisait luire son crâne dégarni. Jacopo retrouva confiance. Il fut tenté une seconde de demander à voir, puis serra les dents. Il fallait aller jusqu'au bout à présent. C'était Archer qui s'était enferré, c'était à lui de craquer. Archer ne craquait pas. Moretti en transpirait pour eux. Il commanda une autre tournée et but son verre cul sec. Smith fermait les yeux, comme si on était en train d'assassiner quelqu'un. Enfin, Archer murmura, la voix rauque, presque aphone :

« Ça commence à faire gros, Jacopo. Tu es sûr que tu veux continuer ? »

Du bluff, se dit Sannazaro, rien que du bluff. Il croit peut-être que je vais lâcher maintenant.

« Et toi, Willie ? »

Archer hocha la tête.

« Tu n'es pas raisonnable, Jacopo, pas raisonnable. Enfin, puisque tu es enragé à ce point, dans ton intérêt, il est préférable qu'on voie, non ?

— Comme tu veux, Willie. »

Archer soupira encore une fois.

« Tu veux voir ?

— Qui ? Moi ? Non, répondit Sannazaro en tirant sur sa cigarette.

— Je vois qu'il faut encore que je sois raisonnable pour deux, dit Archer. Fais voir. »

Sannazaro éteignit sa cigarette et se pencha sous la lampe brûlante qui éclairait la table.

« Pour voir, Willie, faut payer. »

Archer eut un sourire. Sannazaro venait de monter de 500 dollars.

« D'accord. »

Archer paya, et attendit, la main refermée sur son jeu. Sannazaro aligna trois valets. Archer secoua la tête.

« Pas assez. »

Il posa un brelan de rois. Sannazaro prit son temps, vida son verre et posa un quatrième valet. Archer pâlit, regarda son jeu et fit semblant de le jeter, puis, comme s'il avait retrouvé une carte qu'il avait oubliée, il sortit un quatrième roi et le posa à son tour. Jacopo sentit sa gorge se nouer. Bon Dieu, et si jamais... Ce n'est pas possible, pas possible. La sueur inonda brusquement son visage. Archer, en face, souriait.

Alors, comme s'il allait se jeter dans la fosse aux lions, Sannazaro laissa tomber d'une main tremblante son joker. Archer souriait toujours mais son visage semblait se décomposer à vue d'œil autour de ce sourire immobile. Les yeux parurent s'enfoncer profondément et les joues s'affaisser. Il regarda sa dernière carte fixement. Sannazaro ferma les yeux. Quand il les rouvrit, Archer se tenait voûté, il paraissait avoir vieilli. Il avait laissé traîner sa dernière carte, à l'envers, près du talon.

« Pas mieux », dit-il d'une voix presque inaudible.

Les nerfs de Sannazaro frémirent. Il ramassa sans y croire l'énorme tas d'argent. Il y avait presque 5 000 dollars.

« Messieurs, je propose une petite pause avant de remettre ça, d'accord ? Je vous offre un verre.

— Non, on continue. C'est pas bon de laisser refroidir le tapis, déclara Archer d'une voix d'outre-tombe.

— Smith ? Moretti ? interrogea Sannazaro.

— Comme vous voulez, mais du calme, hein ? »

Jacopo avait les mains qui tremblaient. La troisième donne fut distribuée par Moretti. Jacopo tint ses cartes au creux de sa main, et les regarda une par une. As. As. As. Huit. Dix. Il demanda deux cartes. As. Valet. Pas possible ! se répétait-il, pas possible. Je rêve, pas deux fois !

Au deuxième tour, Archer, échaudé, s'écrasa. Smith poussa jusqu'au troisième tour et se coucha aussi. Moretti essaya de gonfler deux ou trois tours mais flaira le danger. Sannazaro ramassa quand même 900 dollars.

Son cœur battait à tout rompre et il dut s'arrêter de compter l'argent pour reprendre son souffle. Il recommanda un bourbon et chercha le flacon de Spastomyl dans sa poche. Il but une gorgée de whisky sec pour faire passer la gélule. Archer donnait les cartes et Sannazaro eut le temps de voir sa quinte floche avant de s'écrouler sur la table. Le verre roula par terre. Une forte odeur d'amande perçait au travers de la fumée du tabac.

Les trois hommes s'étaient levés brusquement, renversant les chaises. Moretti souleva la tête de Jacopo Sannazaro. La peau de son visage était bleutée, sa bouche grande ouverte.

« Qu'est-ce que ça veut dire ?

— Le cœur ? »

Le barman accourut et respira l'odeur qui s'exhalait de la bouche du cadavre.

« On dirait du cyanure. Écoutez, les mecs, j'ai rien vu, mais vous me débarrassez tout de suite de ça. Pas d'histoires ici, vous avez compris. »

Archer ramassa son argent, prit son dû et jeta le reste à Smith.

« Vous vous arrangerez. Ça ne peut plus lui servir. Allez ! »

Un quart d'heure plus tard, ils roulaient tous les quatre dans la voiture de Sannazaro en direction de son domicile, dans la 84e rue. A l'angle de la 96e rue et de Lexington Avenue, une Pontiac grilla le feu rouge. Moretti qui conduisait freina à mort mais la Buick de Sannazaro ne put éviter le chauffard. L'aile gauche fut broyée dans un bruit de ferraille et de pneus hurlants. Le chauffard, complètement ivre, sortit de sa voiture en gueulant. Calmement, Archer sortit un automatique de calibre 9 et le mit sous le nez du poivrot.

« T'as rien vu. On n'a rien remarqué, d'accord. Dégage. »

Le type, dessoûlé, remonta dans sa Pontiac et démarra en trombe.

Moretti rangea la Buick de Sannazaro devant l'immeuble du défunt. Ils mirent le cadavre au volant et s'éloignèrent à pied, vers la station de métro.

Cinq minutes plus tard, une voiture de police s'arrêtait près de la Buick à l'aile défoncée. Un des policiers fit le tour de la voiture et releva le numéro, puis ils examinèrent le corps de Sannazaro.

« Ça n'était pas un canular. Il y a bien un macchabée là-dedans. Le poivrot n'a pas menti. »

Jeudi 15 septembre. 20 h 30.
Manhattan. East Houston Street. Governor Building.
Appartement d'Alex Cruden.

La musique cuivrée d'Otis Redding emplissait l'appartement blanc et noir de Cruden quand on sonna à la porte. Cruden maugréa et s'arracha du dossier qu'il compulsait depuis une heure sous la lumière crue de sa lampe de bureau. Le reste de l'appartement était plongé dans l'obscurité et seule la lampe puissante se reflétait dans la plaque de verre posée sur des tréteaux d'acier. Cruden baissa le son de sa chaîne et le chanteur noir poursuivit en sourdine son *Dock of the bay.*

C'était Esther Grimes et Alex ne put dissimuler son étonnement. Ils ne devaient pas se revoir avant mardi et l'émission d'Esther commençait dans une demi-heure.

« Je te dérange ? fit-elle, déçue par l'accueil plutôt frais de Cruden.

— Non, pas du tout. Quelle question ! Je suis seulement... Je ne t'attendais pas. Entre, dit-il bêtement en l'embrassant.

— Ne te force pas surtout, répondit-elle, les larmes aux yeux.

— Que tu es bête ! Viens. »

Il l'entraîna vers le divan noir plongé dans la pénombre.

Esther s'assit sur le bord, comme une demoiselle de bonne famille rendant visite à son professeur.

« Tu travaillais, je te dérange.

— Oui, je veux dire, je travaillais. Tu sais, ce dossier Davis. On n'en sort pas. Ton tuyau n'a rien donné pour l'instant. Aucun suspect de chez Brett & Gardner sur la liste des indemnisés de l'ordinateur. Je me demande si je ne me suis pas un peu emballé à propos du Mystelomyd. C'est malheureusement tout ce qu'on a. L'ordinateur est un crétin et, moi, je patauge. Si ce n'est pas ça, alors ça peut être n'importe quoi. Un cinglé à qui Davis n'a pas dit bonjour une fois, dans la rue. Ou qui n'a pas été embauché. Ou qui a été foutu à la porte. Ou tout simplement un illuminé, le bargeot complet, quoi. Pourtant, l'histoire de l'Aspenol me paraît trop bien conçue pour un dingue. Ce type-là devait sûrement avoir un mobile. Mais... qu'est-ce que tu as ? Tu pleures ?

— C'est rien... Je pensais à Margaret. »

Cruden se tut. Il ne savait pas consoler. Les mots étaient pour lui des instruments, pas des objets décoratifs. Il se contenta de serrer la main d'Esther. Elle éclata en sanglots.

« Qu'est-ce que tu as, Esther ? Tu es sûre que c'est à cause de Margaret. Tu ne me caches rien ? »

Esther hésita en tripotant machinalement la main de Cruden. La pénombre favorisait les confidences. Par expérience, Cruden devina qu'Esther avait quelque chose d'important à lui dire. Il attendit, immobile, que cela monte du fond de son angoisse. Il se contentait d'être attentif, intensément attentif. Malgré l'obscurité, il était sûr qu'Esther pouvait sentir ce genre de chose. Elle commença, d'une voix de gamine :

« Alex... je voulais te dire... je... »

Le téléphone, implacable et grotesque, sonna. Cruden attendit une seconde encore et se leva en soupirant. C'était foutu maintenant. Il décrocha au moment où la platine automatique s'arrêtait. Esther se leva et alluma dans la salle de bains pour se remaquiller.

« Allô ? Oui, c'est moi. Qu'est-ce qu'il y a, Zac ? J'espère que tu ne m'as pas dérangé pour rien sinon je te fais muter à Fort-Apache. »

Macaulay ne releva pas la menace gratuite et Cruden l'entendit nettement qui crachait son chewing-gum, signe qu'il était sur le point de réfléchir.

« Voilà, Superman, t'as intérêt à enfiler vite fait ta combinaison et ton soutien-gorge et à rappliquer au Q.G. Tout le monde t'attend, y compris Behemoth. »

Cruden sentit passer un frisson le long de sa colonne vertébrale.

« Raconte.

— Ben voilà. Il a remis ça. On a retrouvé trois macchabs. Deux sûrs, le troisième, on analyse mais il y a de grandes chances pour qu'il soit du lot.

— C'est quoi, cette fois ?

— A première vue, du Spastomyl.

— C'est quoi, cette merde ?

— Un calmant, à l'eau de rose, tu vois, le genre surmené... »

Cruden avait fait signe à Esther dès qu'il avait compris qu'un nouveau produit était contaminé. Elle écoutait, les yeux rivés sur le combiné, comme si Macaulay ou le criminel allaient en sortir.

« Tu as prévenu Davis ?

— Ah ! ça non merci. On te laisse l'honneur. J'ai pas envie d'avoir un quatrième mort sur la conscience.

— Qui c'est, les gagnants du dernier tirage ?

— John Walcott, un junkie qu'on a retrouvé au refuge de l'Armée du Salut, dans le Riverside Drive. C'est le toubib qui avait acheté le Spastomyl dans Amsterdam Avenue.

— Après ?

— Francisco Meres, loubard de troisième zone. S'est fait avoir dans le métro du côté de la 110e rue, après avoir braqué un passager. Spastomyl.

— Le troisième ?

— Moins sûr. Jacopo Sannazaro. On l'a retrouvé raide dans sa bagnole mais c'est peut-être un règlement de comptes.

— Du Spastomyl ?

— Ouais. Dans sa poche.

— O.K., j'arrive. »

Cruden raccrocha et alla chercher sa veste. En un sens, le hasard jouait aussi à la roulette. Les victimes n'avaient pas le profil très net. Des gens louches touchés par hasard, à la place d'un autre. C'est Davis qui parlait de justice immanente ! Il va être servi. Brusquement, Cruden se souvint que Davis prenait lui aussi du Spastomyl pour ses nerfs.

« Bon Dieu », jura-t-il en composant le numéro de Norman le ruiné. Tout en attendant la communication, il se tourna vers Esther.

« Tu as entendu, ça urge. On ne peut plus reculer maintenant. Tu peux passer ça dans ton journal, tout à l'heure ? »

Esther hocha la tête et se dirigea vers la porte.

« Allô, Davis ? Ici Cruden. Écoutez, vous allez m'envoyer l'autorisation écrite de disposer de tous vos stocks d'ici demain... Oui ? Il a recommencé, en effet... Spastomyl. Je serais vous, je m'abstiendrais d'en prendre ces prochains jours. Je vous signale que je vais retirer tout le stock de Spastomyl dès ce soir... Comment ? Comment voulez-vous que je le sache !... Évidemment !... Bien sûr, je vous tiens au courant. »

Il reposa le combiné et courut presque vers l'ascenseur. Esther l'attendait. Ils descendirent ensemble. Tandis que la cage glissait en vibrant, Esther inspira à fond et dit :

« J'étais venue te dire que je suis enceinte. »

Cruden observait avec impatience les pastilles lumineuses au-dessus de la porte. Il eut un temps de réaction assez long :

« Quoi ? »

Esther baissa les yeux comme si elle était coupable et s'en voulut. L'ascenseur s'arrêta au rez-de-chaussée mais Alex le fit remonter aussitôt, sans un mot, les lèvres pincées.

« Attends-moi, j'en ai pour une minute », dit-il en s'élançant vers son appartement.

Lorsqu'il revint, Esther se mouchait bruyamment.

« Tiens », dit Alex.

Esther vit, au creux de sa main, la broche de vieil argent qu'il n'avait pas osé lui offrir la première fois.

« Un premier maillon », dit Alex et Esther eut un sourire penaud.

« Tu crois que ça va lui plaire le noir et blanc ?

— A qui ? sanglota Esther.

— Au bébé, tiens ! »

Esther l'embrassa et sortit ses clefs de voiture pour se donner une contenance.

« Tu me déposes au Q.G. ? C'est sur ta route, je crois. On va faire des économies. On n'aura besoin que d'une voiture et d'un appartement », dit Alex.

Il était 21 h 05 lorsque Esther Grimes, avec un peu de retard — volontaire, pour la préparation psychologique — commença son journal par un flash spécial qui, cette fois, était un vrai scoop. A nouveau, elle annonça qu'un déséquilibré avait empoisonné des boîtes de Spastomyl et conviait la population à rapporter dès le lendemain leurs produits à la police. Elle enchaîna son programme avec un reportage filmé sur les firmes pharmaceutiques. Parmi les documents diffusés, se trouvait un compte rendu de l'inauguration du Brett & Gardner New Laboratory de Brooklyn où on pouvait la voir — robe de lamé étincelante et micro à la main — en compagnie du grand Norman Davis. Le grand Davis, songea Esther, qui était sur le point de perdre son empire. Cinq jours, se dit-elle, cinq jours pour abattre un colosse. Et parmi les hommes en habit de soirée qui grignotaient des petits fours et buvaient du champagne, là, sous les caméras, il y avait peut-être le criminel.

Ce soir-là, l'indice d'écoute battit tous les records. A croire que tout New York, comme le clamait le directeur au comble de l'euphorie, regardait la C.B.C.

Jeudi 15 septembre. 22 heures.
Brooklyn Hamilton Alley.

Il s'y attendait. Il le savait. Lorsque la speakerine était apparue pour s'excuser du retard qu'avait pris l'émission d'Esther Grimes, il aurait parié ce qui lui restait de cyanure que ça y était. On avait déjà retrouvé les cadavres. Combien de victimes ?

Il eut un mouvement d'humeur et cassa un stylo entre ses doigts en s'apercevant qu'on ne donnait pas le nombre de victimes. Esther avait respecté les consignes de Cruden. « Pas de chiffres, lui avait-il dit. Une alerte, c'est tout. »

Mais l'homme oublia vite sa déception en voyant la rétrospective de l'inauguration. Il eut même la désagréable surprise de se voir sur l'écran. Mary s'exclama sottement :

« Oh ! regarde ce monsieur, là ! on dirait que c'est toi ! C'est fou ce qu'il te ressemble ! Non, il est plus jeune quand même... »

La réflexion de Mary n'était pas dénuée de bon sens. Il avait remarqué, en rentrant de son équipée, cet après-midi, combien il avait les traits tirés, le teint cireux, le regard fiévreux. Son cœur le faisait atrocement souffrir et il avait dû s'allonger pour de bon. Il n'avait pu dormir, pris tantôt de tremblements nerveux, glacé par un froid interne, tantôt noyé d'une sueur mauvaise, abondante et grasse.

Il grogna comme une bête malade et d'un geste intima à sa femme d'aller se coucher. Mary était folle mais docile. Il était son dernier rempart contre la déraison totale. S'il ordonnait, elle obéissait. Elle trottina lourdement jusqu'à la chambre où il l'entendit s'affairer en chantonnant. Elle ressort ses photos, songea-t-il. Il faudrait que je les brûle. Mais il n'en avait pas le courage. C'était le dernier fil. S'il le rompait, ils n'auraient plus ni l'un ni l'autre la force de continuer. Après, se dit-il, après que toute cette affaire aura vu son terme.

Il écouta distraitement les commentaires d'Esther Grimes sur la puissance de l'empire pharmaceutique et chimique. Des chiffres astronomiques furent lancés, des noms, des bilans, des comparaisons. Il y était indifférent. Ce n'était pas cet empire-là qu'il visait, c'était celui, impalpable, définitif, de la mort et de la folie. Davis en était le symbole, la Brett son incarnation. Les autres le laissaient froid. Ils n'avaient pas d'existence, bien que tous issus de la même matrice.

Il éteignit le téléviseur et décida de préparer la troisième phase. Il nettoya la table et se dirigea vers la chambre à coucher.

En entrant, il dut faire un effort considérable pour ne pas céder à la colère qui gonflait ses veines.

« Que fais-tu, Mary ? Je t'avais dit de ne pas toucher à ça. »

Mary avait une fois encore rassemblé sur le lit tous les médicaments qu'il conservait cachés. Si Mary était docile, elle n'avait aucune mémoire. Par un réflexe d'autodéfense, son cerveau gommait au fur et à mesure toutes les informations qui s'y déposaient, comme la mer, à l'infini, blanchit la plage de ses débris. Mary avait à la place du cerveau un grand vide qu'elle remplissait de tous ses désirs et qui s'appelait, peut-être, l'amour. Son mari le savait et lui enviait parfois cet univers artificiel, plus vrai que le monde réel.

Au lieu de s'emporter, il caressa doucement les cheveux de Mary en murmurant :

« Il ne faut pas, Mary, il ne faut pas. C'est très important... »

Mary sourit.

« Tu ne te rends pas compte. Si le petit venait à jouer avec ces médicaments, il pourrait s'empoisonner. Tu as entendu ce qu'a dit la dame à la télévision. Il vaut mieux que je les rapporte à la police comme la dame l'a dit.

— Tu as raison, Mary. C'est plus prudent. Mais tu es fatiguée, tu sais bien. Le docteur a dit que tu devais te ménager. Laisse, va, je les rapporterai moi-même demain.

— Vrai ? Alors n'oublie pas, hein ? Quel monstre tout de même, cet homme qui met du poison dans des médicaments ! Il ne se rend pas compte du mal qu'il peut faire !

— Il ne se rend pas compte, non... », répéta-t-il, au bord des larmes.

Il ramassa les produits et les porta sur la table de la salle à manger. Il ouvrit une boîte de Gastropax et procéda comme pour l'Aspenol, comme pour le Spastomyl. Vingt gélules de poison mortel s'alignèrent sur la table, comme des cartouches. Le Gastropax était souvent utilisé par les ulcéreux, les dyspeptiques, pour les aigreurs d'estomac, les digestions difficiles. Encore un gros succès de la Brett & Gardner.

Il rangea ses produits dans le buffet de cuisine, derrière les boîtes de conserve. Le Gastropax serait le dernier support en gélules qu'il utiliserait. Après, s'il en avait le temps, si son cœur tenait, il s'attaquerait à une autre gamme. Les poudres, par exemple. Jusqu'à ce que la Brett s'écroule. Jusqu'à ce que Davis soit au tapis. Bientôt, très bientôt...

Jeudi 15 septembre. 22 heures.
Manhattan. Iʳᵉ Avenue. Schurz Building.

Lorsque le reportage d'Esther Grimes fut terminé et que le générique défila autour d'un globe terrestre psychédélique, sur un extrait de la *Septième Symphonie* de Beethoven, le docteur John Hunter resta un instant songeur, fixant sans le voir le petit écran, incapable de se résoudre à se lever.

Quelque chose, dans l'enquête télévisée qu'il venait de suivre, l'avait accroché. Quelque chose qu'il n'arrivait pas à déterminer. Depuis quatre jours maintenant qu'Ann était morte, il n'arrivait pas à rassembler ses idées. Une sorte de brume noyait son esprit, amortissait la douleur et le monde extérieur semblait baigner dans un flou irréel.

Hunter se leva, éteignit le téléviseur et erra dans l'appartement encombré de cartons ouverts, de valises inachevées, de meubles à demi démontés et abandonnés là, au milieu de la pièce, comme les débris d'un naufrage.

Il avait pris, sur le conseil de son ami et associé, Henry James, une semaine de repos. En rentrant chez lui, la première chose qui lui vint à l'esprit fut de déménager. Tout, dans cet appartement, depuis les vêtements d'Ann jusqu'à la décoration, qu'elle avait conçue, avivait sa douleur comme de l'acide sur une plaie ouverte. Alors, dans une folie d'activité,

Hunter avait commencé à démonter les meubles, à jeter des robes, des chaussures, à empiler de la vaisselle dans des cartons. Il allait comme un dément d'une pièce à l'autre, s'épuisant inutilement à déplacer des objets qui s'amoncelaient dans tout l'appartement, abandonnant une valise pour commencer à vider une armoire qu'il laissait bientôt pour bourrer un carton qu'il oubliait à son tour pour une autre tâche. Le soir, il s'écroulait de fatigue dans son fauteuil et regardait sans comprendre la télévision, sans que le rangement ait avancé d'un pouce. Parfois, il plantait là tout son attirail et se plongeait dans les journaux, les petites annonces, les magazines spécialisés, à la recherche d'un autre logement. Il biffait rageusement une dizaine d'adresses et oubliait de téléphoner. Ce jeudi soir, il en était au même point que le premier soir. L'appartement était un peu plus embarrassé, il était un peu plus épuisé. C'était à peine s'il pouvait désormais faire un pas sans se heurter à ses bagages dispersés. Hunter avait déjà renoncé. Demain, il téléphonerait à une agence qui s'occuperait de tout : logement et déménagement.

Il se versa un verre de scotch. Le dernier, pensa-t-il, la bouteille était vide. Il ne fallait pas qu'il se laisse aller. Pas l'alcool tout de même. C'est d'un banal, lui aurait dit Ann, elle qui aimait tant l'originalité. Sa mort, en un sens, était une réussite. Originale !

Il erra dans l'appartement, le verre à la main, et échoua près de la baie vitrée. Il posa son front brûlant contre la vitre et regarda la ville, à ses pieds, et plus loin, à hauteur d'yeux. Une ville étincelante de millions de lumières. Une orgie de guirlandes clignotantes, un concert d'électricité. « Les grandes orgues », disait Ann, qui adorait la ville nocturne. Ce soir, Hunter la haïssait, cette ville. Il se détourna et vida son verre, puis se dirigea vers la cuisine pour y boire de l'eau. Il fit couler le robinet pour que l'eau soit fraîche, comme Ann l'aimait, et ses yeux se portèrent machinalement sur le pense-bête accroché au mur. Ann y avait écrit, de son écriture appliquée, un peu enfantine : « Corn-flakes. Lait. Maïs.

Aphrodisiaque pour mon nounours ronfleur ». Suivait un petit dessin maladroit qui était censé la représenter et où elle lui tirait la langue. Hunter arracha la feuille et la jeta rageusement par terre. La colère montait toujours. Hunter ne put se maîtriser. Il hurla, la gorge renversée et jeta son verre contre l'évier. Des éclats de verre jaillirent et brillèrent sous le néon. Hunter était essoufflé sans avoir rien fait. Il haletait.

Il se baissa et ramassa les morceaux de verre à pleines mains, inconscient qu'il était en train de se taillader la peau. Il ne s'aperçut de ses plaies qu'en jetant les débris dans le vide-ordures. Du sang ruisselait sur ses paumes et serpentait en dessins compliqués jusqu'à ses poignets, souillant ses manches de chemise. Alors, brusquement, cela lui revint. Le sang ! Le sang, bon Dieu ! Sans se préoccuper de ses blessures et des gouttes de sang qu'il semait derrière lui sur la moquette, il se précipita sur le téléphone et appela la police.

Ça lui revenait à présent. Le sang sur la boîte d'Aspenol qu'il avait achetée, le matin où Ann... La vendeuse l'avait mis de côté pour le renvoyer au labo. Il y avait des taches de sang sur la boîte. Et ce soir, là sous ses yeux, il avait vu sans comprendre, il avait vu, oui, le criminel. Ce type qui suçait son doigt et l'enroulait dans son mouchoir. Un doigt qui saignait, sous les caméras, tandis que Davis en personne le congratulait. Emporté par sa rage, Hunter hurla à la standardiste de lui passer Alex Cruden. Il y eut trois minutes d'attente et ce fut Zachary Macaulay qui répondit.

Hunter lui expliqua son histoire, certain d'entendre déjà les sirènes des voitures de police s'élancer vers le domicile de l'assassin. Macaulay parla de sa voix grasse, impassible :

« Je vous remercie du renseignement, monsieur Hunter, mais vous savez, on n'arrête pas un homme parce qu'il s'est coupé le doigt.

— Mais... vous ne comprenez pas..., balbutia Hunter, abasourdi.

— Bien sûr que si, monsieur Hunter. Et je prends note. Nous vérifierons le renseignement, soyez-en sûr. Calmez-vous, monsieur Hunter, je vous contacterai dès que nous aurons du nouveau. »

Il raccrocha. Hunter était hagard. Ça devait pourtant être lui. C'était sûrement lui, sûrement…

Il se rendit compte que le divan était maculé par le sang qui coulait toujours de ses mains. Hunter comprit qu'il avait besoin de repos.

Jeudi 15 septembre. 22 h 15.
Manhattan. New York Police Headquarters.

Lorsqu'il était entré dans la salle de traitement d'informatique, vers 20 h 45, Cruden avait été accueilli par le gratin de la maison. Le patron, les attachés, un adjoint au maire, et même un drôle de petit bonhomme que Cruden n'avait jamais vu dans les murs et qui devait être un observateur silencieux du F.B.I. Cette fois, s'était dit Cruden, pas question de rater son coup, on ne me le pardonnerait pas. Zac l'avait pris à part :

« T'as vu le monde, Superman ! Je me sens pas à l'aise. »

Cruden avait souri et salué le patron :

« Pas de bêtises, Cruden, hein ? Cette fois, on a l'œil sur nous, vous me comprenez. »

Cruden avait hoché la tête d'un air faussement inquiet. Le patron avait toussé dans son poing avant d'ajouter, incidemment :

« Ah ! au fait, vous l'avez, cette autorisation d'urgence. Le procureur et le maire », il eut un sourire vers l'adjoint, « nous accordent l'autorisation d'utiliser l'alerte blanche. »

En code, cela signifiait la possibilité de diffuser un message sur les ondes de toutes les radios et télévisions de l'État.

« Merci, avait dit Cruden, mais le plus gros est déjà fait. Si je devais attendre les ordres et la bénédiction de vos dinosaures chaque fois qu'il y a un cinglé qui joue à Buffalo Bill en prenant les piétons pour des bisons, il y a longtemps que le New-Yorkais serait une espèce en voie de disparition. Cela dit, ça me facilitera la tâche. »

Il avait donné des consignes à Macaulay qui avait aussitôt transmis. Contacter les stations pour l'alerte blanche, les aligner sur le message d'Esther Grimes. Enregistrer l'émission d'Esther au magnétoscope, en cas de besoin, la rediffuser.

Cruden dégageait une telle aura d'autorité et de volonté que le cercle de personnalités fut comme centrifugé vers les murs de la salle. Cruden avait les choses en main. Il était en action, comme un fantastique générateur d'efficacité. Le petit bonhomme du F.B.I., impressionné, s'était même approché de Cruden :

« Styron, du F.B.I. Ne craignez rien, je ne suis pas ici pour marcher sur vos plates-bandes. Simplement pour vous offrir mes services. Si vous avez besoin d'un coup de main... »

Et il tendit la sienne. Cruden l'avait serrée lentement, pour marquer son approbation.

« Je crois, en effet, que vos hommes ne seront pas de trop cette nuit. »

Cruden s'était ensuite dirigé vers l'ordinateur. James Bruce, ce soir-là, n'avait pas songé à mettre Cruden en boîte. Il était tendu, attentif aux réactions de Behemoth, son ordinateur géant. Bruce avait marmonné, comme si Behemoth pouvait l'entendre :

« Faut lui laisser le temps de réfléchir. »

Il les avait à présent, ses deux points alignés : l'Aspenol et le Spastomyl, tous deux de chez Brett & Gardner.

Ils avaient attendu.

A 21 h 05, Behemoth crachait une première liste de produits probables. Cruden fit la grimace.

« Pas suffisant. Il me faut *le* prochain produit, Bruce.

— Il y a un risque d'erreur.

— Prenez-le. »

Bruce avait de nouveau programmé Behemoth pour une

ultime sélection. A 21 h 15, le nom tombait, comme une grenade dégoupillée : Gastropax, suivi d'un pourcentage de risque d'erreur : 10 %. Cruden avait soupiré :

« On fera avec. »

Le patron et l'adjoint au maire avaient aussitôt bondi.

« Très bien. Je pense qu'il ne reste plus à présent qu'à diffuser le nom du prochain médicament menacé », avait dit le patron.

Cruden lui avait lancé un regard incendiaire :

« Pas question. Messieurs, cette information ne doit pas sortir d'ici.

— Mais... je ne vous comprends pas.

— J'ai ma balle de break, monsieur le directeur. Maintenant, nous avons une chance de le coincer. J'aurai besoin de tout le personnel disponible, y compris celui de M. Styron. Ainsi que toutes les lignes téléphoniques de la maison. Nous avons jusqu'à demain matin pour tendre la souricière. Je vous demanderai par conséquent la plus grande discrétion. A tous. Il y va de la vie de dizaines de personnes. »

Le directeur s'était insurgé :

« Je vous fais remarquer, Cruden, que c'est vous qui prenez des risques maintenant. Si jamais...

— Si jamais nous éventons cette information, monsieur le directeur, nous perdons notre seul avantage sur lui. Et il recommencera ; le docteur Müller est formel. Seulement, ce sera n'importe quoi. Il y aura encore des dizaines de victimes avant que nous mettions la main sur le criminel.

— Tout de même, vous prenez là...

— Mes responsabilités ? Parfaitement. J'en ai l'habitude. Mais si vous préférez laisser l'enquête à quelqu'un d'autre, je suis tout prêt à vous remettre ma démission. »

Il y avait eu un grand silence et le directeur avait cédé.

« D'accord, mais pour l'amour du ciel, soyez prudent.

— Il faut savoir parfois être imprudent, monsieur le directeur. »

Allusion à la couardise du directeur qui laissa passer la remarque.

A 22 h 15, Cruden avait réglé tous les détails de son piège et donné ses instructions. Des dizaines de policiers étaient déjà au travail, alertant tous les drugstores, leur donnant l'ordre de retirer de leurs rayons tous les Gastropax avant le lendemain matin. Sauf vingt points de vente, disséminés dans Manhattan et qui continueraient à vendre ce produit, sous la surveillance discrète de la police. Certains commerçants furent tirés de leur lit, d'autres arrachés de leur programme télévisé favori. Ceux qu'on ne pouvait joindre furent prévenus dès le lendemain ou la nuit même par une équipe spéciale. L'ordinateur, cette fois, fut d'une remarquable efficacité, fournissant toutes les adresses et tous les noms. Ce fut, pour la police de New York, la nuit la plus longue depuis l'alerte atomique d'il y a dix ans.

Cruden alluma enfin un cigare et se renversa dans son fauteuil. Le travail était loin d'être fini. Il se tourna vers Macaulay qui fumait une Camel.

« Alors, Zac, tu fumes ? Je croyais que tu avais arrêté.

— Le chewing-gum m'empêche de penser, répondit Zac qui avait de l'humour mais aussi la rancune tenace. Et puis, après ce coup-là, si on se plante, on est bons pour Fort-Apache, alors j'aime autant fumer ma dernière cigarette en bonne compagnie.

— Qu'est-ce que ça donne, l'affaire Lyte ?

— Pas grand-chose. C'était un type vachement secret. C'était son boulot après tout. J'ai quand même fouillé du côté de son passé. Un truc intéressant. Il a travaillé pour la L.C.C. il y a dix ans, à Stafford, État de New York. Cinq autres types de la Brett & Gardner ont travaillé au même endroit, à la même époque. On va essayer de les cuisiner dès demain. Si on a le temps...

— Et pour le Mystelomyd ?

— Macache. Des impasses.

— Tu as cherché du côté de Stafford justement ?

— Tu me prends pour un novice ou quoi ? La maternité de Stafford n'a eu que deux cas de bébés malformés à cause de cette merde. Un phocomèle, sous le nom de Mitchell. Et un symélien du nom de Oates. Rien qui colle avec les types qui ont travaillé avec Lyte.

— Indemnisés ?

— Oates, oui. Mitchell, non. Introuvable. N'habite plus Stafford.

— Alors cherche aussi de ce côté-là. »

Le téléphone sonna. La secrétaire annonça à Cruden qu'une jeune fille voulait lui parler confidentiellement. Cruden prit la communication.

« On m'a dit que c'était vous qui vous occupiez de l'affaire des médicaments empoisonnés ?

— Correct, dit Cruden. Qui est à l'appareil ? »

Hésitation.

« Écoutez, je préférerais ne pas vous dire mon nom. J'ai trop peur...

— Alors je vous écoute.

— Voilà. J'ai suivi l'émission de la C.B.C. ce soir. Il y avait un reportage sur la Brett & Gardner. J'ai vu un type, là, je crois que c'est lui.

— Lui qui ? demanda Cruden en enclenchant la table d'écoute.

— Ce type-là, ce cinglé. Voilà, je l'ai vu dans le drugstore où je travaille. Il a eu un malaise et il a fait tomber une pile de boîtes de Spastomyl juste ce matin. Il voulait du Nitrofane pour le cœur.

— Et qui était ce type ?

— Je ne sais pas. Je l'ai reconnu à la télé, c'est tout.

— A quel moment ?

— Ben, je crois qu'il parlait avec le directeur de la Brett, ce monsieur sérieux là, ah ! la journaliste a dit son nom...

— Davis ?

— Oui, c'est ça, Davis. Il lui parlait.

— Vous pouvez me le décrire ?

— C'est-à-dire... Il était plutôt petit, l'air malade, le cœur qu'il disait, un peu chauve sur le devant, le nez pincé, et surtout il m'a regardée d'une manière, ça m'a fait peur...

— Bien. Écoutez, mademoiselle, il faudrait que vous veniez ici, pour nous faire un portrait-robot de ce type, c'est très important, vous comprenez... »

La fille avait raccroché. Cruden se tourna vers Macaulay.

« Essaie de voir d'où vient l'appel et passe-moi la cassette de l'émission d'Esther. »

Macaulay brancha le magnétoscope et sortit dans le bureau voisin pour alerter le service d'écoute.

Cruden repassa trois fois la scène où Davis apparaissait à l'écran, un verre de champagne à la main. Dire qu'il était là, lui, Cruden, et peut-être à côté de l'assassin. Impossible de savoir lequel de ces vingt hommes qui s'agglutinaient autour du grand patron, en quête d'un compliment. Des hommes dégarnis du front, il y en avait une bonne douzaine. Marque de fabrique. A croire que ça faisait plus sérieux ou qu'ils le faisaient exprès. Lequel de ces types ? Lequel ? Quelle petite gourde, cette vendeuse, songea Cruden.

Macaulay revint, l'air songeur, son calepin à la main.

« Alors ?

— Ils cherchent. Mais c'est pas facile, tu as fait occuper toutes les lignes. »

Macaulay soupira.

« Qu'est-ce qu'il y a ?

— Ben... tu vas encore dire que je suis un demeuré mais il y a ce John Hunter, là, tu te souviens... le type qui a perdu sa femme à cause de l'Aspenol, même que je l'ai cuisiné pendant vingt-quatre heures parce qu'on croyait que c'était lui qui... le toubib quoi...

— Ben oui, j'ai compris, alors ?

— Ben, il a dû perdre la tête aussi parce qu'il vient de m'appeler.

— Pourquoi ?

— Oh ! un truc de dingue. Il dit qu'il a vu l'assassin à la télé...

— Quoi ?

— J'étais sûr que tu m'engueulerais...

— Zac, pour une fois, sois gentil et cause. Déballe ta marchandise, merde !

— Ah ! bon, puisque c'est comme ça. Si tu as du temps à perdre avec tous les cinglés de la ville... Voilà. Hunter affirme que le flacon d'Aspenol qu'il avait acheté et qui a causé la mort de sa femme était taché de sang.

— Et alors ?

— Alors, il dit qu'il a vu un type, à la télé, pendant la soirée d'inauguration, qui se suçait le doigt et mettait un mouchoir autour parce qu'il saignait. Un peu maigre non ?

— Zac, tu es un ange ! »

Cruden se leva d'un bond et embrassa Macaulay sur la joue.

« Ça t'emmerderait vraiment, Superman, de pas me prendre pour un con ? »

Cruden était déjà affairé à rembobiner le magnétoscope et à repasser la scène. Et cette fois, il le repéra. Un type un peu chauve, la gueule en lame de couteau, l'air constipé, transpiration légère, peau blafarde, se suçant le doigt comme un gosse pris en faute tandis que Davis le congratulait. C'était lui. Cruden en mâchait son cigare.

« Eh ! c'est pas un chewing-gum ! fit remarquer Macaulay qui ne digérait pas les vexations de Cruden.

— Appelle-moi Mike Mailer tout de suite. On le tient.

— Mailer ?

— Oui, le chef du personnel, t'as déjà oublié.

— Alex... un de ces jours, je vais t'écraser comme une punaise. »

Zac s'exécuta docilement, pourtant. La voix ensommeillée, Mailer bredouilla quelques minutes dans l'appareil avant de comprendre. Somnifères, songea Cruden, doit pas en mener large en ce moment. Mailer émergea enfin de son coma et donna le renseignement convoité.

« Oui, je vois, le type qui recevait une promotion. Il n'y en a eu qu'un ce soir-là. C'est Stubbs. Philip Stubbs. Davis l'a bombardé superviseur du contrôle, ce qui le faisait mousser devant les caméras.

— Il travaille chez vous ?

— Oui, mais il était souffrant aujourd'hui. Il a téléphoné ce matin. Pourquoi ?

— Son adresse ?

— Je ne l'ai pas ici, mais j'ai confié les fiches à votre inspecteur, il doit l'avoir. Je peux savoir ce qui se passe pour que vous réveilliez les gens en pleine nuit comme ça ? »

Cruden avait déjà raccroché. Il regarda Macaulay.

« Stubbs, tu connais ? »

Macaulay feuilleta rapidement son carnet.

« Mouais. Je l'ai interrogé avant-hier. Il fait partie des cinq hommes qui ont travaillé pour la L.C.C. en même temps que Lyte.

— Son adresse ?

— Brooklyn. Hamilton Alley.

— Tu prends deux hommes et on y va.

— Quoi ? A cette heure-ci. Tu n'as même pas de mandat...

— Zac ! fit Cruden, d'un ton désespéré. Tu crois que Stubbs aura besoin d'un mandat pour tripoter son cyanure et son Gastropax ?

— Nom de Dieu ! Alors, il avait raison... »

Tandis que les beuglements de Macaulay faisaient trembler les vitres du bureau voisin, Cruden composa le numéro de Davis. Simple courtoisie, se dit-il. Il faut toujours avoir pitié des condamnés.

Mais la ligne de Norman Davis était occupée. Tant pis, pensa Cruden, j'espère qu'il n'a pas d'ulcère à l'estomac.

Jeudi 15 septembre. 23 heures.
Brooklyn. Hamilton Alley.

Stubbs n'avait pu s'endormir. Malgré les comprimés de Nitrofane, son cœur s'emballait sans raison et un défilé d'images tourbillonnait dans sa tête. Visions mêlées de Jimmy, de son dernier regard, photos d'horreur, entrecoupées de noms de médicaments, de souvenirs de salles d'hôpital, de laboratoires, images de drugstores bourrés de produits colorés, gais, vivants et charriant la mort. Stubbs en avait eu assez de se retourner dans son lit, près de cette femme obèse qui ronflait et parlait parfois dans son sommeil, parlait de Jimmy, parlait à Jimmy.

Stubbs s'était levé, habillé. Il avait ramassé les boîtes de Gastropax et les avait fourrées dans sa poche. Mieux valait ne pas les laisser traîner. Avec Mary, on ne savait jamais, encore que... Il se demandait s'il n'aurait pas fallu abréger ses tourments en même temps que...

Il avait erré par les rues désertes de Brooklyn, vers les quais. Manhattan brillait de tous ses feux, là-bas, de l'autre côté de la rivière et cet éloignement hautain, lumineux, accentuait chez Stubbs ce sentiment de solitude, de différence. Stubbs était exclu, à tout jamais, de ce qui faisait la vie de millions de personnes. Il ne leur pardonnerait jamais. Ils étaient tous coupables. Tous. Et ce bonheur insolent, éclatant dans ces millions de fenêtres scintillantes, cette fête immorale affichée à tous les néons, était le symbole de sa détresse.

Des ombres parfois glissaient dans la nuit. Des rires fusaient, des cris aussi, dans quelque impasse obscure. Stubbs y était indifférent, comme au danger, que redoutaient tant de citoyens honnêtes, de se promener la nuit, seul, dans la ville ; Stubbs n'avait rien à craindre. Il avait déjà tout perdu. Comme s'il dégageait une sorte de rayonnement néfaste, une bande de loubards à l'affût le laissa passer. Ils s'écartèrent même. Sans doute Stubbs leur semblait-il potentiellement dangereux. Un type qui se promène seul la nuit, sans se presser, sans un regard de crainte derrière lui, ne peut être que dangereux, armé ou protégé. Stubbs, en fait, n'était qu'un fantôme.

Au coin d'une rue, il vit une cabine téléphonique. La tentation fut la plus forte. Il entra, glissa une pièce de dix cents et composa le numéro de Davis : Plaza 7-0846. La sonnerie dura longtemps. Stubbs recommença. Une voix enfin répondit. Une voix féminine. Il raccrocha, refit le numéro. De nouveau la voix féminine. Stubbs ne répondit pas. La troisième fois, Davis enfin prit l'appareil.

« Allô ! Ici Davis. J'écoute. Qui est à l'appareil ? Répondez. »

Stubbs se tut. Son cœur accéléra ses battements, comme s'il éprouvait un désir sexuel. Davis raccrocha.

Stubbs renouvela son manège à plusieurs reprises, dans des cabines différentes. Il pouvait sentir, peu à peu, la panique gagner le grand Davis. Stubbs n'avait rien à lui dire, il voulait simplement lui faire savoir que c'était lui, Davis, qui était visé. Lui.

« Répondez, pour l'amour du ciel, qui êtes-vous ? Que me voulez-vous ? Répondez ! Que vous ai-je fait ? Vous voulez de l'argent ? Répondez ! »

Finalement, la ligne de Davis sonna occupée en permanence. Sans doute, pour échapper à son tourmenteur, avait-il débranché le téléphone.

Stubbs décida de rentrer chez lui. Au coin de Hamilton Alley, il fit une dernière tentative à la cabine publique. En vain. Au moment où il allait sortir, une voiture de police déboucha en trombe et s'arrêta au bas de son immeuble. Stubbs, instinctivement, s'accroupit dans la cabine, caché par l'ombre des bâtiments. Deux policiers descendirent de voiture et se postèrent à l'entrée. Deux autres entrèrent dans l'immeuble. Stubbs sentit son cœur exploser dans sa poitrine. Il gémit de douleur et posa le front contre la vitre. Comment avaient-ils pu savoir ? Comment ?

Jeudi 15 septembre. 23 h 05.
Brooklyn. Hamilton Alley.

Cruden était monté avec Macaulay, laissant deux hommes à l'entrée, en cas de problème. Mais il doutait qu'il y en eût. Les empoisonneurs n'ont généralement pas l'étoffe des Jesse James. Ils répugnaient à l'usage des armes et s'effondraient dès qu'ils étaient pris. Leur seule arme était l'anonymat.

Cruden sonna longuement. Macaulay était déjà prêt à crocheter la serrure quand la porte s'entrouvrit. Un visage sphérique, boursouflé, apparut.

« Madame Stubbs ? » interrogea Cruden en montrant sa plaque.

La femme laissa tomber un regard vide sur la plaque et dévisagea Cruden.

« Nous nous sommes déjà rencontrés ? » demanda-t-elle.

Macaulay jeta un coup d'œil inquiet à Cruden.

« Je ne pense pas avoir eu ce plaisir, chère madame. Par contre je connais bien votre mari. J'aurais souhaité le voir. »

Mary Stubbs gloussa de plaisir devant le compliment et tout à coup éclata d'un rire perçant. Macaulay, de plus en plus inquiet, vissa son index énorme dans sa tempe, en désignant la femme. Cruden lui fit les gros yeux. Le rire cessa aussi soudainement qu'il avait jailli.

« Entrez donc ! Quel petit cachottier, ce Philip, il ne m'a jamais parlé de vous. Vous prendrez bien un peu de café ? »

Cruden et Macaulay entrèrent dans l'appartement encombré de vêtements sales et d'objets à la dérive.

« Il est sorti faire une course, je crois, mais il ne va pas tarder à rentrer, je suppose.

— Une course ? s'étonna Macaulay, mais il est plus de onze heures... »

Cruden lui donna un coup de coude dans les côtes et Zac s'interrompit, le souffle coupé.

« Ne vous dérangez pas, madame. Savez-vous où il est allé ?

— Je ne sais pas, non... »

Son regard prit quelques secondes cette expression de vide parfait, d'absence vertigineuse qui effrayait le grand Zac. Puis, d'un coup, elle se mit à nouveau à parler, volubile et incohérente.

« Il dort mal en ce moment. Il est allé voir son docteur hier, vous ne pouvez savoir à quel point je m'inquiète pour lui. Il prend trop de cachets, et ça n'est pas bon, tous ces médicaments, surtout avec ces bruits qui courent, vous avez entendu à la télévision, c'est à faire peur, n'est-ce pas, surtout quand on a des enfants, on a beau faire attention, les mettre en garde, allez savoir ce qui se passe par la tête des enfants. Moi, mon petit Jimmy, on ne peut pas dire, c'est un gentil garçon, mais il y a des moments, il est insupportable, savez-vous qu'hier encore il est monté sur le buffet de la cuisine pour attraper les bocaux de confiture que j'y cache... »

Macaulay jeta un coup d'œil sur le buffet. Il n'y avait rien. Mary continuait, intarissable.

« Et taquin avec ça. Il me cache toujours mes lunettes n'importe où, il ne pense qu'à ça, jouer, comme si je n'avais que ça à faire avec le ménage, la vaisselle, la lessive, les courses et lui qui galope toujours dans mes jambes. Il a même failli me faire tomber l'autre jour, il a attrapé une de ces fessées, les fesses toutes rouges, mais que voulez-vous, c'est les enfants, ça, faut que ça coure... »

Macaulay montra son carnet à Cruden tandis que Mary parlait sans marquer la moindre pause. Sur la feuille, étaient notés le curriculum de Stubbs et son état civil : « Marié. Sans enfant. » Cruden interrompit Mary en plein vol.

« Il a quel âge, votre garçon, maintenant ?

— Jimmy ? Ça va lui faire onze ans, mais il en paraît quatorze, vous savez. Ce problème pour les vêtements, et les chaussures donc, une paire tous les deux mois, à cet âge-là, ça grandit à vue d'œil, vous ne pouvez pas avoir idée...

— On peut lui dire bonjour ? »

Mary ne parut pas émue le moins du monde. Cela devait faire partie des catégories pensables de son univers.

« Écoutez, ça lui ferait sûrement plaisir de voir des amis de son papa, mais il dort, le pauvre chou, et comme il a eu un cross aujourd'hui, il est complètement épuisé. Je crois qu'il vaut mieux le laisser dormir.

— Vous n'auriez pas des photos, il a dû changer depuis le temps que je ne l'ai vu », poursuivit Cruden tandis que Macaulay le regardait avec incrédulité.

Mary paraissait n'attendre que cette occasion.

« Mais si, bien sûr. Philip en a fait toute une série, vous allez voir comme il est mignon, il a bien changé, vous savez, il est presque aussi grand que son père maintenant. »

Elle trottina jusqu'à la chambre et en ramena les photographies.

Cruden jeta un coup d'œil sur les clichés et les passa à Macaulay dont la mâchoire, subitement, se mit à pendre. Cruden le vit ravaler sa salive à plusieurs reprises et il lui offrit lui-même une cigarette.

Tous les clichés, des polaroïds, montraient une misérable petite chose, rose et blanche, sans bras ni jambes, et un regard immense, exprimant la même incompréhension, d'un à neuf ans, à chaque anniversaire, jusqu'à l'année d'avant. Jimmy. Le petit Jimmy. Un phocomèle. Une des premières victimes du Mystelomyd, variante de la trop célèbre Thalydomide, produit commercialisé à l'époque par la Brett & Gardner.

« Philip m'a souvent parlé de vous, mentit Cruden. Je le connaissais déjà avant que vous ne soyez mariés. C'est un copain de régiment, vous savez. Il me disait... Comment c'est déjà votre prénom ?

— Mary ! répondit-elle en gloussant.

— Et votre nom de jeune fille ?

— Mitchell. Mary Mitchell. Nous nous sommes mariés après la naissance de Jimmy. »

Elle eut un petit sourire stupide.

« Nous avions fauté. Un enfant de l'amour, quoi ! »

Cruden consulta le carnet de Macaulay. Le gosse avait bien été déclaré sous le nom de Mitchell.

« Écoutez, madame Stubbs, je vais vous demander si vous voulez bien nous accompagner. Votre mari nous rejoindra plus tard. »

Mary ne fit aucune difficulté. Elle trouvait cette escapade très amusante, elle qui ne voyait plus le monde extérieur depuis dix ans.

« Ça tombe bien que vous veniez et que vous soyez de la police justement. Ça évitera à Philip de se déplacer demain », dit-elle en ouvrant le buffet de cuisine et en fouillant derrière les boîtes de conserve.

« Comme je disais à Philip, ce n'est pas prudent de garder tout ça ici quand on a des enfants, c'est vrai, on ne sait jamais ce qui peut leur passer par la tête... ».

Elle déposa sur la table les boîtes de médicaments.

« Il les a cachés, le petit cachottier, mais j'ai bien entendu la porte du buffet. Elle grince, voyez-vous... »

Macaulay releva le bord de son chapeau en sifflant : il y avait là du Mystelomyd, de l'Aspenol, du Spastomyl, du Gastropax, du Nitrofane et un bocal de poudre blanche. Cruden mit le tout dans un carton qui traînait dans la cuisine et le confia à Macaulay.

« Direction labo et fais gaffe de pas goûter en route. »

Cruden jeta quelques vêtements dans une valise défoncée et mit un manteau sur les épaules de Mary Stubbs.

« Allez, suivez-nous, Mary ! Nous attendrons Philip là-bas. »

Au bas de l'immeuble, il donna des ordres aux deux policiers. Qu'ils se postent dans le couloir. On les remplacerait dans la nuit. Surtout de la douceur. Si Stubbs rentrait, pas de violence. C'était un cardiaque. Fallait pas qu'il leur claque entre les mains.

Dans l'ombre de la cabine téléphonique, au bout de la rue, Philip Stubbs vit Cruden et Macaulay pousser gentiment sa femme dans la voiture. Mary riait aux éclats. Stubbs attendit que la voiture s'éloigne et que les deux policiers en faction pénètrent dans l'immeuble, puis il s'éloigna en direction de Brooklyn Bridge, vers Manhattan.

Vendredi 16 septembre. 11 heures.
Manhattan. Grand Central Terminal.

L'homme qui émergea dans la grande salle d'attente de la gare centrale n'était plus qu'une ombre. Une barbe grisâtre couvrait ses joues et son menton, son imperméable chiffonné était maculé de boue et de gras. Il titubait comme un pochard sans avoir rien bu. Stubbs se traînait depuis l'aube, comme un chien malade et ne souhaitait plus qu'une chose à présent, que cela finisse. Il ne tenait encore debout, malgré la fatigue et la douleur lancinante qui lui taraudait la poitrine, que parce qu'il gardait l'espoir insensé, l'obsession de réussir. Il devait, c'était un devoir moral, déposer ses gélules de Gastropax, comme une mouche a besoin de pondre ses œufs.

Il avait passé une nuit agitée, s'abritant sous les porches, dans les escaliers de métro, dormant brièvement sur des bancs crasseux, parmi les clodos et les zonards, déguerpissant dès qu'il entendait une sirène de police ou voyait un gyrophare, se cachant lorsqu'il apercevait un junkie capable de lui voler le poison qu'il serrait dans ses poings, au fond de ses poches. Lorsque le jour enfin se leva, Stubbs prit le métro et commença à chercher un drugstore, au cœur de Manhattan. Mary avait dû le vendre, car il visita cinq points de vente sans trouver le rayon des Gastropax. On avait dû les prévenir.

Vers 10 h 30, il entra dans un magasin qui en vendait. Il se méfia, fouina du côté du soda-fountain en observant les lieux. Il remarqua deux hommes qui échangeaient des regards à l'autre bout du drugstore. Des flics. Stubbs, comme les bêtes traquées, était capable de détecter un flic dans la foule du métro, à présent. Il accentua sa démarche d'ivrogne et sortit sans se faire remarquer, parce qu'il était trop voyant.

Il dut rassembler ses dernières forces pour réfléchir. Aussi sûr qu'il allait bientôt crever, les flics lui avaient tendu un piège dans les seuls drugstores qui vendaient du Gastropax. La sagesse lui recommandait de laisser tomber. Mais, pour faire quoi ? De toute façon, il était grillé. Son appartement était surveillé, ses produits confisqués et il n'avait plus la moindre possibilité de trafiquer un autre médicament. Stubbs décida de jouer son va-tout.

Il sortit dans la lumière blessante de la rue et le vacarme de la circulation. Il remonta la 42ᵉ rue, et se regarda dans une vitrine. Sa propre mère ne l'aurait pas reconnu. La fatigue, la crasse, la maladie et la haine sans doute, ce désespoir ultime, le rendaient méconnaissable. Avec un peu de chance, les flics ne le reconnaîtraient pas, à condition qu'il fasse vite, qu'il agisse franchement, et qu'il en rajoute.

Il entra dans une boutique de spiritueux et acheta une bouteille de bourbon sous le regard dégoûté de la patronne. Dehors, il en vida le quart dans le ruisseau et s'aspergea le visage d'alcool. Il se rinça la bouche avec le whisky et recracha. Puis il visita tous les drugstores en braillant une chanson de marin ivre. Il finit par en trouver un qui vendait du Gastropax. Il chantonna en sourdine, pour ne pas se faire virer par les vendeurs et alla droit au rayon médicaments. Il déposa ses trois boîtes et, d'un geste rapide, fit tomber une pyramide de boîtes de lait dans le rayon voisin. Des vendeurs accoururent. Stubbs se mit à brailler de nouveau sa chanson. On le prit par la peau du cou et on le mit promptement dehors. Stubbs roula sur le trottoir et un cop se dirigea vers lui. Il se releva et s'éloigna d'un pas hésitant.

« Hé vous là ! » héla le policier en relevant la visière de sa casquette.

Stubbs fit mine de ne pas entendre.

« Hé ! l'ivrogne ! Je vous ai appelé. Suivez-moi ! Vous cuverez votre alcool au frais. Allez ! »

Stubbs hésita une seconde et, brusquement, prit les jambes à son cou. Quel con, cet agent de la circulation ! Toujours à faire du zèle ! Non, vraiment, se faire prendre pour ivresse sur la voie publique, c'était vraiment trop bête ! Un coup de sifflet retentit derrière lui. Stubbs se retourna juste à temps pour voir trois hommes en imperméable sortir du drugstore, écouter les explications du cop et le prendre en chasse.

Il avait à peine cent mètres d'avance et son cœur ne tiendrait pas longtemps ce rythme suicidaire. Stubbs s'engouffra dans l'entrée du métro. La foule, c'était sa seule chance. Il entendit la galopade derrière lui et se jeta dans la masse compacte que déversait une rame à l'arrêt. Alors, il ralentit le pas et se mêla à la foule qui sortait. Sur l'escalator, il s'accroupit en faisant semblant de renouer son lacet de chaussure. Quand il releva la tête, il crut apercevoir Lyte au bas de l'escalator. Il se frotta les yeux. La fatigue, songea-t-il. J'ai besoin de sommeil. De beaucoup de sommeil. Son cœur désormais ne ralentissait plus et Stubbs devait faire des efforts considérables pour retrouver sa respiration. Il crut voir, sur le quai, un des policiers qui le poursuivaient. Le flic examinait les voitures de la rame où s'entassait une nouvelle fournée de voyageurs. La sirène de la motrice beugla et la rame s'ébranla. Ils doivent me croire dedans, pensa Stubbs.

Il faillit trébucher lorsque l'escalier mécanique l'éjecta dans la salle d'attente de Grand Central Terminal. Là, des flots croisés de passagers évoluaient des guichets aux quais, comme une immense mer humaine. Parfois, entre deux annonces rauques des haut-parleurs, s'élevaient une musique céleste d'orgue et des chœurs aux voix archangéliques. Stubbs se sentait soulagé bien que son cœur ronflât comme un moteur emballé. Il se laissa choir sur un banc et posa sa tête entre les paumes de ses mains. Vidé. Il était vidé. Il avait accompli sa mission, tenu sa promesse. Jimmy pouvait dormir en paix. Lui aussi.

Une voix calme le tira de ses songes.

« Monsieur Stubbs ? »

Il leva la tête. Deux hommes se tenaient devant lui, brandissant sous son nez leur plaque de police.

« Veuillez nous suivre, s'il vous plaît », dit très poliment l'un des inspecteurs. Stubbs remarqua alors que l'autre jouait avec les trois boîtes de Gastropax qu'il avait déposées au drugstore, quelques instants plus tôt.

Stubbs, comme en rêve, se leva. On ne lui mit pas les menottes comme il s'y attendait. Les deux policiers le prirent simplement par les coudes et l'entraînèrent vers la sortie. Ils l'empêchèrent de s'écrouler sur le sol lorsqu'il perdit connaissance. Stubbs vit, avant de s'évanouir, les superbes étoiles d'or au ciel bleu du plafond de Grand Central Terminal.

Vendredi 16 septembre. 12 heures.
Manhattan. New York Police Headquarters.

John Hunter tenait à en avoir le cœur net. Après une nuit d'insomnie, il avait décidé de reprendre son travail, laissant à une agence le soin de procéder au déménagement de son appartement. En attendant, il logerait chez son associé. Il avait assuré les consultations de la matinée et, pendant la pause de midi, résolu de savoir si son intuition de la veille était bonne. Il venait d'entrer dans le bureau de Macaulay quand les deux inspecteurs amenèrent Philip Stubbs. Stubbs était revenu à lui ; simple épuisement, avait-il dit aux policiers qui l'avaient traité avec la plus extrême douceur, comme s'il s'agissait d'un prince arabe producteur de pétrole.

Macaulay, qui bâillait à s'en décrocher la mâchoire, ce qui accentuait son allure d'hippopotame, était en train de remercier le docteur Hunter, quand Cruden gueula dans l'interphone :

« Zac ! Rapplique. On le tient. »

Hunter dressa l'oreille et se leva d'un bond.

« Vous l'avez pris ce salaud ? Hein ? Vous l'avez ? »

Zac repoussa fermement Hunter dans son fauteuil, avec le poids sans réplique de ses cent cinquante kilos.

« Vous, du calme ! A votre place, je rentrerais bien sagement chez moi ! C'est fini maintenant. »

Hunter, cependant, s'incrusta dans le bureau de Macaulay. Il voulait savoir.

L'interrogatoire de Stubbs fut bref. Il avoua en haletant qu'il était bien le coupable. Il reconnut avoir trafiqué des gélules d'Aspenol, de Spastomyl et de Gastropax. Il ne fit pas non plus la moindre difficulté pour avouer le meurtre de Henry Lyte. Il semblait pressé d'en finir et son visage prenait par instants une teinte grise de moribond.

« Pourquoi ? » demanda enfin Cruden.

La machine à écrire de la secrétaire cessa de crépiter. Une sueur glacée inonda le front de Stubbs. Il parut faire un effort surhumain pour desserrer le col de sa chemise crasseuse.

« A cause de ça ? » insista Cruden en étalant sur son bureau les photos de Jimmy.

Stubbs fixa un regard vide sur les clichés et tourna de l'œil.

« Bon Dieu, il va nous claquer entre les doigts ! » jura Cruden.

Les inspecteurs, interdits, ne savaient que faire.

« Qu'est-ce que vous attendez ! Trouvez-moi un toubib, vous voulez que la presse nous mette encore ça sur le dos ? »

Macaulay se rua dans son bureau. Hunter était encore là.

« Vous tombez bien, vous ! Grouillez-vous, on a besoin de vous. »

Le docteur Hunter suivit Zachary. Il dégrafa la chemise de Stubbs et écouta les battements désordonnés de son cœur. Hunter fronça les sourcils.

« Pas bon, dit-il en rangeant son stéthoscope. Je ne donne pas cher de sa carcasse. Le cœur est à bout. Ça peut lâcher d'une minute à l'autre. C'est un client à vous ?

— Oui. C'est un prévenu.

— C'est lui qui a tué ma femme, n'est-ce pas ?

— Écoutez, Hunter, faites votre boulot. Le reste est secret professionnel, vous connaissez ?

— Oui, je connais, mais je veux savoir si c'est l'assassin de ma femme que je vais soigner. Sinon, je ne fais rien. »

Cruden soupira.

« Oui. C'est lui, Hunter. Mais ne faites pas de conneries, pour l'amour du ciel. Je serais obligé de vous arrêter, et ça serait très désagréable. Je dirais même, injuste. »

Hunter inspira profondément et dit, en fermant à demi les paupières :

« Je vais faire ce que je peux, mais il est vraiment mal en point. La pompe ne marche plus.

— Faites ce que vous pouvez. C'est votre devoir, c'est le mien aussi. »

Hunter hocha la tête, résigné.

« Il y a trop de monde ici et puis il me faut une table.

— Le bureau de la secrétaire », suggéra Macaulay.

Tout se passa très vite. Sur les ordres de Hunter, on débarrassa le bureau de la secrétaire et on l'inclina contre le mur. On y coucha Stubbs, la tête penchée vers le bas, les jambes surélevées. On le dévêtit jusqu'à la taille. Hunter chassa tout le monde de la pièce exiguë. Cruden hésita.

« Je veux être seul, Cruden. Accordez-moi ça.

— Je n'en ai pas le droit.

— Vous savez bien que si.

— Ne faites pas le con, Hunter, encore une fois. »

Cruden sortit tandis que Stubbs, lentement, revenait à lui. Son souffle était court, ses yeux vitreux. Il souffrait.

« J'ai mal...

— Comment vous appelez-vous ? demanda Hunter en ouvrant sa trousse.

— Stubbs. Philip Stubbs.

— C'est vous qui avez empoisonné les médicaments ?

— Oui. J'ai déjà tout dit aux inspecteurs. Que voulez-vous ? Laissez-moi crever en paix.

— D'abord, je n'en ai pas le droit. Ensuite, j'ai envie de bavarder avec l'homme qui a tué ma femme. »

Stubbs tenta de relever la tête, mais Hunter le força à rester couché.

« Ne vous énervez pas. C'est mauvais pour votre cœur.

— Je... je suis désolé pour votre femme... ce n'est pas elle que je... c'était eux. Eux tous. Lui. Ils ont tous approuvé le brevet, vous comprenez... tous... lui le premier... même les gynécos... Vous êtes médecin, n'est-ce pas ? Alors vous devez comprendre... Le Mystelomyd, vous savez... Ils ont tous couvert les accidents, comme ils disaient... Même qu'ils ont payé pour pas qu'il y ait de scandale... surtout pas... mais moi, j'ai pas voulu... Rien. Jamais. Vous comprenez ? J'ai jamais signé leur papier de merde pour les indemnités. Je n'avais plus que ça, vous comprenez, que ça... », répéta-t-il en frappant sa poitrine d'un geste de haine absolue.

Son visage se crispa de douleur. Il reprit d'une voix à peine audible :

« Que ça... Un an... J'ai attendu un an... L'anniversaire de Jimmy... L'année dernière... J'ai promis... Juré... Il a rien dit... Il a souri... Souri, vous entendez ! Et moi je pleurais comme un gosse... Il a ouvert la bouche en souriant... C'est toujours moi qui lui donnais à manger, parce que ma femme... oh ! et puis... il a pris la pastille comme une hostie... j'ai pensé à ça, c'est marrant, hein ? Une hostie... Il est devenu tout bleu... C'était fini... Moi, j'ai juré... juré ce jour-là, vous comprenez... Un an... son anniversaire... Le 12 septembre... j'aurais aimé le voir, le vieux... le voir rouler dans le ruisseau... bouffer des rats dans la Bowery... et tous... oui, tous... mais pas votre femme, vous comprenez...

— Oui, oui, parfaitement. Vous n'étiez que la main aveugle du hasard, la fatalité ignorante. Tant pis pour les innocents, n'est-ce pas ? La colère divine !

— Je... je ne sais pas... Tuez-moi si vous voulez. Vengez-vous tant qu'il est encore temps. Je n'en ai plus pour longtemps...

— Ah ! non, ce serait trop facile, mon vieux. Au revoir la

compagnie ! Je suis médecin, moi, mon vieux ! Je n'ai pas le droit de tuer, comme toi ! Ni même de te laisser mourir !

— Je vous en prie, j'ai trop mal. Laissez-moi crever.

— Tu me fais pitié, tiens ! Je vais te proposer une chance ! »

Hunter sortit trois ampoules et une seringue de sa sacoche.

« Voilà ! Sur ces trois ampoules, il y en a une de Trinidione. Ça, c'est ce qui te faut pour relancer ton cœur pour un petit moment. Il y en a une autre de Sedarol. Là, c'est tout le contraire. Ton cœur va s'emballer comme une hélice de horsbord et tu n'en as pas pour trente secondes. La troisième est de l'eau distillée, tout simplement. Et là, tu peux traîner dans tes souffrances encore une heure ou deux. Comme tu aimes bien les loteries, je te laisse tirer au sort. »

Hunter tendit les trois ampoules à Stubbs.

« Laquelle ? »

Stubbs gémissait de douleur.

« Achevez-moi. Injectez-moi votre merde et qu'on n'en parle plus.

— Choisis ! »

Stubbs leva une main faible et désigna au hasard la première ampoule. Hunter, sans un mot, prépara la seringue. Il fit un garrot sur le bras gauche de Stubbs et injecta le produit. Stubbs fit la grimace.

« Pas de bol, Stubbs. Tu as choisi la survie. On n'a jamais ce qu'on veut, hein ! »

Il rangea son matériel. Une main se posa sur son épaule. C'était Cruden.

« Alors ? »

Hunter sortit de la pièce où Stubbs râlait toujours de douleur. Macaulay s'installa au chevet du mourant. Dans le couloir, Hunter essuya la sueur qui perlait à ses tempes.

« Je lui ai injecté un stimulant cardiaque mais ça ne va pas durer, il faudrait l'hospitaliser.

— Qu'est-ce que c'était que cette histoire d'ampoules ? demanda Cruden, inquiet. Hunter sourit.

— Du bluff ! Les trois ampoules étaient identiques. Il n'avait aucune chance de s'en tirer.

— Vous voulez dire que vous...

— Ah ! non, ça lui aurait fait trop plaisir. Non, c'était bien le médicament qu'il lui faut. »

Cruden eut l'air sceptique. Tout à coup, Macaulay se précipita dans le couloir.

« Superman, je crois qu'il a clamsé. »

Cruden lança un coup d'œil incrédule à Hunter qui retourna dans la petite pièce. Il fit le constat de décès, et rassura Cruden.

« Je vous assure que je n'y suis pour rien. J'ai fait ce que j'ai pu. Si vous ne me croyez pas, ordonnez une autopsie et une analyse. Ils vous donneront confirmation. Je reste à votre disposition. Dommage, hein ! Il aurait fait un beau coupable au tribunal, et qui sait, le lynchage aurait été spectaculaire ! »

Avant de sortir, les larmes aux yeux, Hunter lança encore une fois à Cruden.

« Pas de chance, hein ! Vraiment pas de chance ! »

Vendredi 16 septembre. 14 heures.
Manhattan. Gardner Building.

Alex Cruden n'avait même pas eu le temps de déjeuner. Sa secrétaire était submergée d'appels téléphoniques. Cruden faisait invariablement répondre qu'il donnerait une conférence de presse en présence du patron, le soir même. La secrétaire toutefois jugea bon de prévenir Cruden lorsque Norman Davis en personne téléphona. Il fut bref. Il demanda à Cruden de passer à son appartement du Gardner Building immédiatement, pour affaire grave. Cruden, intrigué, s'y rendit sur-le-champ.

Ce fut Davis lui-même qui lui ouvrit. Cruden eut du mal à reconnaître dans cet homme voûté, mal rasé, les yeux cernés, celui qui avait été naguère l'empereur redouté et orgueilleux de la Brett & Gardner. Davis le guida sans un mot jusqu'à la chambre à coucher. Un médecin âgé — habitué de la famille depuis trente ans — griffonnait un certificat sur un secrétaire de style. Cruden porta son regard sur le lit bleu tendu de satin. Betty Davis y reposait, vêtue d'un peignoir rose bonbon, les mains croisées sur la poitrine. Son visage avait pris une couleur jaune cire qui jurait de façon grotesque avec les couleurs pastel des rideaux et des vêtements. Elle était on ne peut plus morte. Davis dit d'une voix de vieillard :

« Encore une victime ! »

Cruden sursauta.

« Vous voulez dire qu'elle a pris... Mais c'est impossible, nous avions pris toutes les mesures...

— Non. Ce n'est pas ce que je veux dire. Elle s'est suicidée, monsieur Cruden. Lindsay l'a tuée par défaut. Crime légal, parfait, sans bavure. Betty, pour une fois, était vraiment amoureuse. Enfin, je crois... peut-être qu'elle n'a pas supporté non plus ma faillite. »

Cruden se tut. Que dire ? Davis prit cette réserve pour de la suspicion et ajouta :

« Ne craignez rien. Le docteur Lewis vous fera un certificat en règle. Elle a absorbé un tube entier de Ménurane. Ça ne vient pas de chez moi, cette fois, c'est un produit L.C.C. Pas trafiqué, non. La dose qu'elle a prise suffirait à tuer un éléphant. Vous n'êtes pas obligé de me croire, bien sûr, mais je tenais à ce que ce soit vous qui veniez. Vous au moins me connaissez un peu. J'aimerais qu'on... si c'est possible, naturellement, qu'on lui évite l'autopsie. »

Cruden consulta le médecin du regard. Lewis hocha la tête.

« Entendu, monsieur Davis, je ferai le nécessaire. Je suis désolé... Vraiment. Ah ! je sais bien que ce vous sera une piètre consolation à présent, mais il est normal que vous sachiez qu'on a arrêté le criminel.

— Quel criminel ?

— Eh bien, le cinglé qui mettait du cyanure dans vos...

— Ah ! bon. Tant mieux. Tant mieux. Il a assez fait de mal comme cela. Qui est-ce ?

— C'était Philip Stubbs. Le superviseur que vous aviez vous-même promu le soir de l'inauguration. Il est mort.

— Juste retour des choses. J'élèverai ceux qui ont été abaissés. J'abaisserai ceux qui ont été élevés. Pourquoi a-t-il fait ça ?

— Il a eu un fils, il y a dix ans, victime du Mystelomyd. Un phocomèle. »

Davis se tut. Il sortit lentement de la chambre et s'effondra dans un fauteuil. Il alluma un cigare qui se consuma inutilement entre ses doigts.

« Dieu nous voit. Il sait que je n'ai pas voulu pécher. Je porte le fardeau du monde, monsieur Cruden. Il faut bien qu'il y ait quelqu'un pour le porter. La justice immanente, monsieur Cruden, la justice immanente. »

Cruden, de plus en plus embarrassé, tenta de sortir Davis de son délire.

« Je ferai une déclaration dès ce soir, naturellement, pour rassurer l'opinion et réhabiliter les produits Brett & Gardner.

— Quelle Brett & Gardner ? Il n'y a plus de Brett & Gardner, mon cher monsieur Cruden. Jack Lindsay a tout racheté. Je ne suis désormais qu'un de ses employés.

— Mais vos associés ?

— Ils m'ont tous lâché. William Roper, l'avocat des consommateurs, a donné le coup de grâce. Je n'ai plus rien. Je suis seul, monsieur Cruden, et pauvre comme Job sur son tas de fumier. Et la joie m'envahit parce que Dieu m'a choisi pour ces épreuves. »

Cruden se dirigea vers la porte, mal à l'aise.

« Si je puis vous être encore utile, monsieur Davis, n'hésitez pas...

— Vos soucis à vous ne font que commencer, monsieur Cruden, vous verrez. Car le prophète n'a-t-il pas écrit :

Voici la plaie dont l'Éternel frappera tous les peuples
Qui auront combattu contre Jérusalem :
Leur chair tombera en pourriture tandis qu'ils seront sur leurs pieds,
Leurs yeux tomberont en pourriture dans leurs orbites,
Et leur langue tombera en pourriture dans leur bouche.
La plaie frappera de même les chevaux, les mulets,
Les chameaux, les ânes,
Et toutes les bêtes qui seront dans ces camps :
Cette plaie sera semblable à l'autre.

» Je vous le dis, monsieur Cruden, cela ne fait que commencer. Cela est une maladie contagieuse. D'autres seront contaminés à leur tour et la justice divine choisira un autre glaive, et d'autres victimes. »

Dans l'ascenseur, Cruden eut l'impression de respirer une odeur de charogne. Il dut se cacher derrière sa voiture pour vomir, dans la rue.

Samedi 17 septembre. 10 heures.
Manhattan. East Houston Street. Governor Building.
Appartement d'Alex Cruden.

Esther Grimes se retourna en gémissant lorsque Cruden ouvrit les stores et déposa sur le lit un plateau odorant. Esther ouvrit un œil et fit une moue charmante.

« Café ? Jus d'orange ? Pamplemousse ? Œufs brouillés ? Toasts ? La future madame Cruden veut-elle bien se donner la peine de choisir ? »

Cruden se glissa dans le lit au côté d'Esther et lui prépara un toast à la confiture.

La première grasse matinée qu'ils avaient pu s'offrir depuis bien longtemps.

« C'est immoral d'être aussi heureux, non ?

— Tout à fait de ton avis, chère madame ! Mais il faut bien qu'on se dépêche d'en profiter, non. Dans neuf mois, on ne pourra plus se permettre de faire la grasse matinée.

— Comment *on ! Tu* ne pourras plus ! »

Ils éclatèrent de rire. Cruden déposa le plateau sur la moquette et colla son oreille sur le ventre d'Esther.

« Mais qu'est-ce que tu fais, tu es fou !

— Chut ! J'essaie d'entendre s'il bouge !

— Qu'il est bête ! Il est encore trop tôt, voyons !

— Qu'est-ce que tu en sais ? Nous avons toujours été très précoces dans ma famille.

— Arrête, tu me chatouilles ! »

Une lutte tendre s'engagea, entrecoupée de rires et de cris stridents. Essoufflés, ils restèrent allongés longuement sans rien dire. Ce fut Esther qui, brusquement soucieuse, interrogea de nouveau Cruden, comme si l'enfant qu'elle portait réveillait d'obscures angoisses :

« Mais, dis-moi, Alex, comment se fait-il qu'on n'ait pas retrouvé tout de suite la trace de cet enfant, à la maternité ? »

Cruden soupira. Encore cette histoire ! Il résolut d'en parler une dernière fois, pour exorciser le démon du Mystelomyd qui, il le devinait, tourmentait Esther.

« Philip Stubbs et Mary n'étaient pas encore mariés. Le bébé, lorsqu'il est né, a été inscrit sur les registres de la maternité de Stafford sous le nom de jeune fille de Mary : Mitchell. Mais ce n'était pas voulu à l'époque. Ensuite, par une sorte de rejet, Philip a refusé de reconnaître l'enfant. Le nom de Stubbs ne figurait nulle part à côté de celui de Jimmy. Ce n'est qu'après sa sortie de la maternité que Mary Mitchell est devenue Mme Stubbs. Une manière comme une autre pour Stubbs de célébrer son serment de vengeance, je suppose.

— Mais les gens devaient quand même savoir !

— A Stafford ? Oui, peut-être un voisin ou deux. Mais les Stubbs ne recevaient jamais personne. Stubbs cachait bien son secret. Il était seul. Seul avec ses cauchemars. Mary était devenue folle, lorsqu'elle avait vu son fils. Boulimique et psychotique. Elle avait refusé d'admettre la réalité. Même quand Stubbs a mis fin à cette parodie d'existence en donnant du cyanure à Jimmy. L'année dernière, un 12 septembre. Son anniversaire... Sa disparition n'a rien changé pour Mary. Sauf peut-être ce culte des photos qu'on a retrouvées chez elle. Après avoir tué Jimmy, Stubbs a déménagé. Il avait suivi des cours du soir pendant des années et s'est finalement fait embaucher par la Brett & Gardner. A Brooklyn, plus personne ne le connaissait. Il n'y avait que Lyte, Henry Lyte, qui représentait un réel danger. Il avait travaillé en même temps que Stubbs à la L.C.C. de Stafford. En tant qu'espion privé, il connaissait l'histoire de Stubbs. Lorsqu'il est passé à son tour au service de Davis, il n'a eu aucun mal à faire le rapprochement des indices, lui. Il avait le mobile et l'assassin dans ses fiches. C'est ce qui explique sa trop grande confiance. Il connaissait Stubbs. Il savait que c'était un homme timide, effacé. Il ne le craignait pas. Il a eu tort. Lyte éliminé, Stubbs n'avait plus de témoin de son passé. Sans ce malaise cardiaque, il courrait encore... »

Le téléphone, insolent, interrompit Cruden qui se leva, agacé.

« Et merde ! jura-t-il. Je leur avais pourtant dit que je n'y étais pour personne. J'aurais dû débrancher.

— Menteur ! Tu n'aurais pas supporté d'être coupé de ton cher bureau. »

Cruden décrocha en tirant la langue à Esther.

« Allô ! Oui. Cruden. »

C'était Zachary Macaulay.

« Désolé, Superman...

— Tu le seras encore plus dans quelques minutes si tu n'abrèges pas.

— Ben... c'est la tuile... Ça recommence.

— Quoi ? Qu'est-ce qui recommence ? Explique-toi, bordel !

— Euh ! On a eu trois appels depuis ce matin et ça continue. Des bébés sont morts à cause du lait en poudre S.L.M...

— Cause ?

— Strychnine. Ça ressemble à la méthode Stubbs. On a dû trafiquer les boîtes de lait...

— Quelle firme ?

— La L.C.C. On dirait que le fantôme de Stubbs court encore dans les murs, pas vrai ? N'empêche, cette fois, des gosses... On doit vraiment avoir affaire à un malade...

— On arrive », dit simplement Cruden en raccrochant.

Une bouffée de colère impuissante le fit trembler quelques secondes. Il pensa à cet enfant qui poussait comme une tige fragile dans le ventre d'Esther et qu'un fou, tout d'un coup, pouvait faucher. Il pensa au regard de détresse des mères et aux yeux incrédules des enfants. Et Cruden eut envie de pleurer. Tout au fond de sa mémoire, les mots terribles de Davis résonnaient encore à ses oreilles :

« Nous ne serons jamais à l'abri de la main aveugle du fléau. Personne. Parce que nous sommes tous coupables... »

Collection
« SPÉCIAL SUSPENSE »

Déjà parus :

Mary Higgins Clark
LA NUIT DU RENARD
Grand Prix de littérature policière 1980
LA CLINIQUE DU DOCTEUR H
UN CRI DANS LA NUIT

Brooks Stanwood
JOGGING

Jean-Claude Héberlé
LA DEUXIÈME VIE DE RAY SULLIVAN

Fromental/Landon
LE SYSTÈME DE L'HOMME-MORT

Stephen Peters
CENTRAL PARK

Stephen King
CUJO

Francis Ryck
LE PIÈGE

Laurence Oriol
LE TUEUR EST PARMI NOUS

Jean-François Coatmeur
LA NUIT ROUGE

Gérald A. Browne
19 PURCHASE STREET

La composition de ce livre
a été effectuée par Bussière à Saint-Amand,
l'impression et le brochage ont été effectués
sur presse CAMERON
dans les ateliers de la S.E.P.C. à Saint-Amand-Montrond (Cher)
pour les éditions Albin Michel

AM

Achevé d'imprimer en août 1984
N° d'édition 8457. N° d'impression 1244-896
Dépôt légal : septembre 1984

Imprimé en France